漱石の教養
SOSEKI'S CULTURE

小倉脩三
Ogura Syuzou

翰林書房

漱石の教養◎目次

はじめに……5

I　意識の理論

1. ロイド・モーガン『比較心理学入門』 …………………………………12
   (Lloyd Morgan, An Introduction to Comparative Psychology, London: Walter Scott, 1894)

2. テオドール・リボー『感情の心理学』 …………………………………25
   (Theodule Ribot, The Psychology of the Emotions, London: Walter Scott, 1897)

3. ウィリアム・ジェームズ『宗教的経験の諸相』 ………………………37
   (William James, The Varieties of Religious Experience, London: Longmans, Green, and Co., 1902)

II　文明・開化の理論

4. マックス・ノルダウ『退化論』 …………………………………………50
   (Max Nordau: Degeneration, London: William Heinemann, 1898)

5. チェーザレ・ロンブローゾ『天才論』 …………………………………61
   (Cesare Lombrozo, The Man of Genius, London: Walter Scott, 1891)

6. ギュスターブ・ル・ボン『社会主義の心理学』 ………………………68
   (Gustave Le Bon, The Psychology of Socialism, London: T. Fisher Unwin, 1899)

7. ベンジャミン・キッド『西洋文明の原理』 ……………………………74
   (Benjamin Kidd, Principles of Western Civilisation, London: Macmillan & Co., 1902)

8. ジャン・マリー・ギュイヨー『教育と遺伝』 …………………………88
   (Jean-Marie Guyau, Education and Heredity, London: Walter Scott, 1891)

9. アーサー・J・グラント『ペリクレス時代のギリシャ』……105
    (Arthur J. Grant, Greece Age of Pericles, University Extension Manuals, London : J. Murray, 1897)

III 芸術の理論

10. カール・グロウス『人間の遊戯』……132
    (Karl Groos, The Play of Man, London : William Heinemann, 1901)
11. W. マーチン・コンウェイ『芸術の領域』……144
    (W. Martin Conway, The Domain of Art, Lndon : John Murray, 1901)

IV 結婚と家族の理論

12. シャルル・レトルノー『結婚と家族の進化』……154
    (Charles Letourneau, The Evolution of Marriage and of the Family, London : Walter Scott)
13. シャルル・レトルノー『財産、その起源と発達』……180
    (Charles Letourneau, Property : Its Origin and Development, London : Walter Scott, 1892)

V 思想一般

14. ヘンリー・シジウィック『倫理学の方法』……212
    (Henry Sidgwick, The Methds of Ethics, London : Macmillan and Co., 1901)

あとがき……232　　　索　引……235

はじめに

　漱石がイギリス留学中の明治三十五年三月十五日付の義父中根重一宛の書簡で、〈先ず小生の考にては「世界を如何に観るべきやと云ふ論より始め夫より人生を如何に解釈すべきやの問題に移り夫より人生の意義目的及其活力の変化を論じ次に開化の如何なる者なるやを論じ開化を構造する諸原素を解剖し其聯合して発展する方向よりして文芸の開化に及す影響及其何物なるかを論ず」る積りに候斯様な大きな事故哲学にも歴史にも政治にも心理にも生物学にも進化論にも関係致候故自分ながら其大胆なるにあきれ候事も有之候へども思ひ立候事故行く処迄行く積に候〉と書き送っていたことはよく知られている。留学中に一大著作の執筆を決意して、ロンドンで幅広くさまざまな分野の書籍を収集しつつあった漱石が、かさむ留学費用などで義父の助力を煩わせることが少なくなかったことから、現在自分が携わっている事業の意義を特にはっきりと表明したものと思われる。
　漱石のこの壮大な計画は、さまざまな理由から後に『文学論』〔明治四十年五月刊〕という不満足な結果となったことは、「『文学論』序」に語られている通りだが、漱石本来の計画がどのような内容のものであったのか、という興味は尽きない。また、この留学中に始まった漱石の、いわゆる西洋文明の渉猟吸収が、後の小説家夏目漱石の教養の根幹をなしたことも疑いえない。
　漱石の著作に見られる思想の近代性は、同時代の明治文学の中で群を抜いている。明治の黎明期、西洋思想の紹介者としては、功利主義の福沢諭吉や社会主義の中江兆民など、時の啓蒙思想家たちが多く数えられるが、それらは一般的に西洋思想の潮流の一部を紹介するものである。漱石がそれらと異なるのは、その教養のきわめて多岐に渡る深さである。それをもたらしたものは何なのか、といえば、漱石がイギリス留学以来、蓄え続けてきた教養に他ならない。つまり、留学時代に漱石が思い立った壮大な計画が、とりもな

おさず漱石文学のうちに結実したのだと言えなくもない。

　義父宛の書簡に述べられているように、「哲学にも歴史にも政治にも心理にも生物学にも進化論にも関係」する彼の教養の基となったものは何か。幸いなことに、漱石が留学以来読みふけった蔵書が現在『漱石文庫』として東北大学図書館に残され、マイクロフイルム化もされている。しかもそこには漱石が読んだと思われる痕跡が、書き込みと傍線によって遺されている。

　また漱石がイギリス留学中、独自の『文学論』を書こうと思い立って書き残したメモ類も幸い蔵書同様東北大学に保管されてあり、同大学元教授村岡勇造氏等によって、『漱石資料―文学論ノート―』（昭和51年岩波書店刊、後に平成9年刊岩波『漱石全集第二十一巻』に「ノート」として所収）と題して出版されている。そのメモには、蔵書からの書き抜きや参照ページなど、関心を寄せた項目別に、おびただしい書き込みがあり、それぞれの蔵書に漱石が寄せた関心の痕跡がうかがえる。

　本書では、このメモから漱石の関心が推測される漱石の読書の内容を、なるべく具体的に、なるべく原文を引用して、個々の蔵書を再読し、漱石の教養の内容がどのような源泉のもとに成り立っていたのかを検証してみたい。

　本書執筆に当たって筆者は、『漱石文庫』の中から書き込みなどの痕跡で漱石が熱心に読んだことがうかがえる人文・社会科学書三十冊あまりに目を通した。そのうえで選んだのが今回ここで取り上げる十四冊である。選択はまったく筆者の主観によるものであるので、それぞれの選んだ趣旨を、漱石に即して予め述べておきたいと思う。

　まず最初に取り上げるロイド・モーガン『比較心理学入門』は、漱石が『文学論』執筆に当たって基軸とした意識理論である。『文学論』の冒頭部の「意識の波」の説明に全面的に援用されている。『文学論』に引用される心理学書はハーバート・スペンサーやウィリアム・ジェームズの『心理学原理』など、他にも多数あるが、それらはこの著書では部分的限定的であって、全体を統括する理論としてモーガンが位置づけられている。

次のテオドール・リボー『感情の心理学』は、『文学論』の第一編「文学的内容の分類」の第一章「文学的内容の形式」の冒頭部で言及されている。漱石の文学論の特徴は、「文学的内容の形式」を、「焦点的印象又は観念」をF、それに「付着する情緒」をfとして、(F+f)で表す点にある。その喚起される「情緒」(f)に関して、漱石はリボーの理論を援用していると思われ、リボーがモーガンと並んで『文学論』の意識理論の柱となっていると思われる。

　ウィリアム・ジェームズ『宗教的経験の諸相』の意義は、意識理論としては識域外の意識、つまり無意識領域の重要性の指摘にあったと思われるが、漱石文学に即すならこの書の本来のテーマである「回心」に関わるものであったように思われる。『彼岸過迄』の「松本の話」で松本は市蔵の不幸について、「市蔵といふ男は世の中と接触する度に内へとぐろを捲き込む性質である。」「市蔵は自我より外に当初から何物も有ってゐない男である。」と語る。『行人』の中でHさんの手紙は一郎の、「人間全体が幾世紀かの後に到着すべき運命を、僕は僕一人で僕一代のうちに経過しなければならないから恐ろしい。」「要するに僕は人間全体の不安を、自分一人に集めて、そのまた不安を、一刻一分の短時間に煮詰めた恐ろしさを経験している。」という不安を伝えて、一郎の幸福のためには、「自分を生活の心棒と思はないで、綺麗に投げ出したら、もっと楽になれるよ。」と進言する。漱石文学の後期の関心は近代の自我主義の行き詰まりとそこからの脱却というテーマに傾いて行く。それにはもちろん漱石自身の修善寺の大患の経験とジェームズの最新作『多元的宇宙』(A Pluralistic Universe. 1909)との出会いが重要な契機となったと思われるが、その主要な下地がこの『宗教的経験の諸相』に見いだせる。

　マックス・ノルダウ『退化論』は、歴史の急速な進歩の裏で、むしろその先端を担うはずの知識人たちに世界的に広まりつつある退化現象に警鐘を鳴らす書物である。漱石は処女作『我輩は猫である』以来、主として知識人を主人公として扱っているが、その代表作とも言える『それから』の代助につ

いて、「代助は平岡のそれとは殆んど縁故のない自家特有の世界の中で、もう是程に進化──進化の裏面を見ると、何時でも退化であるのは、古今を通じて悲しむべき現象だが──してゐたのである。」という解説を加えている。『彼岸過迄』の市蔵や『行人』の一郎という人物たちも、明らかに退化の痕跡が見いだせる男たちである。

　チェーザレ・ロンブローゾ『天才論』は、『文学論』の第五編「集合的Ｆ」の一章「一代に於る三種の集合的Ｆ」で、「模擬的意識」と「能才的意識」と「天才的意識」の分類に参照されている。また、知識人の退化現象に関してはノルダウに先行する批評家でもあり、特に彼が指摘する天才と呼ばれる人たちの、常識的な社会や世俗的な人々との不適合と軋轢、孤立は、市蔵や一郎という人物像の造形に関わりが深いように思われる。

　ギュスターブ・ル・ボン『社会主義の心理学』については、『文学論』の第五編の一章「一代に於る三種の集合的Ｆ」に、「通俗にして学説の深奥なるものなしと雖ども集合せる人心の活動状態を知るに便宜あるを以て通読するを可とす」という漱石のコメントが見られる。漱石は一貫して反体制的姿勢を取りながら、社会主義思想とはつねに一線を画していたが、その背景には、ル・ボンの常識的で穏健な保守主義の立場があったようにも思われる。

　ベンジャミン・キッド『西洋文明の原理』は、進化論の原理に基づく文明の原理を、西洋文明の発展過程を参照しながら表明するものである。冒頭に引用した「開化の如何なる者なるや」という漱石の問いかけへの答えに資する部分が多いと思われる。

　ジャン・マリー・ギュイヨー『教育と遺伝』は、『文学論』の第一編第二章「文学的内容の基本成分」に引用が見られるが、特色は進化論の立場に立った教育問題の再認識と、教育の目的が基本的に社会教化を志向していることである。その点で社会及び文明のあり方についての示唆に富んでいる。

　アーサー・Ｊ・グラント『ペリクレス時代のギリシャ』は、いくぶんペリクレスを英雄視しすぎるきらいがなくもないが、アテネという小国の立国の可能性を示唆していて興味深い。特に植民地政策を巡る記述は、十九世紀、

西欧列強が競うように植民地の争奪を繰り広げており、日本も遅ればせながら日清日露戦争をてこにアジアへの進出を始めつつあったことを思うと、グラントの意図は当時進みつつある政治状況への警鐘であったように思われる。漱石は「趣味の遺伝」で、凱旋の乃木将軍とおぼしき将軍の新橋駅頭での民衆の出迎えの様子を疑問符を付して記しており、『三四郎』では、三四郎が上京する汽車の中で広田先生に、「お互いは憐れだなあ」「こんな顔をして、こんなに弱ってゐては、いくら日露戦争に勝って、一等国になっても駄目ですね。」「滅びるね」と言わしめている。日本のような小国が大国と肩を並べようとする危うさに警鐘を鳴らしていると思われるが、グラントの視点と通じる部分が多い。

　カール・グロウス『人間の遊戯』は、『文学論』の第一編第二章「文学的内容の基本成分」と三章「文学的内容の分類及び其価値的等級」で参照されているが、芸術を人間が本来持っている遊戯本能を基に考察するものである。物語に於けるサスペンスの構成や、特に悲劇についての言及が興味深い。漱石は『虞美人草』の結末部を、藤尾の死の後、甲野さんの日記の「悲劇論」で締めくくっているが、グロウスの「悲劇論」の影響が見られなくはない。

　マーチン・コンウェイ『芸術の領域』は、『文学論』第五編の第三章「原則の応用（一）」に引用が見られ、その内容は「芸術史」（Art-Histry）における「芸風」（Style）の変遷及び「時代思潮」（the Artistic Ideal of that day）に関わっている。その他漱石の関心のあったラスキンやイギリスの風景画、また美とは何かという題材を巡る美の本質論への言及など、芸術について広範にわたる、きわめて良質なエッセイ集である。

　シャルル・レトルノーの『結婚と家族の進化』と『財産、その起源と発達』は、生物界及び人間社会の歴史を遡って、「家族」と「財産」の問題を根本的に考察しようとするものである。人間の営みを動物の営みの延長線上に考察する、つまり人間を生物という大きな枠内の進歩の過程でとらえようとする、文字通り進化論的社会学の立場に立脚する論考である。その考察は

きわめて広範にして微細に及んでいる。朝日新聞入社後の漱石は、おそらく読者層を意識してのことか、好んで恋愛や結婚、家族や財産の相続の問題などをテーマに選んでいるが、多くの部分でこの二著の恩恵を被っているように思われる。

　ヘンリー・シジウィック『倫理学の方法』は、進化論に基づく「功利主義」（Utilitarianism）の倫理観をもっともわかりやすく明解に解説している。『それから』の代助は父親のいわゆる徳目主義の旧い道徳観を批判するが、代助自身の倫理観もまたすこぶる怪しいと言える。その背後にいる作者漱石の倫理観の骨子には、シジウィックの考えが深く関わっていたように思われる。

　読者が個々の蔵書を検索しやすいように、また関心を絞って読みやすいように、一書ずつ取り上げ、また全体を「意識の理論」、「文明・開化の理論」、「芸術の理論」、「家族と財産の理論」、「思想一般」という五つの部門に、便宜上分類した。

　なお、読者が原文を入手するときの便宜のために、発行所・発行年の他に、東北大学図書館における『漱石文庫』の資料番号を付け加えた。また訳文には、原文を適宜参照できるように、ページ数・行数の始めと終わりをそれぞれの文末にカッコに入れて示した。

I
意識の理論

1. ロイド・モーガン『比較心理学入門』
(Lloyd Morgan, An Introduction to Comparative Psychology, London : Walter Scott, 1894)　　　　　　　　　　　　文庫 NO. 882

　漱石は『文学論』を人間の「意識」の波の説明から始めている。そこで援用されているのがモーガンの意識理論である。

　モーガンは第1章「意識の波」(The Wave of Consciousness) の冒頭部で、あらかじめ読者に知っておいて欲しい「意識」についての基本的考え方を説明している。その骨子となる部分を引用しよう。

　〈これらの第一は、私たちは単に直接には意識の現在の状態にだけ気付いているということである。私は「現在」という語を、過去と未来の間の観念上の境界を示す抽象的意味ではなく、短いけれども時間の重要な期間を表すものとして用いている。私はこの短い時間の期間を意識の瞬間と呼ぼう。本書中で用いられるこの語句は、意識の今を構成する短い期間を表している。繰り返すが、私たちは直接には意識の瞬間のうちに現れることだけしか気付かない。しかしながらこれは、経験と相反することと思われよう。意識は現在を扱うだけでなく、過去と未来も扱い、もちろんこれはその際だった特徴の一つである、と言って反対されるだろう。しかし少し考察すれば、過去または未来は、記憶と予想を通して意識上に現前させているに違いないことが分かるだろう。今朝の朝食の回想は現在の意識の状態であり、明日の日の出の期待もまた現在の意識の状態である。これは厳密な言葉づかいで言えば、意識は過去または未来を扱わないが、過去または未来の出来事の再現を扱うということである。そしてこれらの再現は現在の意識の瞬間のうちに生じている。

　次に注意すべきことは、いかなる現在の瞬間にも、連続と変化が存在することである。ここで、そうした変化のない時、私たちはそもそも意識できる

かどうか、そうした変化は意識の根本的状態の一つではないのかどうか、という疑問が生ずる。私たちはここでこの疑問を議論する必要はない。通常の実際的経験にとって、意識のいかなる瞬間においても心的状態は絶えず生じ、そして去っていくものであり、通過しながら変化しつつあるものである、ということで十分である。〉　　　　　　　　(p. 11 L. 8―P. 12 L. 11)

　モーガンは、第一点として、私たちは、直接的には「意識の現在の状態」(the pesent state of consciousness) だけを知っていること、第二に、その「現在の意識の瞬間」(the present moment of consciousness) には、絶えず、連続と変化のあることを挙げている。結びの一文は、『文学論』で漱石が、〈Morgan 氏の語を以てせば、「意識の任意の瞬間には種々の心的状態絶えず現はれ、やがては消え、かくの如くして寸刻と雖も其内容一所に滞ることなし。」〉と訳して引用している部分である。

　モーガンはその心的状態の変化の様子について、読者が現に進めている読書を例に説明する。
　〈あなたの目をこのページのまん中近くのどれかの語に固定してご覧なさい。その語は鮮明で輪郭もはっきりし、視界の中で明瞭である。その語に近い、上下、左右の他の語は見ることは出来るが、はっきりと明瞭ではない。ページの残り部分もまた見ることができ、そしてたぶんそれは他より多い分量だろうが、かすんではっきりしない輪郭だけだろう。さあ、ゆっくり読んでご覧なさい。あなたの意識は語から語へ移るが、私が思うにあなたは、言うならば、意識に現れ出す、やってくる語と、意識の外に衰えていくあなたが今読んでいる語に気付くだろう。誰かに良く印刷されたページから早口に声を出して読むことを頼み、そして彼が読むのと同じように一枚の白紙を本文の上に滑らせてみなさい。彼はページが覆われるとき音読していた語より六、七語先を読むだろう。ピアニストのために楽譜をめくるには、あなたは彼が実際に演奏する弦より多かれ少なかれ進めていなければならない。
　意識の瞬間はこのようにして、意識が現れ出す短い上り傾斜と、意識が衰

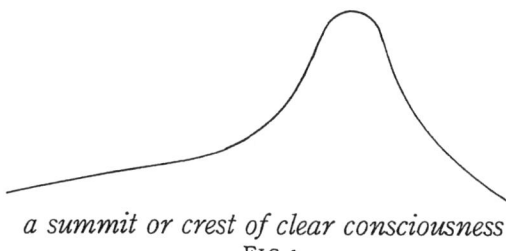

a summit or crest of clear consciousness
FIG. 1.

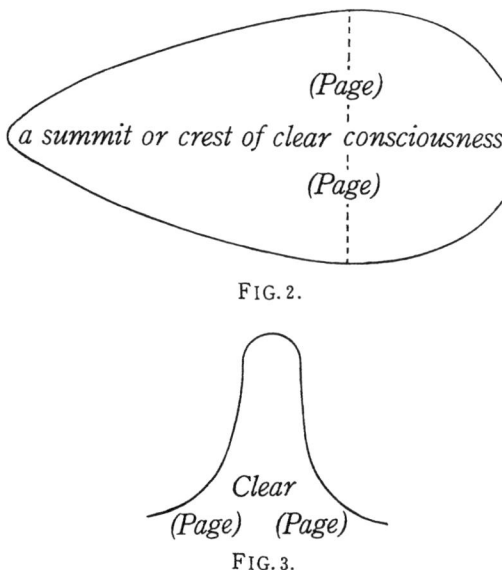

えていく長い下り傾斜の、鮮明な意識の頂上または波頭を伴う心的波を含んでいる。〉

(p. 12 L. 18―p. 13 L. 4)

このように述べて、モーガンがそれを図に表したのが図（Fig.）1であり、それを平面図で表したのが図（Fig.）2である。彼はさらにそれを右方からの側面図、図（Fig.）3で表し、次のように述べる。

〈私たちが読んでいくと、目が追っている行の語が心的波の頂点を連続的に占有する。図3で、「鮮明」（Clear）という語は、前と同様、波の頂点を占めている。しかし私たちの目はまた、上下の行と、ページの残りの部分によっても影響を受けている。私たちは、日常生活において実際的に重要性がないので、一般的にこれに気付くことがない。心理学の研究者としての私たちにとっては、それは重要である。私たちは、意識のいかなる瞬間においても、十分に鮮明な意識の頂点を構成する支配的要素に加えそして並べて、それら支配的要素とはわずかしか関わりがないか、あるいはまったく直接の関わりがないであろう、かすかに感じられる要

素が存在することを、はっきり把握せねばならない。これらは私たちが周辺意識として語ろうとしているものであり、私は読者に、自分自身の経験のうちにこれらの周辺意識の存在の現実性を納得してくれるよう願っている。〉

(p. 14 L. 11― L. 28)

モーガンがここで指摘しているのは、意識の波の頂点を構成する「支配的要素」(the dominant elements) とは別の、かすかに感じられる「周辺意識」(subconsciousness) の重要性である。

モーガンはこのあと、これらの周辺意識の要素は、その強さの増大いかんによっては、常に意識の焦点として、

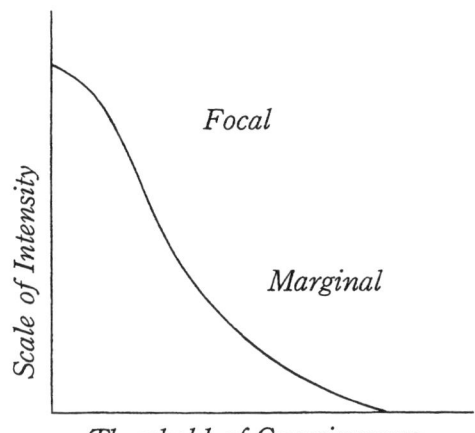

Fig. 4

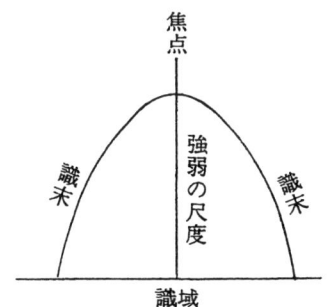

支配的な要素に浮かび上がる可能性のあることを述べて、その様子を、図 (Fig.) 4 として表している。「識域」(Threshold of Consciousness) を横軸に、「意識の強さ」(Scale of Intensity) を縦軸に取り、意識の強弱のいかんによって、「識末」(Marginal) から「焦点」(Focal) に、また、焦点から識末に変化しうるものであることを表している。

ここで、「意識の波」についてのモーガンの基本的な考え方を『文学論』における漱石のそれと対比してみると、漱石はモーガンが図1～図4によって説明している事柄を、要領よく全体、上図のような一つの図にまとめてい

るのが分かる。モーガンが、心的要素が私たちの意識の中に浮かび上がり消えていく様子を、より具体的に立体的にとらえているのに対して、漱石は、具体的部分を捨象して、より抽象化してとらえているといってもよい。特にモーガンが意識の波を表すグラフと、意識の強度によって識末から焦点に至る、識域内における心的要素の位置づけを示すグラフを別個に考えていたのに対して、両者を一体のグラフに表したのは、漱石独自の工夫と言える。しかし、漱石の考えがモーガンのそれと根本的にどのような点で異なっているかといえば、具体的な箇所は見いだせない。漱石は、モーガンの考え方をそのまま踏襲していると言い切って差し支えないように思われる。

　モーガンは、さらに続けて、そのように識末から浮かび上がって頂点（焦点）に達し、再び識末に消えていく意識の波は、決して単独に存在するのではなくて、複合的に存在するのだと述べる。
　〈しかしながらここには、意識の状態から状態へとつなぐ、他の重要な様態が存在する。私たちは、多かれ少なかれ焦点的要素の急速な連続が波頭を連続的に占有するのを見てきており、そしてそれらのどれかが次のものによって継承されると、それは焦点の状態としての存在を終えることがはっきりしている。しかしそれは意識の外に消えるのではない。それは識末的要素に移される。これを私たちはこのように図式的に表せるだろう。〉

(p. 22 L. 8—L. 15)

　このように述べて、モーガンが図示しているのが下図である。これは漱石が〔III-5〕「Monoconscious Theory」と題するメモに書き記し、また『文学論』にも引用している図表でもある。Aの焦点的意識がBという焦点的意識に移るとき、Aはaという周辺意識となって残存し、Bの焦点的意識がさらにCに移るときには、aとbがともに、周辺意識として残るというように、無数の周辺意識が、常に焦点的意識を取り巻いて併存しており、しかも、焦点的意識と周辺意識は常に変化している。

A B C D E F,: &c.
a b c d e, &c.
a b c d, &c.

ところでモーガンの意識理論はどこに特色があるのか。先ず第一にモーガン自身「序論」(PROLEGOMENA) の冒頭部分で触れ、漱石が〔I — 1〕「The View of the World」と題するメモのほぼ冒頭部で取り上げている「一元論」(monistic theory) である。内容は漱石がメモに書き記しているように、1.「学問の一元論」(a monistic theory of knowledge)、2.「自然の一元的説明」(a monistic interpretation of nature)、3.「分析的一元論」(a analistic monism) から成り立っているが、要点は「学問の一元論」について彼が述べる次の箇所にうかがえる。

〈第一に私は、学問における一元論を受け入れる。二元論者は別れ独立して存在する客観世界の真っただ中に導入された主体の概念で出発する。彼にとって学問の課題は、主体と対象、これら独立した存在をいかにして関係付けさせることが出来るかにある。学問の一元論においては、独立した存在としての主体と対象という概念から出発するのは誤った方法であり、仮定される独立と分離はまったく自明ではない、と主張される。だから素朴な経験の一般的立場から出発すれば、哲学的考察の以前には、主体も対象もなく、ただ存在するのは一般的な現実経験の一端だけである、と主張する。子供が甘いものを見たとき、あるいは犬が猫を見たとき、多少の精力的な行動の続く、素朴で著しい現実経験の一片が存在するにすぎない。私たちが思考の中でそれを主体と対象に分極化するのは、私たちが経験を説明しようとするときだけだ。しかし私たちがこのように思考の中で識別できる主体と対象が、存在においても分かれているということにどんな論理的正しさがあるというのか？〉　　　　　　　　　　　　　　　(p. 1 L. 15—p. 2 L. 18)

　モーガンは従来の学問が慣習的に踏襲してきた、「主体と対象」(Subject and Object) という二元的な思考方法を否定する。私たちが思索において分けられることと、実際の経験とは別のことであるというのがその理由である。

　それではモーガンの一元論は主体と対象をどのように捉えるのか、もっと

もその一元論の特徴が表れていると思われる17章「主体と対象」(Subject and Object) の一節を引用しよう。

〈人間は自意識である。人は主体として自分自身に限定される考えに到達する。人は非自我の対極を示すのに自我を考える。それでは人がそのように考えるこの自分とは何か？ 人がその対極に置く自分ではないものとは何か？ すでに述べられてきたことに照らせば、この問への答えを探すのは難しくはない。自分ではないものとは、内省が感覚経験の事実の対象的側面に関して私たちに教えてくれるあらゆることの概括的概念であり、自分とは、内省が私たちの生活経験の主体的側面に関して私たちに教えてくれるあらゆることの概括的概念である。これらの経験のすべての領域を通じて、主体的と対象的の側面は、内省において識別できるけれども、実際の経験においては分かつことが出来ない。それゆえに私たちは、自分と自分ではないものは、経験の識別できるが分かつことの出来ない側面から浮かび上がる概括的概念である、と言うだろう。〉　　　　　　　(p. 313 L. 27—p. 314 L. 7)

主体と対象は、一つの現実経験の、「主体的」(Subjective) と「対象的」(Objective)、二つの「側面」(aspect) であるというのがモーガンの考え方である。存在は一つというところに一元論のゆえんがある。

モーガンの意識理論の特徴の第二は、その一元的存在の根本に、それぞれの存在に「固有の活動力」を見いだすことである。モーガンは同じ章で、上記に続けて次のように述べる。

〈しかし自分ではないものについて内省的に扱うことは不可能であり、印象とそれらの間の変化の対象的側面以上の何かがそのうちに存在するということを私たちの注意に押しつけられたこともない。私たちは、変化は自分ではないものの内なる固有の活動力に起因する、と結論することを余儀なくさせられるようである。そして私たちは、活動力は規則的で決定的であると結論することを、余儀なくさせられるようである。もし固有の活動力がまったくなかったなら、変化はまったくなかったろうし、もし活動力が規則的で決

定的でなかったなら、科学や学問はなかったろう。だからまた、自分について内省的に扱うことも不可能であり、私たちが意識の状態の連続以上の何ものかを持っているという事実に注意を払わされることもない。存在するのは、規則的で決定的な、選び統合する、活動力である。〉（p. 314 L. 8―L. 22）

　モーガンは、「自分」（the Self）と「自分ではないもの」（the Not-self）両者共がそれ自体持っている、「規則的で決定的な、選び統合する、活動力」（an activity which is selective and synthetic, which is orderly and determinate）を重要視する。そして彼はさらに次のように展開させる。

　〈類推による説明がここで助けとなるだろう。もし私たちがミョウバンの濃縮した溶液を蒸発できるようにし、その中に糸を一本垂らすなら、定められた鋭さと規則的成長のミョウバン結晶の形成を見るだろう。さてそのような結晶が内省的な自意識を付与されていたと仮定しよう。それ自体あるいはその隣接する物質的「集合体」の成長のうちに、それら自身が結晶体にまとまるような分子の動きに気付かされるだろう。（中略）実験的に記述されたすべての事実の概要は、それらが統合し、選択し、そして決定する活動力の結果であるという推論を正当化する、と言えるだろう。その主体的側面においてこの活動力に意志という語を用いるなら、外部の束縛に邪魔されない限りは、意志は自由であったと、さらに主張するだろう。結晶構造の完成と、その自然な成長の特性は、自由の典型的な例であろうが、もし多くの結晶が混んだ場所で作られて、そのため自然のかたちと想定されるものがまったく出来なければ、これは外的束縛の例となろう。

　だからまた私は類推を適用して、私自身の肉体的精神的成長を内省的に振り返ってみると、両者のうちに固有の活動力に起因する現象の連続を見いだせる。そこには肉体的または物質的現れがあり、そして心的または精神的現れがあり、そして両者の背後には、固有の選び統合する活動力が存在する。哲学の用語で、個人が万人に共通の本質であるというのは、この美徳においてである。そして哲学が、感情によってより洗練された問題に触れて、宗教に高まると、これは新しい局面を引き受ける。固有の活動力の美徳におい

1．ロイド・モーガン『比較心理学入門』　*19*

て、私は私である。そして固有の活動力の美徳において、私ではないものは、私に知られる限り、その存在そのものである。繰り返すが、自分と自分ではないものは、私たちが経験の識別できるが分けることの出来ない側面に関して枠づけた概括的概念である。経験とそこに基盤を置く推論を超えては、私たちは進めない。しかしもし統合する活動力が自分の特別な本質であり、そしてもし自分ではないものが、知られるように当然その対象的側面であるなら、そのような統合する活動力は客観的自然の特別な本質である。そしてかくして私たちは15章の終わりに達した結論を正当化する。主体と対象は、たとえいかに完全に私たちが分析においてそれらを識別しようとも、本質において一つである。経験はその対象的と主体的側面において等しく、選び統合する活動力の決定した結果である。〉　　　(p. 315 L. 32―p. 317 L. 22)

　モーガンは、それぞれの存在の「固有の活動力」(the intrinsic activity) を以て、その存在の本質と考える。「固有の活動力の美徳において私は私である。」(In virtue of the intrinsic activity I am I.) にその主体的側面における彼の考え方がもっとも良く表されているが、彼はこの存在にその人に備わるすべての内容を託すのである。個人としての人柄、能力を含めて、その人となりを表す語といってもよいだろう。モーガンはそれが自然界の存在すべてに備わっていると考える。

　モーガンのこうした考えの基盤をなしているのは、2章「意識の生理学的状態」(The Phisiolosical Conditions of Consiousness) における次のような考え方であると思われる。

　〈「肉体」と対照をなす広い用語のもとに意識の状態の連続を一つにまとめて、私たちはしばしば、「マインド」にに属するものとしてそれらについて語る。このマインドとは何か？　実験心理学のこの質問への答えは、マインドを構成する意識の波である。他の立場からこの答えは、不完全か不備であろうが、記述的実験心理学にとっては、これで十分である。私たちが直接経験していることのすべては意識の瞬間における心的波である。ひとたびそれ

が過ぎ去ってしまえば、心的波のどんなに特別な様相も、去年のバラのように、あるいは五分前に私の声によって起こされた空気の波動のように、存在することはない。その影響は残るにしても、それ自体は存在を止めてしまう。

　もちろん、私自身の過去の生活や私を取り巻く日々の暮らしぶりの内省で、私は単に意識の瞬間における心的波にだけではなく、その全体における意識の波に、「マインド」という語を用いる。私はこのようにして、シェクスピアのマインドの生成や、私の子供たちのマインドの成長や、ネロのマインドの堕落や、そしてさらに多くについて語る。しかしながらこの使用法で、意識の波がマインドを構成するとか、意識の瞬間が過ぎ去ると、その瞬間マインドを構成していた心的波の特別な様相は、その影響は残るけれども、もはや存在しない、という考え方と矛盾するものはまったくない。

　私たちは時折、マインドのうちに、あるいはマインドによって保たれている考えについて語る。しかし、ここで主張する心理学的見解では、実際の通用の必要を満たすが、これが表現の正確な語法ではないことは明らかである。考えは、すでに存在を止めた波の様相のうち、もしくはそうした様相によって保たれることは出来ない。現に存在しつつあるいかなる様相にも、あらゆる前存在の様相の考えはまた確実に保たれない。これは、波がもはや、単に意識の瞬間において絶望的に困惑させられているだけでなく、いかなる心理学的分析の試みも確実に許さない、混乱の状態に達しているということなのだろうか。それよりも、私たちは、前存在の様相を特徴づける考えを「マインドに呼び起こす」ことをせねばならない。「マインドに呼び起こす」というこの語句は、記憶においてこのようにしてマインドにもたらされた考えが、マインドの他の何処かから呼びこまれたことを意味するかに見られる。しかし考えは意識の状態である。それらはそれでマインドの外にどうして存在できるのか？　しかしそれらはそのように意識の外に存在するのか？　この質問に私たちが与えるに違いない消極的な答えは、一見困難を増大させるように見えるが、実際にそれらの除去の道を可能にする。

1．ロイド・モーガン『比較心理学入門』　*21*

私はちょうど今、ひとたびそれが過ぎ去ると、心的波のいかなる様相も、去年のバラ、もしくは五分前空気振動を起こした私の声の調子の様相のように、もう存在を続けることはない、と述べた。しかしもしバラの花を付けるバラの木が生きて繁茂することを続けるならば、新しいバラの花は次の夏にも咲くだろうし、そしてもし私と私の声の調子が保たれるなら、私の声の調子は再び空気を震わせるだろう。私たちは、去年のバラが再び次の年に花を咲かせるべくバラの茂みに保たれていると言っているのではなく、木が生きて健康である限りバラは適切な状況の下に再生産されるだろう、と言っているのである。考えの再生産の場合もまた同様である。私が生き、そして健康である間は、考えも適切な状況の下に再生産されるだろう。一語で言うなら、私たちは、いわゆる考えの保持の説明のためのもっとも見込みのある根拠として、有機体の諸条件に依拠すべきと思われる。考えはそのように存在することを止めるが、有機体の組織は、必要な条件の下に同じような考えが再び作られるであろうような方向に修正される。考えの再生産はこのようにして、この仮説において、有機的過程に関連づけられ、そしてそれゆえ私たちは、意識の規則的な現れの条件の一つは、肉体的組織の完全さの維持である、と言うだろう。〉　　　　　　　　　　　　(p. 25 L. 34—p. 27 L. 31)
　モーガンが各個人に備わる「固有の活動力」の基盤としていたのは、それを可能ならしめる「有機体の諸条件」(the organic condions)、そして「有機体の組織」(the organic structure) であった。その条件とその存在をもってすれば、「意識の規則的現れ」(the orderly manifestations of consciousness) が可能となり、それ故にその完全さこそがそこに備わる美徳を意味することとなる。

　ところで、漱石の『文学論』における焦点的意識（F）の扱い方の特色は、個人の一瞬間においてこれを考えると同時に、集合的Fとして、個人の一世の一時期、あるいはある社会の進化の一時期にも当てはめていることである。この集合的Fの発想は、上の引用文におけるモーガンのマインドという考えに当てはまるのではないだろうか。また、次に引用するのは、3章

「私たちのものとは異なるマインド」(Other Minds than Ours)の一節である。

〈さて、私たち人類の隣人の行動の裏に潜む精神過程に関する私たちの推論の妥当性が、主として彼らのマインドと私たちのマインドの類似性に依拠していることは明らかである。もし彼が、同じ学校制度の下に教育された、似通った趣味と思考の慣習の、私たちと同じ社会階級のイギリス人であるなら、そこにわずかな個人的違いがあったとしても、類似性はかなり密接であろう。しかしもし彼が、私たちのものとは異なる学校制度で教育を受け、趣味と思考の慣習において私たちとは異なり、社会階級が私たちのものとは異なる外国人であるなら、そこには非類似性の幅広い差が存在するだろう。私たちは私たち自身を彼の位置に置き、彼の表情のうちを見つめて、彼が持つと称する見解を彼が持つことが出来ることを、そのようにしてそのような事実でいかに理解し、そしていかに彼らが、私たちを死ぬほど退屈させるであろうこと、または私たちを美的に不愉快にさせるであろうこと、または私たちの道徳的感覚に苦痛なほど衝撃を与えるであろうことからも、何らかの楽しさを引き出すことが出来ることを想像することにも、少なからぬ困難を見いだすだろう。北オーストラリア人、マオリ人、南洋諸島人、アメリカインディアンの扱いでは、私たちの困難は比例して増大する。彼らは、私たち自身の種族がはぐくまれてきたものとは幅広く異なった環境の下に、何世代にもわたって住み続けてきた人々である。彼らの思考と感情を的確に理解し、そして私たちにとって非常に奇妙で無意味な彼らの行動の精神的付随物である精神過程に達することが、いかに困難なことか！　そしてこの困難は、私たちが直接知ることの出来るマインドは、私たちが自分たちのうちに意識する、文明化されたマインドだけであるという事実に起因している。〉

(p. 41 L. 31—p. 42 L. 24)

イギリス人を文明人に見立て、他の人種を序列的にとらえる、ヨーロッパ人の選良意識むき出しの考え方と言えるが、この部分には、蔵書の余白に漱石によって、〈国民種族ニテ気風ノ事也〉と書き込まれており、ここに述べられている「マインド」を彼が、集団としての「国民種族」に固有の意識と

して受け入れていたことがうかがえる。モーガンの「マインド」の考え方には、漱石の集合的Fとの関わりが予想以上に深いと思われる。

　漱石は、講演「創作家の態度」（明治41.2）の頃から、ウイリアム・ジェームズへの関心を深めていく。その変化は、ダーウィン、スペンサーの流れを汲む「決定論」の立場から、「自由意志」を尊重するジェームズの「意識の選択作用」説への転向である、というような、さまざまな指摘のあるところだが、私見によれば、その前の講演「文芸の哲学的基礎」（明治40.4）まで、もちろん『文学論』を含めて、漱石の意識理論の中核をなしていたのは、モーガンであったと思われる。そしてそれが、ダーウィン、スペンサーの流れを汲む「決定論」などと指摘されるゆえんは、先に触れた、各個人に備わる、ひいては、各民族に備わる、「固有の活動力」(the intrinsic activity)という考え方にあったように思われる。その「固有の活動力」が、「意識の連鎖」(the sequence of consciousness) 及び「現象の連鎖」(the sequence of phenomena) を統合的に選び、決定するという考え方である。

2. テオドール・リボー『感情の心理学』

(Theodule Ribot, The Psychology of the Emotions, London : Walter Scott, 1897)　　　　　　　　　　　　**文庫に残存せず**

　リボーの漱石への影響に関しては、先ず漱石が〔III−6〕「文芸のPychology」と題するメモに、
　　Ribot 166, condition (internal, external), same intellectual element ハ same affective state ヲ生ズルカ。(一個人ニツキ)(一国ニツキ。)
$$\begin{cases} A—a \\ A—a' \\ A—0 \end{cases}$$
と記していることから始めねばならない。引用部分は、〈同じ知的要素は同じ感情状態を生ずるか〉という問いかけであり、続く符号は、結果がまちまちであることを示している。
　周知のように『文学論』における漱石の意識理論の特徴は、意識の内容を(F+f)で表す点にある。Fによって知的観念もしくは印象を表し、fによってそこに喚起される情緒感情を表し、両者の総和として意識の内容を表すという漱石の方法は、意識理論としてきわめて特異なものである。漱石の意識理論が大筋モーガンによっていることを、前段において述べたが、「知的要素＋感情的要素」という部分についてはモーガンに見あたらない。漱石が先行する誰の理論によったかは、『文学論』になお残る疑問だが、こうした図式を導き出すに当たってヒントを与えたのが、リボーのこの著作と思われる。
　リボーは序章「感情生活の進歩」(The Evolution of the Affective Life)の中で次のように述べている。
　〈私たちはここで闇から明るみに、生命的なことから精神的なことへ移る。

しかし感情生活の意識的時期に入り、その進化の発展のうちにそれを跡づける前に、ここはたぶん、通常否定的に悪く答えられてきた、十分に重要な質問「純粋な感情の状態は存在するのか？」を精査する場面であろう。それは言うならば、純粋に主体的に、心地よい、心地よくない、あるいはそれらの混交した、知覚、画像、概念のいずれとも関係のない、すべての表現される内容に関して知的要素のまったくない状態が存在するのか、という問いかけである。もし私たちが否定的に答えるならそれは、例外を除けばどんな種類の感情もそれ自体によっては決して存在出来ず、それは常に支えるものを必要とし、それは決して付随物以上ではあり得ない、となる。この主張は大多数によって支持され、理知主義者たちによっては自然に採用されてきており、そしてレーマンは最近、それをもっとも急進的なかたちで、感情の意識の状態には決して出会えず、喜びと苦痛は常に知的な意識の状態と結びついている、と述べた。もし私たちが肯定的に答えると、感情の状態は、少なくとも時折はそれ自体の独立した存在を持つようであり、常に助力者または付随物の部分として働くと責められることはないように思われる、となる。

　これは事実に関する質問であり、観察だけがこれを解決できる。感情生活の自主的原始的性質の好みにゆだねる他の理由もあるが、私は今は純粋で単純な経験の領域にとどまって、それらはこの本の結論に残しておく。ここで疑いなく言うことが出来るのは、通常、感情の状態は知的状態を伴っているが、それが別の方法では決して出来ないということと、感情のあらゆる表れに絶対的に例外なく、知覚と表現の存在が必須の条件である、ということには私は反対である。〉　　　　　　　　(p. 6 L. 38.—P. 7 L. 31)

　リボーはここで、一般的理解として、感情は意識の「知的状態」(intellectual states)に伴う「付随物」(an accompaniment)であることを述べている。知的状態をまったく伴わない純粋な「感情の状態」(states of feeling)は絶対に存在しないのか、という問いには留保を与えているが、「通常、感情の状態は知的状態を伴っている」(as a rule, emotional states accompany intellectual satates)というのは彼自身首肯するところである。

そこで「ノート」の先の引用部分に戻ると、興味深いのは〈同じ知的要素は同じ感情状態を生ずるか〉という意味のメモを漱石が残している166ページである。166ページだけでは内容が捉えにくいと思われるので、少し前の部分から引用しよう。6章「感情の記憶」（The Memory of Feelings）の一節である。
　〈私はいつも面接者たちに、個々の感情（怖れ、怒り、愛、等々）の個々の例を呼び起こしてくれるように頼んできた。その答えは私がそれらの頻度で列挙する三つの範疇に要約される。
　もっとも多い例は、状態、状況、そして感情の付属物だけが呼び起こされる例である。そこには知的記憶だけが存在し、過去の出来事が、かつてあったが思い起こすことの出来ない何ものかの漠然とした感情的痕跡である感情的色合い（時にはこれが欠けていることさえも）とともに、彼らに戻ってくる。感情の秩序においてこれらの面接者たちは、知的秩序における視覚的聴覚的記憶の適度によい事例と似ている。岩の上にいたとき、潮流にとり囲まれてかろうじて逃れたＣ氏は、迫り来る波が分かり、そして彼が助かるためにたどり着く岸壁への窮余の突進は思い起こせるが、その時の感情は彼には戻らない。数年前コンスタンチンで私はルンメル渓谷に落ちそうになった。私は事故について考えるとき、私の目の前のまったく澄み切った風景、空の様子、場所の細部は知ることが出来るが、感情について唯一思い起こせるのは背中と両足のかすかなふるえだけである。
　他（きわめて少ない）は、状況に加えてよみがえった感情を呼び起こす事例である。これは真の「感情的記憶」を持つ人たちであり、彼らは良い視覚的または良い聴覚的記憶を持つ人たちに該当する。これは感情的気質の多数派についての事例である。私たちはここで面接者のもっともわかりにくく疑いの多い部分に触れるために、いくつかの例を示すのが便利だろう。
　怒りっぽい面接者たちは、敵の名前を聞くと、直ちにこみ上げる怒りの感情をよみがえらせることが出来る。臆病な人は一度受けた危険を思い起こすとき、身震いし、顔を蒼白に変える。恋する人は、恋人を思うと、完全に恋

の感情が復活する。もし私たちが消滅した情熱の記憶を、なお存在する情熱がこころに生ずることと比較するなら、私たちは知的と感情的記憶の間の、単なる状況の記憶とそのような感情の記憶との間の違いを、はっきり認めるだろう。〉　　　　　　　　　　　　　　　　　(p. 152 L. 22―P. 153 L. 19)

　リボーがここで取り上げているのは、感情の記憶を思い起こす個々の事例である。感情の記憶そのものはむしろなく、状況等の知的記憶が支えていることが多いことにも、ここでは触れられている。そこで、漱石のメモが取り上げている166ページに移ると、

〈ここで事実上、経験から二つの一般的真実が導き出される。そして疑う余地のない私の意見では――

　一方で、喜びと苦痛の感覚は、仮に人間活動力の唯一の原動力ではないにしても、もっとも強力である。

　他方で、感情が呼び起こされるのが、強い、弱い、または、まったくない、という人々が存在する。

　結論は、経験された喜びと苦痛の結果である個人的経験の部分は、個人に応じてその効果として、強い、弱い、または、まったくない、というようにそれ自体を示すだろう、ということである。自分で身を持ち崩し、そして予期せぬ機会によって豊かさを取り戻した浪費家は、もし自分の窮乏の生々しい記憶を保持しなければ、自分の無茶な履歴を再度といわず始めるだろうし、もし彼の苦痛の記憶がしっかりしたものであるなら、それらは抑制あるいは禁止の力として彼の生来の傾向に働きかけるだろう。大酒飲みと大食家は、あとの影響の印象を生き生きと残す限り、それらの過剰を繰り返さないだろう。誰もが知っている教育者は、賞と罰の記憶が効果を持たない子供は、引き止め続けることをしなかった。私はすでに、ひんぱんに危険な監獄入りを続ける精神状態について述べたが、これは感情的記憶喪失の一例である。〉　　　　　　　　　　　　　　　　　　　　　　(p. 166 L. 1―L. 23)

　リボーはここで、感情の記憶の欠如が犯罪や過誤を繰り返す重要な要因であることを述べているが、漱石のメモでは、同じ知的要素が個人において同

じ感情を喚起するのかどうか、という関心に置き換えられていること、そして、〈A―a、A―a'、A―0〉という図式は、同じAという知的要素が、人によって、a、a'と異なって感情が喚起されること、そしてまったく喚起されない場合を0によって示すことを意味していると思われる。

またここで漱石の問題として興味深いのは、知的要素を大文字で示し、それによって喚起される感情的要素を小文字で示すというように、先に触れた漱石の『文学論』における（F+f）の図式ときわめて類似することである。

本書における「感情」についてのリボーの言及はきわめて多岐にわたっている。「序言」(Preface)の冒頭で彼が、「一般的に認められている感情の状態の心理学はいまだ混乱し遅れた状態にある。」(The psychology of states of feelings, it is generally recognised, is still in a confused and backward condition.) と述べているように、リボーの趣旨は、さまざまな心理学書でこれまで断片的に論じられてきた「感情」に関する考え方を集大成するところにあったように思われる。その点では、さまざまな観点からの意見を幅広く客観的に取り上げている。

しかしこの著作の独自性は何かと問えば、彼が先にも取り上げた序章のタイトルを「感情生活の進化」(The Evolution of the Affective Life) としているように、感情のあり方を進化の過程として捉えようとするところだろう。

本書の構成は、第一部「一般心理学」(General Psychology) が、1章「身体的苦痛」(Physical Pain)、2章「道徳的苦痛」(Moral Pain)、3章「喜び」(Pleasure)、4章「病的な喜びと苦痛」(Morbid Pleasure and Pain)、5章「はっきりしない状態」(The Neutral States)、6章「喜びと苦痛に関する結論」(Conclusions on Pleasure and Pain)、7章「感情の性質」(The Nature of Emotion)、8章「感情の内的状態」(The Internal Conditions of Emotion)、9章「感情の外的状態」(The External Conditions of Emotion)、10章「分類」(Classifications)、11章「感情の記憶」(The Memory of Feelings)、12章「感情と観念の連想」(The Feelings and the Association of Ideas)、第二部「特殊心理学」(Special

Psychology）が、1章「その生理学的形態における保存本能」(The Instinct of Conservation in its Physioogical Form)、2章「恐怖」(Fear)、3章「怒り」(Anger)、4章「同情と優しさの感情」(Sympathy and the Tender Emotions)、5章「自我とその感情的現れ」(The Ego and its Emotional Manifestations)、6章「性的本能」(The Sexual Instinct)、7章「単純から複雑な感情への移行」(Transition from the Simple to the Complex Emotions)、8章「社会的道徳的感情」(The Sosial and Moral Feelings)、9章「宗教的感情」(The Religious Sentiment)、10章「美的情緒」(The Aesthetic Sentiment)、11章「知的情操」(The Intellectual Sentiment)、12章「正常な性格」(Normal Characters)、13章「異常で病的な性格」(Abnormal and Morbid Characters)、14章「感情生活の衰え」(The Decay of the Affective Life) となっている。第一部が一般論、第二部が個別論という構成とも言えるが、一部から二部へ、より高度のテーマへと、感情生活のあり方の進化の過程が想定されているとも言える。

　下等生物の無意識的段階から人間の高度な感情生活へ、その進化の中で彼が特に重要な転機とするのは、「利他的感情」（altruistic feelings）の芽生えである。リボーは第二部の8章「社会的及び道徳的感情」で、次のように述べている。
　〈Ⅰ．私たちは、たとえば慈悲心、寛容、献身、思いやり、憐れみ、等々のような感情を、慈善または積極的利他主義の名の下に総括する。端的に言えば、それらは個体の自己保存の本能とは、異質もしくは反対という意味である。それらの基盤となる条件はすでに学んだ二つの心理的事実である。
　1．語源学的感覚において、同情は、感情的調和、他者を伴う感情の可能性、そして他者を好きになることである。社会はこの気持ちだけに基盤を置くことが出来たのだろうか？　極端な例ではこれがたまたま起こっただろうが、そのような社会は一時的で、頼りにならず、不安定であったろう。私たちは、動物または人間の群居状態に類似の例を見いだした。安定にはより強い結びつき、いわば道徳的なものを必要とする。

２．利他的性向、または優しい感情、それはこの章の終わりに言及される人々を除いて、すべての人々のうちに存在する。それは、二つの目と胃袋を持っている事実と同じくらい私たちの構造にあるべきものである。

　ここで私たちに課せられる問いはこれである。いかにして積極的利他主義は発達し、そしてそれはどんな心理的メカニズムによるのだろうか？　いかにして私心のない感情が、原始的な利己主義から生ずるのだろうか？　たとえばショーペンハウエルの人類共通の憐れみの理論のようなすべての形而上学的解決とは別に、すべての存在への憐れみが、私が自分自身厳密に心理的説明に限定する一元的概念の、存在する共同体の漠然とした意識と起源の同一性の上に見いだせる。

　慈悲心は、喜びを伴う活動の固有のかたちから生まれる。この漠然とぼんやりした慣習をここで説明しよう。

　基盤となる性向は、第一に、保存することに、次いで、存在とよりよい存在、つまり活動の拡大に関する、それ自体の伸長に存する。人はこの活動を物事に捧げるだろう。彼は切り、叩き切り、破壊し、倒す――これらは破壊的活動である。彼は種をまき、植え付け、建設し、そして保存的または創造的活動をする。彼はそれを動物たちまたは人間たちに適用するだろう。彼は傷つけ、虐待し、破壊するか、あるいは彼は世話をし、手伝い、救済する。破壊的活動は快楽を伴うが、病的なものによっては、それは災いの要因となる。保存的または創造的活動は、あとに悲しい感情を残さないので純粋な快楽を伴い、その結果、それ自体をくり返し増大させる傾向となる。つまり、快楽の要因となる対象もしくは人物が、好ましい交際の出発点として魅力の中心となる。要約すれば、私たちは（１）創造的活動を見せる性向、（２）成功の喜び、（３）感受性部分を働かせる対象または生き物、（４）この存在または対象と経験される喜びとの関連、そこからこの存在または対象へ向かう魅力が持続的に増大する。行動における保存的性向と転移の法則は、利他主義の生まれる本質的な力である。

　これはいくつかの事例によって正当化されるだろう。もし私たちが先立つ

ことがらをよく考えるなら、慈悲心は偶然の結果であり、その起源には計画的性質を持たないことが理解されよう。人は特別の注意を払うことなしに、家の扉の傍らで乾ききっていた植物にたまたま水を与え、次の日、偶然それが生き返り始めつつあることに気付くと、彼は計画的に作業をくり返し、さらに植物に興味を持つようになり、それに触れることが増え、そしてそれを奪い去られることを好まなくなっただろう。〉　　　　　（p. 292 L. 14–p. 294 L. 6）

　リボーを含めて、進化論派の心理学者たちは理論の根幹に、生物に備わる「自己保存の本能」(the instinct of self-preservation) を想定する。その自己保存の本能と社会の持続的発展に不可欠な「利他的感情」(Altruistic emotion)、または「利他主義」(Altruism) は、根本的に相反する命題である。個人の利己的な本能を社会的要請にどのように折り合わせるかは、進化論派の心理学者誰もが直面する課題であり、しかもいずれも十分合理的に説明し尽くしているとは言い難い。利他的行為を植物への偶然の水やりにたとえる比喩は、進化論者と穏健な道徳家のかなり無理をした接ぎ木と受け取れなくもない。しかし見方を変えれば、彼らのうちなる社会的道徳的要請の強さを物語ると言えなくもない。根本のところで、人はいかにしてエゴイズムを乗り越えられるのか、への関心の強さが、無理押しともとれる論理の中にうかがえる。

　リボーはまた、続く9章「宗教的感情」で、次のように述べている。
　〈宗教的感情は従って、心理的現れの連続を伴う完全な感情であり、それを知的な感情の中で分類してきた著述家たちは、その高度な形態の下、またそれが消滅点にあるときだけで、考察してきた。その発展の最高潮期だが、まれにその原始的か知的かのどちらかの下にある時期、宗教的感情は、それ自体宗教的狂信という固有の名前を持つ、頑固さと野蛮さにおいて他のどれにも負けない情熱となるだろう。それは完全には境界を越えなくても狂気に近い状態である。この情熱はそれ自体の研究論文を必要とし、そこからまとめられた文献には事欠かない。私たちはそれらの事実をまとめよう。
　1．宗教と道徳の感情について基礎的で独立した新しい証拠。宗教戦争で

は、異教徒に加えられた迫害、拷問、対立する宗派の首長の殺人などが称賛に値する行為であると主張される。これらのすべては、穏健で慎重な感覚の人々には説明できないと思われる。彼らがもし、宗教的感情はそれが情熱の激発点に達すると、激しい愛と同じくらい統御できないものとなり、愛と似て満足を持つに違いないこと、より高度な起源の理由で（私たちがまもなく語るであろう神狂症にその最高度の達成を目指す信仰）、人類の義務に優先する正義の堅固な信仰が存在すること、そして宗教的感情と道徳的感情は、多くの接触点と融和の機会を持っているけれども、人間性の総合的に異なる二つの性向に応じるという理由で、なおその性質において本質的に違いのあることを考慮に入れていたなら、驚かされることは少なかっただろう。

　2．私たちは社会化された集団と結びついた宗教的感情の性向の証拠を見いだした。信仰の結びつきは、外的内的利益の共同体が市民共同体を創るように、宗教的共同体を創る。両者は、意見の異なる人々（内面の敵）を追い払い、外部の敵（この例では異教徒）を征服する傾向がある。〉

(p. 322 L. 19―p. 323 L. 22)

〈私はすでに読者に、宗教的感情は激しい情熱になるであろうこと、それはその限界を越えさえして、常習的かたちを取り、病理の領域に入るであろうことを注意した。精神病医にとって、宗教的狂気はまったく病んでいるという状態ではないが、その兆候であり、それは時折はそのまま存続することもあるが、よりしばしば、てんかん症、ヒステリー症、そして憂鬱症の状態を併発する。心理学的観点から、それは正常な状態への補足として、それ自体によって研究されねばならない。このように考えると、純粋に心理学的立場からは、その表れは非常にさまざまであるけれど、落胆または衰弱的状態と、高揚または精力的状態という、単純な分類に要約されるだろう。

　Ⅰ．落胆の状態は、憂鬱症の土壌に芽生え、成長する。それらの心理学的特徴は、生命機能の低下とその持続がしばしば描写されるような兆候である。それらの感情的判断の基準は、単純な尻込みから恐慌の恐怖に及ぶ、あらゆる諸相における怖れであり、そして知的な判断の基準は、固定観念に取

り憑かれることである。宗教的狂気は、性格、教育、環境、時代、そして信仰の形態次第で、その道をたどる。だから運命を信ずる人々は、許せない罪を犯してしまった観念に悩まされる。プロテスタント信者たちに多く見られる強迫観念は、免罪の可能性を認めるカトリック信者たちではまれである。

私たちが「主観的」と呼んでさしつかえない一つの状態は、患者自身が拒否すべき呪うべき罪を持続的に犯していると信じている、純粋で単純な宗教的憂鬱症に存する。その気懸かりな状態は、想像上の犯罪または失敗に関わる嘆きによるあらゆることへの躊躇いに特徴づけられる。この状態は、一方では怖れ、他方では卑下と落胆の消極的なかたちの下の自己感情の、ともに落胆的特徴を持つ、二つの根本的感情と関連している。考えの無意識的または意識的進行は、患者を卑下と自己侮蔑の感情に導き、彼は自分自身を弱めようとし、自分を同情に値させようとする。正しいにせよ誤っているにせよ、自身の好みに道徳的根拠を念ずる禁欲主義は、少なくともこの人生において個人をないがしろにする基礎的欲求に基づいている。これはその単純で穏和な形態でも見られるが、さらになおその途方もないこと（五世紀の修道院制度、シリアの修道士、等々）のうちに、去勢、切除、部分的破壊の例に、そして究極的には、自身をジャガンナートの車の前に投じたヒンズー教徒の宗教的自殺に見られる。

客観的と呼ばれるよい用語を欠くので、悪魔のような憂鬱症、つまり、強迫観念または憑依の妄想である第二の状態は、以前はすべての宗教に多かったが現在はまれになってきた。強迫観念、または外的悪魔憑きでは、患者は真の憑依感覚にはない。彼は彼の破滅を頑固に決定する霊魂を聞き、見、嗅ぐが、それらを自分のうちには感じない。憑依、または内的悪魔憑きでは、それらは彼のうちにある。感覚、内臓、そして精神運動の幻覚の二重人格が存在し、これらは、憑かれた人が我知らず自分の内部で語るのを聞くという、内部の声を持ち続ける。

II．宗教的感情の病んだ高揚は、落胆が恐怖から芽生えるように、魅惑と愛からもたらされる。喜びと関連して、そして時には誇大妄想症と関連し

て、それは肉体的と精神的生活の両者の部分的または総体的増大を伴う。

　恍惚は一時的で比較的消極的な状態である。外部から見ると、それは外面的印象では不感症における強直症、そして感覚活動の停止に似ている。それは運動面ではそれと異なる。恍惚者は「ロウの柔軟性」と完ぺきな固定を持たず、彼は動くこと、歩くこと、話すことができ、そして彼の顔はどんな与えられた表現も取ることが出来る。内部から見ると、恍惚は、目覚めたあとも記憶が残る、意識の激しい状態である一方、強直症は、無意識、または少なくとも完全な忘却を伴っている。その心理は、もし細部を無視して本質的状態に限るなら、十分に単純である。かなり多くの恍惚者たちの告白は、主要な特徴で一致する。(1) 統合の唯一の中枢であり中心点として働く一つの激しい圧倒的な主張についての、意識の領域の制限、(2) 冒瀆的な恋に似て、唯一完全な融和と統一にその目的を見いだす、所有の欲求と喜びを伴う、もっとも高度の愛のかたちである、忘我の感情状態。しかしながら、それらが暗喩的に意味する偉大な神秘の宣言は、疑いなく私たちをこの点にとどまらせ、それらの批評家たちは神学者たちでさえ、それらの愛の性質に関してしばしば誤ってそれらを非難してきた。

　宗教的高揚のさらに強固で積極的状態は、神狂症、つまり、「患者が自分自身を神であるか、あるいは少なくとも、神の意志を人々に啓示するために神によって霊感を与えられた、と信じている精神状態」である。宗教の創立者たち、改革者たち、宗教的聖職の設立者たちと純粋な神狂症患者たちの間に、厳密ではっきりした線を引くのは、激しい恋が狂気となる正確な地点を指し示すのと同じくらい難しい。〉　　　　　(p. 324 L. 14—p. 326 L. 26)

　一般に欧州人たちは自身がクリスチャンであることが多いから、宗教についてその負の側面には目を覆いがちであるが、リボーは心理学者としてきわめて客観的にそれが孕む問題点に言及している。「宗教的感情」(the religious sentiments) と「道徳的感情」(the moral sentiments) は互いに相容れず、「宗教戦争」(religious wars) では「異教徒に加えられた迫害、拷問、対立する宗派の首長の殺人などが、称賛に値する行為であると主張される」(persecution, the torture inflicted on heretics, the murder of the chiefs of the opposite party, are held to be meritorious acts）こと、信仰で結ばれた「宗教共同体」(the religious comunity）は、利益で結ばれた「市民共同体」(the civil community）と同様に、排他的行為をとりがちであり、それが「宗教的狂信」(religious fanaticism）を伴うと、異教徒に対する多くの残酷な迫害を起こすこと、宗教的感情はしばしば「病理の領域」(the region of pathology）に至ることがあり、その表れは大別すると、「落胆、または衰弱的」(the depressive, or asthenic）と「高揚、または精力的」(the exalted, or sthenic）と、二つの「状態」(the forms）に分けられること、前者の「宗教的憂鬱症」(religious melancholy）は、昂じると自己損傷、さらには宗教的自殺に至ること、またかつては多く現在は少ない「悪魔の憂鬱症」(demoniac melancholia）は、「強迫観念または憑依の妄想」(the delusion of obsession or possession）に悩まされること、後者は、外面的には「不感症における強直症」(catalespy in the insensibility）と見まがう宗教的「恍惚」(ecstatic）状態、または極端な場合、自らを神あるいは神の代理者と思い込む「神狂症」(theomania）になる可能性のあることを指摘している。

3. ウィリアム・ジェームズ『宗教的経験の諸相』

(William James, The Varieties of Religious Experience, London : Longmans, Green, and Co., 1902)　　　　　文庫 NO. 861

　ウィリアム・ジェームズの漱石への影響に関しては、過去に拙著（『夏目漱石―ウィリアム・ジェームズ受容の周辺―』、1989．2，有精堂刊）でも述べてきた。漱石文学に重要に関わるのは、中でも『心理学原理』(The Principles of Psycology 1901) であるというのが筆者の立場だが、その影響は漱石が朝日新聞の専属小説家として歩み始める明治40年～41年頃、講演「創作家の態度」あたりから始まる。それ以前の『文学論』を準備する段階、つまり「『文学論』ノート」の草稿中では、この著作に関するメモは見あたらず、ジェームズの著作でメモに言及があるのは、ここに取り上げる『宗教的経験の諸相』のみである。

　『諸相』にも無意識域、つまり潜在意識への言及があり、講演「創作家の態度」、小説「抗夫」に始まるジェームズ受容に『原理』と『諸相』のいずれが主導的役割を担ったのかは、議論のあるところだが、基幹をなす漱石の意識理論では、『諸相』の存在は未だ限定的であった、というのが筆者の立場である。

　このことと直接関係すると思われる、漱石の〔III―15〕「Monoconscious Theory」と題するメモに、〈consciousness ニ就テ James Rel. Ex. p. 231-232 ヲ見ヨ以下1886ノ発明〉とある箇所を引用しよう。第10講「回心―結び」(Conversion—concluded) の一節である。

　〈「意識の場」という表現は、ごく最近、心理学の本の中に盛んに用いられるに至ったものである。ごく最近までは、心的生活の単位として認められたのは、多くの場合、単一の「観念」であって、それは輪郭のはっきりしたものであると考えられていた。しかし現在心理学者たちは、第一には、事実上

の単位はむしろ全体的な心的状態、つまり意識の波全体、または、どんなときにも思考に現前している諸対象であると認めようとする傾向があり、第二には、この波を、この場を、明確に描き出すのは不可能だと認めようとする傾向がある。

　私たちのこころの場は、次々と続くので、各々の場にはそれぞれ関心の中心があり、その周りにある諸対象には、だんだん私たちが注意しなくなり、その辺りはすっかりぼんやりしてしまうので、限界がはっきり指示できなくなる。ある場は狭い場であり、ある場は広い場である。通常、私たちは広い場を持っているときには喜びを感ずる。なぜなら、その場合には、私たちは多くの真実を共に見るからであり、またしばしば、見るというよりは、むしろ見抜くというより他はないような諸関係を一瞥できる、なぜならそのような諸関係は、意識の場を超えてもっと遠くの客観性の領域に、私たちが実際に知覚するというよりはむしろ、まさに知覚しようとしていると思われる領域に、差し込まれるからである。また別の時には、つまり、眠いときや、病気の時や、疲れたときには、私たちの意識の場はほとんど一点に狭まってしまい、そしてそれに応じて、私たち自身も圧迫され縮小されるように感ずるのである。

　この意識の場の広さという点で、個人個人がそれぞれ生来の差を示している。偉大な組織的天才たちは、習慣的に広大な精神的視野を持っている人々であって、その視野には、未来の行動の全計画が一度に点線で描き出されて見られ、光線が一定の前進方向へ向かって、遙か前方へ差し込んでいる。平凡な人々では、問題のこのような壮大で包括的な見解は決してない。彼らは、一歩一歩、そしてしばしばまったく立ち止まってというように、自分の道を探りながら、つまずきつつ歩む。ある種の病的状態においては、意識は単なる火花に過ぎず、過去の記憶もなければ未来を考えるということもなく、しかも現在は、縮小してしまって、何かある単一な感情か肉体的な感覚かに過ぎなくなってしまう。

　この意識の「場」という方式が記念する重要な事実は、意識の周辺がはっ

きりしていないということである。私たちは意識の周辺に含まれるものにはあまり注意を払わないが、それにも関わらず、それはそこに存在しており、私たちの態度を導くのにも、私たちの注意の次の瞬間を決めるのにも、役立っている。それはあたかも「磁場」のように私たちの周囲にあり、この磁場内で、私たちのエネルギーの中枢は、意識の現在の局面が次の局面に移行するにつれて、あたかも磁針のように回転する。私たちの過去の記憶の全蓄積はこの周辺の彼方に漂っており、ちょっと触れただけで、すぐに入ってこようと準備しているのである。そして私たちの経験的自己を構成をしているすべての残余の能力や衝動や知識は、間断なくこの周辺を越えて伸びていく。このように私たちの意識生活のどの瞬間においても、現実的にあるものと、ただ潜在しているものとの間に引かれる境界線は実にぼんやりしているので、ある種の心的要素について、私たちがそれを意識しているかいないかを語ることは常に困難である。

　通常の心理学は、周辺の境界線をたどることの困難さを十分に認めながら、それにも関わらず、第一には、人間が今持っているすべての意識は、それが焦点にあろうと周辺にあろうと、注意の的になっていようと注意されていないとに関わりなく、また、まったく漠然としていて「場」の境界線を定めるのが不可能であろうとも、その瞬間の「場」の中にあるということ、第二には、絶対的に意識の周辺外にあるものは絶対に存在しないものであり、全然意識の事実であることは出来ないということを、当然のことと見なしている。

　この点まで来ると、私はみなさんに、前講において潜在意識的な生命について語った説明について思い出していただかなければならない。みなさんも思い出されるであろうが、私は前講で、これらの現象を重要視した最初の人々は、その事実を今の私たちが知っているようには知ることが出来なかった、と述べた。そこで今私がなすべき第一の務めは、私がどういうつもりでそのようなことを言ったかをみなさんに説明することである。

　私が心理学という学問の研究者になってから、心理学において行われたも

っとも重大な前進の歩みは、1886年の発見である、と私は考えざるを得ない。つまり、ある人々のうちに、少なくとも通常の中心と周辺とを持った普通の場の意識ばかりでなく、さらにその上、周辺の外に、第一次的意識のまったく外にありながらも、一種の意識的事実の部類に入れなければならず、その存在を間違いようのないしるしによって示すことの出来るようなものが、一群の記憶、思想、感情のかたちで、附加的に存在しているという発見である。この発見を私がもっとも重要な前進の歩みと呼ぶゆえんは、心理学が遂げたその他の進歩と違って、この発見は、私たちに人間性の構造の中にまったく思いも寄らなかったような特性のあることを明らかにしたからである。心理学がなしたいろいろな進歩で、このような権利を要求できるものは他にない。

　特に、場を超えて存在する意識、またはマイヤーズ氏の用語を用いるなら、識域下の意識、というこの発見は、宗教的伝記の多くの現象の上に光を投げかけてくれる。〉　　　　　　　　　　(p. 231 L. 1—p. 233 L19)

　引用部分から、漱石のメモにある〈1886ノ発明〉が、「場を超えて存在する意識、またはマイヤーズ氏の用語を用いるなら、識域下の意識」(a consciousness existing beyond the field, or subliminally as Mr. Myers terms it) の発見でであることが理解される。ジェームズがこの識域下の意識、つまり無意識領域を非常に重要視していたこともまたうかがえる。しかし『文学論』における意識の説明に、漱石はなぜジェームズではなくモーガンを用いたのであろうか。少なくとも識域下の説明に、なぜジェームズを援用しなかったのであろうか。

　『心理学原理』の一年後に書かれたこの著作におけるジェームズは、この無意識領域の意味合いに、純粋な意識理論の提示とは別の趣旨を付与しようとしていたように思われる。章題の「回心」(Conversion) からうかがえるように、ジェームズがここで話題にしているのは、「回心」、キリスト教への改宗、つまりこの世界から神の支配する世界に目覚める契機の問題である。

　ジェームズはここで、最近の心理学者が関心を寄せている「意識の場」

(the field of consciousness) について紹介したあと、意識の場の広い人と狭い人に言及してる。広い人は視野の広い人であり、恵まれた資質の人であり、幸福な人である。ここで触れられる「意識の場」が、人間が感ぜられる、知覚することの出来る世界とすれば、外の世界とは、人間の人知の及ばない世界である。

　文中、「意識の場を超えてもっと遠くの客観性の領域」(beyond the field into still remoter regions of objectivity)、「実際に知覚するというよりはむしろ、まさに知覚しようとしているように思われる領域」(regions which we seem rather to be about to perceive than to perceive actually) は、人間には無意識でしかあり得ない神の世界を暗示してる。そして、その世界の、「多くの真実を共に見る」(see masses of truth together) ことによって、「私たちは喜びを感ずる」(we rejoice) のである。

　文末の「場を超えて存在する意識、またはマイヤーズ氏の用語を用いるなら、識域下の意識、というこの発見は、宗教的伝記の多くの現象の上に光を投げかけてくれる。」(this discovery of a consciousness existing beyond the field, or subliminally as Mr. Myers terms it, casts light on many phenomena of religious biography) というのは、多くの宗教者があるきっかけで、識域下に存在していた神の世界に目覚める、その重要性を意味していると思われる。この著書の趣旨では、無意識域の重要性は、特に神の世界を暗示することにあったと言えよう。そして漱石は、その趣旨においてこの著書を理解していたと思われる。

　この著書で、ジェームズは多くの宗教家の宗教経験、特にその入信のいきさつについて触れているが、その主意は、どのようなところにあったのだろうか。大著であり、端的に述べることは難しいが、いささか筆者の推測を交えるならば、次のような箇所にうかがえるように思われる。第4，5講「健全なこころの宗教」(The Religion of Healthy-mindedness) の一節である。

　〈全体的に、精神治療運動とルター派及びウェスリー派の運動との間に、

心理学的類似があるように感じられる。道徳主義と徳行の信者では、「私は何をすれば救われますか？」と気遣わしげに質問する。ルターとウェスリーは、「あなたはそれを信じれば救われるのです。」と答えた。そして精神治療家たちもまさに同じ解放の言葉を持ってやってくる。彼らは、事実、救済の概念がその古代の神学的意義を失ってしまっているが、それにも関わらず、同じ永遠の人類の困難と闘う人々に語りかける。事態は彼らにとって具合が悪い、そこで「私は何をすれば、明るく、正しく、元気で、全体がよくなれるのでしょうか？」というのが彼らの質問の形式である。そして答えは、「あなたがそれを知ってさえいれば、すでに申し分なく、元気で明るくあるのです。」「すべての問題は一文に要約されるだろう」と私がすでに引用した著者の一人が言う、「神は申し分ない、だからあなたも申し分ない。あなたはあなたの真の存在の知識に目覚めなければならない。」

　彼らの説くところの人類の大多数の精神的欲求への妥当性は、より初期のキリスト教義に力を与えたところのものである。まさに同じ妥当性が、表面的には馬鹿らしく響くかもしれない精神治療の説くところの例にもあった。そして、その影響の急速な拡大とその治療上の勝利を見ると、それは、（たぶんその表明の多くの未熟さと途方もなさの重大な理由によって）それらの初期の運動が当時において演じたのと同じくらい、未来の民衆宗教の進化にも絶大に、大多数の部分に働くように運命づけられているのではないか、と問うてみたくなる。（中略）

　さて、ルター派の信仰による救済、メソジスト派の回心、そして私が精神治療運動と呼ぶものの歴史は、とにかく成長のある段階に達すると、性格のよりよい変化が、公認の道徳家たちが定める規則による促進では決してなく、むしろそれらの規則がはっきり覆される場合に、すべてよりいっそうの成功裏に起こるであろう、多くの人々の存在を証明するように思われる。公認の道徳家たちは、たゆまぬ努力を私たちに助言する。「昼夜、油断なく」彼らは私たちに厳命する、「受動的性格をくい止めよ、努力を惜しむな、いつもひきしぼった弓のように意志を保て。」しかし私が述べている人々は、

すべてのこの意識的努力は彼らに失敗と腹立ちをもたらすだけであり、彼らを以前に倍する地獄の子にするだけである、と考える。緊張した自発の態度は、彼らにおいてどうにもならない熱病と苦悩となるのである。彼らの器官は、ベアリングが非常に熱くなり、ベルトが非常にきつくなると、回転を拒否するのである。
　これらの状況において、成功への道は、無数の信頼すべき人の叙述が断言するように、一つの反道徳的方法、つまり、私が第２講で述べた、「屈服」であるということになる。能動ではなく受動が、緊張ではなく弛緩が、今、規則とされなければならない。責任感を捨てよ、あなたが手にしているものを放せ、あなたの運命の苦悩をより高い力に譲り渡せ、すべてのことの成り行きにこころから無関心であれ、そしてあなたは、内心の救いを得られるばかりでなく、それに加えて、あなたが真に放棄したと思った特別なものもまた見出すだろう。これが、自己絶望を通じた救い、ルター派の神学の死による真の誕生、ヤコブ・ベーメが書いている無に入る通路である。それに達するためには、心の内で一つの角が曲がる、通常一つの危険点が通過されなければならない。何かがくじけなければならない、生まれながらのかたくなさがうち砕かれて溶け、そしてこの出来事が、（私たちが今後たっぷり出会うように）頻繁に突発的自動的に起こり、そして当事者に、自分の上に外部の力が働いたという印象を残す。
　その究極の意味が何であろうとも、これは確かに人類の経験の一つの根本的状態である。ある人は、それが出来るか出来ないかが、宗教を単なる道徳主義的性格から分かつものだ、と言う。それを十分経験した人々については、いかなる批判もその実在性を疑わせることが出来ない。彼らは知っている、なぜなら彼らは、その個人的意志の緊張を捨てたとき、実際により高い力を感じたのだから。（中略）
　精神治療家の方法はもちろん多く暗示によっている。環境の暗示的影響はすべての精神教育で、きわめて大きい役割を演じている。しかし「暗示」という語は、公認の地位を身につけているが、個人のさまざまな感受性の多く

の調査をかわすのにも用いられてきたので、不幸にもすでに研究の多くの方面で白けさせる役割を演じ始めている。「暗示」とは、それらが信仰とふるまいに効果を示す限りでは、観念の力の別名に他ならない。ある人々に効果を持つ観念は他の人々には効果を示さない。ある時、ある人間環境で効果のあった観念も、他の時代、他のところでは効果がない。キリスト教会の諸観念も、初期の時代には精神治療の方向に効果を持っていたが、今日では効果を持たない。そしてすべての疑問が、なぜ塩がここではその味を失い、そこではそれを取り戻すのか、というようになると、あたかも信号を送らない旗のように、単なる「暗示」という語の空虚な旗振りとなる。ゴダード博士は、信仰治療に関する率直な心理学的エッセイで、それらが通常の暗示によるものであるとし、「宗教（彼はこれによって私たち庶民のキリスト教を意味していると思われる）は、精神治療に存在するすべてのものをそのうちに持っており、そしてその最善のかたちで持っている。（私たちの宗教的）諸観念に基づいて行動すれば、私たちにとってなされることの出来ることは何でも実現されるだろう。」と述べて、結論としている。そして、精神治療が援助の手を差し伸べるようになるまで、庶民のキリスト教は何もしないし、何もしなかった、というのが現実の事実であるにも関わらず、これである。〉

(p. 107 L. 33—P. 113 L. 2)

　ジェームズはここで、「精神治療運動」(the mind-cure movement) とルター派およびウェスリー派の運動との心理学的類似を指摘する。両者の類似とは、両者の説くところが「人類の大多数の精神的欲求」(the mental needs of a large fraction of mankind) に応ずる点であり、それは、初期キリスト教義に存在したものであると述べている。ジェームズの立場を忖度すると、心理学者であり精神治療にも関心のあった彼はここで、精神治療に宗教の持つ重要な役割を見いだしているのだと言える。

　ルター派の信仰とウェスリー派の信仰が現代人に差し伸べる救いの手とは何か。現代社会と現代文明が個人に要求する絶えざる努力と緊張は、人の精神そのものを破綻へと追い詰める。ここに現代社会に急増する精神疾患につ

いてのジェームズの現状認識があったことは言うまでもないだろう。必要なのは、「緊張した自発の態度」(the tense and voluntary attitude) からの解放である。信仰が説くのは、「屈服」(surrender) であり、「能動ではなく受動」(pussivity, not activity) であり、「緊張ではなく弛緩」(relaxation, not intentness) である。そして、「責任感を捨てよ、あなたが手にしているものを放せ、あなたの運命の苦悩をより高い力に譲り渡せ」(Give up the feeling of responsibility, Let go your hold, resign the care of your destiny to higher power) と勧める。自力の解決ではなく、解決を「より高い力」(higher power) に委ねること、それはまさしく神への帰依に他ならない。

人が精神的に行き詰まり、自己絶望の果てに、かたくなな自己がうち砕かれ、突然「自分の上に外部の力が働いたという印象」(an impression that he has been wrought on by an external power) が残る瞬間があるとジェームズは言う。その瞬間こそ彼が「人類の経験の一つの根本的状態」(one fundamental form of human experience) と位置づける、「回心」(conversion) の瞬間に他ならない。

19世紀、科学が万能視されていく中、なお宗教が現代社会に果たすであろう役割を、ジェームズは心理学者の立場から問おうとしたのではないだろうか。そのことは、第20講「結論」(Conclusions) の次のような一節からも伺える。

〈宗教が人を刺激し励ます力が非常に大きいので、リューバ教授は最近の論文で、人々は自分たちの神を利用できる間は、その神が誰であるか、または、そもそも神がいるかいないかさえもほとんど気にかけない、とまで言っている。リューバは言う、「問題の真相はこの方法でとらえることが出来る。神は知られない、神は理解されない。神は、時には食べ物の提供人として、時には道徳的支えとして、時には友人として、時には愛の対象として利用される。もし神自体の有用であることが証明されるなら、宗教意識はそれ以上の何も問わない。神は本当に存在するのか？ 神はどのように存在するのか？ 神とは何か？ これらの多くは無関係な質問である。神ではなく生

活、より大きくより豊かなさらなる生活、より満たされる生活が、要するに宗教の目的である。生活の愛こそが、発展のいかなる、そしてあらゆる段階においても宗教的衝動である。」

　この純粋に主観的評価によって、宗教はある意味、批評家たちの攻撃から擁護されると考えられなければなるまい。宗教は、それが知的内容を持っているか否か、また、もしそれが何かを持っているなら、それが真実であるか偽りであるか否かに関わりなく、単なる時代錯誤や遺物ではあり得ず、永久的機能を及ぼすに違いないと思われる。〉　　　（p. 506 L. 11―p. 507 L. 14）

　宗教に対してさまざまな批判がある中で、ジェームズはその現実的効用に目を向ける。それが人類の安心のために果たす、あるいは果たしてきた役割を、批判の如何に関わらず認めようとするのである。「宗教的経験の諸相」とは、言うまでもなく過去に行われてきた「回心」の諸相であり、ジェームズはそこに人間の救済の道を示唆していると言える。そこには敬虔な信仰者としての彼の側面がうかがえなくもないが、叙述には全体に心理学者としての客観的な抑制が働いており、そこに、宗教的著作であるにもかかわらず、漱石にも親近感を持たせ得たゆえんがあったように思われる。

　さらにまた、次のような箇所にもこの著作におけるジェームズの姿勢の一端が伺える。第14，15講「聖徳の価値」（The Value of Saintliness）の一節である。

　〈貧乏はいかにも骨の折れる生活である。そこには吹奏楽隊も、制服も、ヒステリックな民衆の喝采も、嘘も、回りくどい言い方もない。そして、富を得ることが、理想としてわれわれの世代のまったく骨髄に入り込む慣習になっているのを見ると、貧乏こそ価値ある宗教的使命であるという信念の復活が、「軍人の勇気の変形」ではないだろうか、また現代がもっとも要求している精神改革ではないだろうか、と思われるのである。

　われわれの仲間の英語を話す国民には、特に貧乏の称賛がもう一度大胆に謳われる必要がある。私たちは文字通り貧乏であることを恐れるようになっ

てしまっている。私たちは自分の内面生活を簡素にし守るために貧乏であることを選ぶ人を軽べつする。もし金融街で一般的争奪とあえぎに加わらない人がいると、私たちはその人を気力がなく大志に欠けると考える。私たちは、昔の貧乏の理想化が意味していたものを想像する力さえ失っている。その意義は、物質的執着からの解放、誘惑に屈しない魂、より男らしい中立性、私たちが所有しているものによってではなく、私たちの存在または行うことによって自分の人生を引き受けるということ、いかなる瞬間でも責任を負わずに自分の人生から逃げ去る権利、端的に言えば、より強健な状態、道徳的に戦う姿勢である。今日上流階級と呼ばれる人たちが歴史上にかつてなかったほど物質的な困窮や苦難におびえているのを見たら、風雅な家を建てることが出来るまで結婚を延期したり、銀行預金なしに子供を持って手仕事をせざるを得なくなるのを考えて身震いするのを見たら、思慮ある人々なら、男らしくなく非宗教的な世論の状態に対して抵抗すべきである。〉

(p. 367 L. 28—p. 368 L. 24)

II
文明・開化の理論

4. マックス・ノルダウ『退化論』
(Max Nordau: Degeneration, London: William Heinemann, 1898)

文庫 NO. 29

ノルダウは第一部「世紀末」(FIN-DE-SIECLE) の 3 章「診断」(Diagnosis) で一九世紀末の現状を次のように述べている。

〈強迫観念の影響下、退化した精神はある教義または他の、写実主義、好色文学、神秘主義、象徴主義、悪魔主義を広める。彼はこれを一貫した熱烈な雄弁さで、熱心さと燃えるような無頓着さで行う。他の退化した、ヒステリー症的、神経衰弱的精神が彼の周囲に群がり、彼の口から新しい教義を受け取り、それ以後それを普及するためだけに生きる。

この例においてはすべての関係者が誠実である。創立者は信奉者と同じくらい誠実である。彼らは脳と神経系統の病んだ組織によって、行為を強要されるように行動する。犯罪的な立場からは問題のないその状況はしかしながら、もし狂気の伝道者とその信奉者たちがより広く社会の注目を引くことに成功すると、薄暗いものとなる。彼はそれから、新しい教義の精神異常を非常によく理解できていながらそれを容認する、不信心者たちの群を受け入れる。なぜなら彼らは新しい派閥を仲間に加えることで名声と金を得ることを望むからである。芸術と文学が発達したあらゆる文明国家には、自分自身の力で生きるための精神労働は出来ないが生産の過程を真似ることだけは出来る、非常に多くの知的去勢者たちがいる。これらの片輪たちが不運にも職業的な作家たちと芸術家たちとを形成し、そして彼らの多くの有害な信奉者たちが真の独創的な才能を窒息させる。現在、流行してくると思われるあらゆる新しい傾向のために行動をせかせるのは、陣営の信奉者としてのこれらの人々である。あらゆる職人の配慮でもっとも新しい典型を下手に真似ることからそれらを防ぐ個性の戒めも、芸術的知識もまったくなかったために、彼

らは自然に現代人たちの中のもっとも現代人である。外部を見分けるのに賢い恥知らずの模倣者たちと盗作者たちは、健全なものでも不健全なものでも、あらゆる独創的な現象の周りに群がり、そして時間の無駄抜きにその偽造の模倣を普及させる。昨日、彼らが写実主義者または好色文学者であったように、今日、彼らは象徴主義者である。もし彼らが名声とよい売れ行きを自分自身に約束できるなら、彼らはあたかも冒険物語の騎士と盗賊のロマンスを紡ぐように、同じ流ちょうさで推理小説を書く。新聞批評と大衆がむしろこれらの事柄を求めていると思われるときには、中世の悲劇、そして村落物語となる。(中略)

　いかにして流派が起こるかが今や示された。それらは創立者たちと彼らが確信させた模倣者たちの退化から生じた。それらが流行し、そして短い時間喧しい成功にとどまるのは、よく受け入れる大衆の特性、つまり、ヒステリー症に起因する。私たちは暗示への超過敏性はヒステリー症の著しい特徴であることを見てきた。こころの退化が模倣者たちにまさる強迫観念の同じ力は彼の周囲につきまとって集まる。ヒステリー症の人物が、労働は将来美しく、深く、充実している、と声高に止めどなく確約すると、彼はそれを信じる。彼は暗示されるあらゆることを十分な感銘の深さで信じる。小さな牛飼いの少女ベルナデットがルルドの洞窟の中に聖処女の幻影を見たとき、あちこちに群をなす国を取り巻く熱愛の女たちやヒステリーの男たちは、幻覚の少女が自分で幻影を見たが、彼らのすべてが自分たちの目で幻影を見たと、単に信じたにすぎない。ゴンクールが主幹する雑誌は、フランス─プロイセン戦争中の1870年、パリの証券取引所の中と前に集まった数万の群衆は彼ら自身、もちろん彼らの一部だが、取引所の内部の柱に取り付けられたフランスの勝利を告げる電報を読み、そしてそれを群衆が指さした、と確信したが、しかしそれは事実として決して実在しなかった、と伝えている。興奮した群衆に暗示される感覚の錯覚の例を一ダース引用することが可能だろう。このようにしてヒステリー症は作用の拡大について確信するさらなる苦労もなく自分たちを許し、そしてそのうちに、作家自身による考えもなく、彼ら

の名声の指し示す、もっとも高い種類の美を見いだしさえする。もし党派がそれほど完ぺきに設立されているので、設立者たち、寺院の司祭たち、雇われた聖職者たちとコーラスの少年たちが加わって集まり、行列をなし、遠くまでベルが鳴り渡るなら、それはそれ自体暗示の方法によって新しい信仰を受け入れたヒステリー症の他の、他の転向者たちと結びつく。判断力のない若者たちは相変わらず自分の道を求めて、彼らが群衆の流れと見た方向へと向かい、そしてためらいもなく行列に続く、なぜなら彼らはそれを正しい道の行進と信ずるからである。〉　　　　　　　　　　(p. 31 L. 23—p. 33 L. 21)

　ノルダウは1849年、ハンガリーブタベストのユダヤ人の家庭に生まれ、医学を学んだ後、開業するが、人種的迫害のため、1886年パリ移住を余儀なくさせられる。移住後は、作家として、評論家として、またシオニズムの活動家として幅広く活動した。

　しかし37歳で故国を離れた彼が、必ずしも順調な文筆生活がおくれなかったであろうことは想像しがたくはなく、引用部分にも不遇をかこつ身の僻目のあることも否定しがたい。しかし知識人を含めて世相の動きに節操なく流される時代の風潮の描写は、オーストリーハンガリー王国の衰退に象徴されるヨーロッパ世紀末の西欧文明の退廃を、幾分の悪意を交えながら舌鋒鋭く批判している。あたかも時代の先端をいくかのように振る舞う新しい流派の運動を、率いる人たちもそれに盲目的に雷同する人たちも含めて、彼は等しくヒステリー症と断ずるのである。

　ノルダウは、そうなる要因に関して4章「病理学」(Etiology) の中で次のように述べている。

　〈さて私たちは、近年、大都会の居住者の数がいかに異常な程度増大しているかを知っている。現在は、五十年昔の場合と比べて、すべての人口の比較の出来ないほど大きい部分が、大都会の破壊的影響の支配を受けている。それゆえに犠牲者たちの数はそれに比例してさらに著しくなり、そして持続的により目立つものとなる。大都会の発達に平行するのは、すべての種類の

退化の数の増大である。犯罪、精神異常、そしてマグナン氏のいわゆる「高等退化者たち」、そしてこれらの最後が、精神異常のかつてなくより大きい要素を芸術と文学に導く努力にさらなる突出した部分を働かせることであろうことは、自然である。

　今日におけるヒステリー症の膨大な増加は、他に大都会の発達よりなおさらに一般的である一つの原因、部分的に退化と同じ要因、それ自体退化をもたらすのに十分ではないが、ヒステリー症と神経衰弱症を生じるのに疑いなくまったく十分である要因に起因する。この要因は現世代の疲労である。ヒステリー症が現実的に疲労の結果であることは、結論的に納得できる実験によって実証された。パリの生物学協会の報告で、この著名な研究員は言っている、「私は最近疲労とヒステリー症の慢性状態の間に存在する類推を表す確かな数の事実を観察した。人は、ヒステリー症に（無意識の！）対称の動きが頻繁に非常に特徴のあるやり方で示されることを知っている。私は、正常な人ではこの同じ対称の動きが疲労の影響下に生ずることを立証した。重傷のヒステリー症において非常に目立つやり方でそれ自体を示す現象は、任意の動きのエネルギーが周囲の刺激または精神的提起を通じて、感覚と摂取機能の平行する変更と共存する素早く瞬時の変更を受けることを証明する、あの奇妙な興奮である。この興奮は疲労の期間等しく証明されることが出来・・・疲労は真の一時的な実験的ヒステリー症を構成する。それは私たちが正常と呼ぶ状態と私たちがヒステリー症と名付けるさまざまな状態との間の過渡期を確証する。人は自分を疲れさせることによって正常をヒステリー症の個体に変えることが出来・・・（ヒステリー症を生ずる）これらすべての原因は、発病部分でそれらが関わる限り、一つの単純な生理学的過程である、活力の疲労低下にたどることが出来る。」〉　　　　　(p. 36 L. 7―p. 37 L. 17)

　ノルダウは、近年のヒステリー症および退化の急激な増加の原因を、大都会居住者の増大とそれに伴う「現世代の疲労」(the fatigue of the present generation) に求めている。

ノルダウは第二部「神秘主義」(MYSTICISM) で、1章「神秘主義の心理学」(The Psychology of Mysticism)、2章「ラファエル前派」(The Pre-Raphaelites)、3章「象徴主義」(Symbolism)、4章「トルストイズム」(Tolstoism)、5章「リチャード・ワグナー崇拝」(The Richard Wagner Cult)、6章「神秘主義の模倣」(Parodies of Mysticism) というように、同時代の文学界の動向を個別に論じているが、2章「ラファエル前派」では次のように述べている。

　〈芸術と文学の運動は、突然そして自発的に起こるのではない。それらは、世代の自然な進行のうちに伝えられる先覚者たちを持っている。ラファエル前派運動はドイツロマン主義の孫、そしてフランスロマン主義の息子である。しかし世界を通じたその放浪で、ロマン主義は、時代の意見の変化とさまざまな国の特別な性格の影響を通じて変更を受けているので、イギリスの子孫もドイツの祖先に何らかの親しい類似点をかすかに持っている。

　ドイツロマン主義はその起源において、十八世紀を通じて確固たる影響力を持った、フランス百科全書派の精神に対する反動であった。彼らの古来の誤りの批評、彼らの世界と人間の性質についての難題を解決するための新しい体系は、最初人の目を奪い、心酔させるに近かった。彼らはしかしながら、長期間満足させることが出来なかった、なぜなら彼らは二つの点で重大な過ちを犯したからである。彼らの現実の知識は世界の総合的現象を説明することが出来るためには不十分であったし、彼らは人間を知的存在として見た。それらの厳密に論理的で非常に正確な理由付けを誇る彼らは、これは知識の方法であるが知識それ自体ではない、という事実を見落とした。(中略)

　世界を説明するための理性的方法の適用に対して反抗する神秘主義と、人類の精神生活へのそれらの適用に対して反抗する「シュトウルム・ウント・ドラング」は、これら二つの革命的な運動の団結と誇張以外何もないロマン主義の最初の成果であった。それが中世思想を溺愛で取り上げたことは時代の環境と感情に起因した。ロマン主義の始まりはドイツのもっとも深い屈辱の時期と一致し、そして才能ある若い人々が外国支配の不名誉から被った苦

しみは、彼らのすべての思考の内容に愛国的色彩を与えた。中世時代の間、ドイツはもっとも強大な力と知的に花盛りの時期を過ごして来た。ホーエンシュタウフェンの世界帝国の権力によって、宮廷吟遊詩人たちの詩の輝きによって、そしてゴシック大聖堂の巨大さによって、同時に同じ時期輝いたこれらの世紀は、嫌悪感で満たされ、時代の知的な無味乾燥さと政治的地位の低下をうち破ろうとする彼らの精神を、自然に魅了したに違いない。彼らはナポレオンからフリードリッヒ一世へと逃げ、ヴォルテールの嫌悪感からワルター・フォン・デル・フォーゲルワイデに元気を引きだした。ドイツロマン主義者たちの外国の模倣者たちは、もし彼らの現実からの飛翔が中世思想に休むために来たのだとすれば、彼らは彼らの先駆者としてドイツ愛国主義を持っていることを知らない。

　ロマン主義の愛国的側面はその上、この傾向のもっとも健全な才能の人々によってのみ強調した。他の人たちでは、退化の現象のかたちをもっとも象徴的に表す状態にある。シュレーゲル兄弟は「アテネウム」誌にロマン主義のこの計画を提出した、「すべての詩の始まりは理由を理性的に考える方針と法則を停止すること、そしてわれわれを再び空想の美しい奇行と人間自然の原始的混沌へと運ぶことである・・・詩人の自由意志には服従という法はない。」これは低能者の、虚弱な精神の思考と表現の確かな様相であり、その脳は洞察力と理解力を持って世界の現象についていくことが不可能であり、そして彼は、虚弱な精神を特徴づける自己満足をもって、自分の薄弱さを優越性として宣言し、そして統御されない連想の産物である自分の混乱した思考は、健全な精神の人たちが自分に同情していることを自慢して、唯一の確かな称賛に値するものである、と断言する。考え方の不規則な連想に加えて、大部分のロマン主義者たちに、その自然の付随物として神秘主義が表れる。彼らを中世時代の思想で魅了するものは、ドイツ帝国の巨大さと権力でもなく、その時期のドイツ生活の豊かさと美しさでもなく、奇跡信仰と聖者信仰のカトリック教であった。「われわれの神の奉仕は」クライスト卿は書いている、「類のないものである。それは冷ややかな理性にだけ訴えかけ

る。カトリックの祝祭はあらゆる感覚に深く訴えかける。」カトリック教の曖昧な象徴主義、司祭の動作のあらゆる外見、秘密に満ちたあらゆる聖餐の奉仕、衣装のあらゆる荘厳さ、聖職者の器と美術作品、オルガンの雷のような音の圧倒する効果、お香の煙、けばけばしい聖体顕示台、これらのすべては、簡素なプロテスタントが行う以上に、疑いなく混乱し曖昧でかすかな考えの面影を呼び起こす。フリードリッヒ・シュレーゲル、アダム・ミューラー、ザカリアス・ウェルナー、ストルベルグ伯爵のカソリックへの改宗は、神秘主義の心理学の議論に従事してきた読者にとっては、それらのロマン主義者たちに関して信仰のほとばしりはしばしばみだらとなる感覚の敏感さを伴うことが明瞭であるのと同じくらい、まったく首尾一貫した結果である。〉

(p. 70 L. 42―p. 73 L. 39)

　ノルダウは、「フランスの百科全書派」(the French encyclopaedists) の知性万能主義の欠点、そしてそれへの反動として起こったドイツロマン主義の中世思想への盲目的崇拝のはらむ危険性と欠点を、その発生の動機に言及することで、ここに的確にとらえている。そうした背景には目を向けないまま、退嬰的な神秘主義を継承するイギリスのラファエル前派の運動をこのあと個別に批判していくことになるのだが、百科全書派は一時期自国フランスで圧倒的な支配で支持を受けており、またドイツロマン派が自国で熱烈な歓迎を受けたことを考えると、ノルダウの批判のいずれの心情にも組みしない客観的冷徹さは、祖国を持たないコスモポリタンゆえの独特の視点であるとも言える。いずれにしても彼がここに見いだしているのは、未来へではなく中世への、科学によるのではなく神秘主義への、退行的傾向である。

　ところでノルダウは、この著書の第三部に「エゴマニア」(EGO-MANIA) を充てている。エゴイズムとも異なるこの表題は、強いて訳せば「自己中心症」とでもなるのだろうか。この著書の中で主要な意味を持っていると思われるので引用しよう。第三部1章「エゴマニアの心理学」(The Psychology of Ego-Mania) の一節である。

〈発達は無意識の有機体の「私」から鮮明な意識の「私」へ、そして「私ではないもの」の認識へと進む。幼児はたぶん、誕生前でさえ、そして誕生後はどんな場合でも、その重要な内部過程を感じ、それらが健康に活動していると満足を示し、たとえば飢え渇き、そして疲労のような器官の一般的状態に感じられ表現される何らかの妨害が生じると、その不快さを動作と、また呼吸と喉頭の筋肉の動きだけの叫びによって表明する、体感を持っている。しかし鮮明な意識は未だそのためには存在せず、脳は未だ劣った中枢を越える支配を得られていない。感覚印象はたぶん感じられるが、きっと未だ考えにはまとまらず、活動の大部分は意志のまったく意識されない行動によって優先され、そして反射的行動のみである。それは、脳の意識が十分な鮮明さに達すると、後には気付かれないくらい曖昧となるほどの局部的な意識の現れである。少しずつより高度な中枢が発達し、子供は、その知覚から考えを形づくり、そして目的に適合する任意の活動をするために、感覚印象に注意を払い始める。その意識的意志の目覚めに、「自我」の意識の誕生がつながる。子供はそれが個人であることを理解する。しかしその内部の組織過程は、感覚神経によって自我に伝えられる外部世界の進行より非常に多くをそれに費やし、そして自我自体が意識を多かれ少なかれ完全にいっぱいに満たす。子供はこの理由のために、利己主義の典型であり、そしてさらに進んだ年齢に達するまで、全体的に自分自身とその欲求と好みに直接関係しないどんなことにも、まったく注意も興味も示すことが出来ない。脳の持続的鍛錬によって人間は最終的に、まさに他の人々や自然と関係する考えを求める成熟の段階に到達する。それで意識は少しずつ自分自身の器官の重要な過程に関してはより少なく、感覚の刺激にはより多く費やすようになる。それは、それらが差し迫った必要を示すと前者にだけ注意を払い、それが醒めた状態では、逆にいつも後者と関わる。「私」がはっきり「私ではないもの」の背後に退き、そして世界のイメージが意識の大部分を満たす。

　その分かれた存在としてのはっきりと意識的な個人の「私」の構成が生きていることのもっとも高度の達成であるのに劣らず、「私」の発達のもっと

も高度の段階は、自身のうちに「自分ではないもの」を具体化すること、世界を含むこと、利己主義を克服すること、そして他の存在と事柄と現象と密接な関係を築くことのうちに存する。オーギュスト・コント、そして彼の後ではハーバート・スペンサーが、この段階をイタリア語「他の人たち」から「利他主義」と名付けた。(中略)

かくして健全な人間が私たちに明らかになる。彼は自分の内部の興奮にはわずかにそしてまれにしか気付かないが、自分の外部の印象には常にはっきり気付いている。彼の意識は自分の器官の活動のイメージではなく、外部世界のイメージで満たされている。彼の劣った中枢の無意識の働きは、高度の中枢の十分な働きの傍らでほとんど消滅する部分となる。彼の利己主義は、彼の個性を残すために厳密に必要である以上には強くなく、そして彼の思考と行動は、自然と彼の仲間の生き物たちについての知識によって、そして彼が彼らに負っている熟慮によって、決定される。〉　(p. 251 L. 31―p. 253 L. 41)

ノルダウは、人間の自然な発達の過程を、自己中心的なエゴイズムの段階から、自分以外の外部の存在に目を向けることにあると考える。そこで考えられる健全な成人とは、「利他主義」(altruism) に目覚めた人、自分以外の外部の存在に注意を払うことの出来る人である。

彼はまたそれとは逆に、不健全な人間について次のように述べる。上の引用文に続く部分である。

〈まったくそうでないのは退化した人物によって提示される光景である。彼の神経組織は正常ではない。標準からの脱線が最終的になるものについては私たちは知らない。非常に可能性があるのは退化の細胞が正常な人間のそれとは少し異なって形成され、原形質の微粒子が別の方法でより少ない規則性で配置される。分子の活動は、その結果として、自由さと素速さがより少なく、調子良さと力強さがより少ないやり方で起こる。これはしかしながら、単なる証明できない仮説にすぎない。それにも関わらず、退化者のすべての肉体的兆候または「症状」、観察されたすべての発達の阻止と不揃いは、神経細胞の、またはたぶん一般細胞の、生物化学と生物機構の混乱にそれら

の起源を持つことを理論的に疑うことはできない。

　退化者の精神生活においては、その神経組織の変則がその結果として、個人の発達の高度な段階を達成すること、つまり個性の不自然な限界から自由に出てくること、すなわち、利他主義の無能を持っている。彼の「自我」と彼の「自我ではないもの」の関係に関して、退化した人間はあらゆる生活に子供を残している。彼は外部の世界をわずかしか認めないか、気付きさえせず、自分自身の肉体の器官的過程でだけ満たされる。彼は利己的以上の、エゴマニアである。（中略）

　感覚神経または知覚中枢の、あるいは両者の無感覚に、不健康に修正され強められた器官の重要な活動が加えられると、器官の感覚と感覚知覚の間の自然で健康な関係がさらに強く押しのけられる。それで組織体の自我感覚、または体感は、すでに器官の内部過程以外気付くことのない意識内の外部世界の知覚の大部分、または全部を曇らせることによって、抑えきれずに目立つ位置へと進められる。この方法でここに、私たちが見てきたように、退化者の知的生活の基礎的現象に起因して築かれる、あの過度の興奮または感情過多が生ずる。なぜなら、思考過程と同じくらいその提示の色合いを決定する、絶望か喜び、怒りか悲しみ、という基礎的情緒傾向は、その神経、導管、そして分泌腺に生ずる現象の結果だからである。情緒的退化者の意識は、外部世界の出来事によって感動しない強迫観念と、外部の刺激への反応ではない衝動によって満たされている。（中略）

　エゴマニアの人にとって絶対必須のことは、彼自身の重要性とすべての彼の行動の意義を莫大に過大評価することである、なぜなら、彼は自分自身にだけ夢中になるが、外部の事柄についてはわずかか、あるいはまったく夢中にならないからである。彼はそれゆえに、他の人たちや世界との関係を理解し、世界の設立全体に彼が演じなければならない役割を適切に評価する姿勢がない。この重大時期について、エゴマニアと誇大妄想症を混同する傾向があるかもしれないが、二つの症状の間には性格的な違いがある。誇大妄想症は、真実それ自体、その臨床的補完物のように、絶え間なく意識にその身体

的「自我」に仕えることを強いる器官内の病的過程によって引き起こされる、迫害の妄想である。〉　　　　　　　　　(p. 253 L. 42―p. 257 L. 34)

　ノルダウによれば、「退化者」(the degenerate) は、子供から大人へ、本来の発達が出来ない人々であった。興味深いのはここでノルダウが、「退化」を「デ・ジェネレート」(de-generate)、文字通り年齢を重ねることの逆行現象として認識していることである。本来の人間の発達の過程が幼児期の利己的から利他主義へ、自己中心的な認識から他者及び外部世界をふまえた認識へ、であるとすれば、退化とは、「利他主義」(Altruism) から、再び小児の「利己主義」(Egoism) への退行現象であり、それを端的に表すのが「エゴマニア」(Ego-Mania) であった。その意味で、この著書の表題である『退化論』(DEGENERATION) は、まさしく世を挙げての年齢の退行現象を意味するものであり、彼が指摘するヒステリー症や感情過多や過剰な自己固執がその症状であったと言えよう。

5. チェーザレ・ロンブローゾ『天才論』
(Cesare Lombrozo, The Man of Genius, London : Walter Scott, 1891)

文庫 NO. 928

　マックス・ノルダウの『退化論』はロンブローゾに捧げられており、ノルダウはその「献辞」(Dedicated to CAEZAR LOMBROSO) の中で、退化という概念を最初科学の分野に導入したのはモレルであり、それを著しく発展させたのがロンブローゾであって、彼自身の著作がその恩恵を多く被っていると述べている。

　ロンブローゾがこの『天才論』においても、「天才」における「退化」の問題に非常なこだわりを見せていることは、第一部「天才の特徴」(The Characteristics of Genius) の2章「天才と退化」(Genius and Degeneration)、3章「神経症の潜在的状態と天才の精神異常」(Latent Forms of Neurosis and Insanity in Genius)、4章「天才と精神異常」(Genius and Insanity)、第三部「狂人の天才」(Genius in The Insane) の1章「文学における狂人の天才」(Insane Genius in Literature)、2章「狂人における芸術」(Art in The Insane)、3章「文学と芸術的精神異常」(Literary and Artistic Mattoids)、4章「政治上と宗教上の狂人と半狂人」(Political and Religious Lunatics and Mattoids)、第四部「総合。天才の退化的精神病」(Synthesis . The Degenerative psychosis of Genius) の1章「天才の狂人たちの特徴」(Characteristics of Insane men of Genius)、3章「天才のてんかんに似た性質」(The Epileptoid Nature of Genius) という著作全体の章立てにうかがえ、また、てんかん症やヒステリー症、アルコール中毒症といった多くの病症への言及もそういう問題意識の表れと見て取れる。

　しかしロンブローゾの退化現象に対する立場は、それをモラリスチックに容赦なく糾弾するノルダウとは幾分異なっている。引用するのは第一部「天才の特徴」の2章「天才と退化」の、「天才」(Genius) と「才人」(Talent)

の違いを説明する一節である。

　〈「才人は」ユルゲン・マイエルは言う、「自己自身を知り、いかにしてまたなぜそのような理論に達したかを知っている。天才はまったくそうではなく、いかにしてとなぜに関して無知である。天才の着想ぐらい、何気なくというものはない。」ハーゲンも書いている、「天才の特徴の一つは、抑えがたい衝動である。本能が動物にある行動を成し遂げることを強いるように、生命の危険を冒してさえも天才たるものは、ある考えに支配されると、自分自身他の考えに身を委ねることが出来ない。ナポレオンとアレクサンダーが征服したのは、栄光への愛からではなく、全能の本能に従うものであった。科学的天才たるものは平穏ではない。その活動は自発的努力の結果であると見えるかもしれないが、そうではない。天才はそれをしたいという理由で創造するのではなく、創造せねばならぬという理由である。」そしてパウル・リヒターも書いている、「天才は多くの点で真の夢遊病者である。彼は明晰な夢において目覚めているとき以上に理解し、そして最高の真実に到達し、想像の世界が彼から持ち去られると、突然現実に投げ落とされる。」〉

(p. 19 L. 12—L. 30)

　〈天才はそれらが完全に知られる前に事実を見抜く。かくしてゲーテは知られる前にイタリーを上手に記述し、シラーはスイスの国と国民をそこへ行くことなしに記述した。そしてそれは、すべてが通常の観察に先んずる明察によるものであり、そして天才は、非常に高度な調査に費やして、慣習に従わないという理由と、狂人には似て才人には似ず、しばしば乱れるという理由で、軽べつされ誤解される。普通の人々は天才を創造に導いた歩みに気付かないが、彼の結論と他の人々のそれとの違いと彼のふるまいの奇妙さが分かる。ロッシーニのバルビエレ、そしてベートーベンのフィデリオは非難をもって受け止められた。ボイトのメフィストフェレとワグナーのローエングリンはミラノで非難を浴びた。いかに多くのアカデミー会員が新しい哲学の世界を発見したマルゾーロに同情的にほほえんだことか！　反ユークリッド幾何学の第四次元を発見したボルヤイは気違いの幾何学者と呼ばれ、砂の小

麦粉を作ろうとする粉屋にたとえられた。誰もが、フルトンとコロンブスとパピン、そして今日ならピアッチとプラガとアベル、そしてイリウムを発見したシュリーマンに与えられた扱い方を知っており、そこには他にはそれを求めようと夢見た人は誰も居らず、一方、学識のあるアカデミー会員たちは笑った。フローベルも書いた、「不人気でなかった進歩的考えはかつてなかった。醜聞を引き起こさない正義の行為はかつてなかった。ジャガイモかナイフによる攻撃を浴びせかけられなかった偉人はかつていなかった。ヴォルテールが言ったように、人間の知性の歴史は人間の愚かさの歴史である。」

　この迫害において天才は、才能の武器と、虚栄心の興奮と、俗悪さで彼等に共通する好みと大部分の世俗からなる支配による名声を所有する、アカデミー会員たち以上にどう猛で恐ろしい敵を持たない。いかにもここには、知性の通常の水準がひどく低下しているので、住民たちが天才だけでなく才人さえも憎むようになっている、国々が存在する。〉　　(p. 35 L. 29—p. 36 L. 30)

　ロンブローゾはここで、多くの犠牲にも関わらず、天才たる本能に従って行動する人々と、常識の枠内で行動する才人と呼ばれる人々を対照的に取り上げている。天才は往々にして狂人と誤解される、あるいは、しばしば一人の人間の中に天才と狂人が共存するという指摘は、この著書の中で繰り返される主張である。通常の人々が慣習にとらわれた枠内で物事を判断するのに対し、それを破る存在が天才と狂人であり、それゆえに彼等は世間から迫害を受けることとなる。ロンブローゾは、一貫して歴史の進歩、つまり新しい発見や改革を実現することに価値を見いだす立場にあり、社会からはみだし、迫害を受ける危険を顧みない天才と狂人、つまりは退化者に同情的であり、社会の常識的な枠内にいて世俗的な権力と名声に安住する才人に対して批判的である。

　では、なぜ世の中の天才に狂人と見誤られる人が多いのか。ロンブローゾは第三部「狂人の天才」の4章「政治上と宗教上の狂人と半狂人」で、次のように述べている。

くこれ全体が、なぜ政治上と宗教上の国の偉大な進歩的動きが、非常にしばしば、狂人または半狂人によってもたらされるのか、または少なくとも決定されるのか、ということの私たちの理解を助けてくれる。理由は、天才と狂人の、ましてや両者の性格を持つ人々の特別な特徴である独創性、彼等自身の興味に奉仕するのに十分量の利他主義を生ずる高い可能性、そして、改革がいつも歓迎されず、改革者に頻繁に血の報復が加えられると公に認められることに彼等がしばしば出合いながらも、新しい真実が発見されるという目的に向けられる彼等の生活、これらのうちに結びつけてだけ見いだされる。
　「そのような人物たちは」モーズリーは言う、「より着実な知識人たちによって見過ごされている思考の間道をとらえたり追ったりし、そしてそれゆえ、物事に横からの光を投げかけることによって、思いがけない関係性を発見する傾向がある。ある人は、特別な天才または才能を持たない人々のうちにさえ精神のこの傾向を観察している。彼等は物事の見方に奇抜な方法を持っているので、行動の一般的常道で動くとか、思考と感情の通常の慣例に従うことはしないが、時折、人生の非常に初期に、彼等の観察のうちにある独創性、そしてたぶん特異性を発見する。
　再び注目に値するのは、それらの幾人かは、まるでそれらが、考えと感情の連想が因習的な感情の魔法を周囲に投げかける対象または出来事としての機械工の問題であったかのように議論することが、解放される道であることである。大多数の信仰については、彼等は通常、信仰の指針が一点からまったく反対の点へと突然回りがちで、しばしば一定ではないけれども、多かれ少なかれ異端または異教であり・・・彼等が取り入れる意見に強い信仰が吹き込まれると、彼等はその普及に多くの熱意と精力を見せる。」彼等はあらゆる障害物に無頓着であり、そして沈着で懐疑的な思索家たちのこころのうちに生ずる疑いによってこころを乱されなかった。かくして彼等は頻繁に社会的または宗教的改革家となった。
　彼等は、時代と状況によって用意される最新の動向を指し示す以外何も創

造せず、また、新しさと独創性への彼等の情熱には感謝するけれども、彼等はほとんどいつも最新の発見や改革を吹き込まれており、そしてそれらを未来の推測の出発点として用いる、ということが理解されるだろう。

かくしてショーペンハウエルは、悲観主義が流行になり始める時期に神秘主義と共に書き、そしてすべてを一つの哲学大系に融合しただけである。シーザーは護民官たちによって用意された意見を発見した。〉

(p. 242 L. 1—L. 24)

ロンブローゾはここで、偉大な進歩的動きになぜ狂人もしくは半狂人がかわることが多いのか、という疑問に答えるかたちで、偉大な進歩または改革を生み出す人物の特徴について述べている。その中には、時代の動向を察知することに機敏なだけで、天才や才能を伴わないこともあるという視点も含まれており、彼の歴史の真実に向ける目の冷徹さの一端を物語っているように思われる。

ロンブローゾはまた、第二部「天才の原因」(The Cause of Genius) の5章「文明及び機会の影響」(The Influence of Civilization and of Opportunity) では次のように述べている。

〈三百年前、スコットランド思想の統計表を作ろうと企てる人があったとしても、おそらくその表に載せるべき一人の名前も見いだし得なかったろう。しかしスコットランドは、宗教的非寛容さという重苦しい覆いから解放されて、私たちも知っている通り、大胆で独創的な思索家たちにとって、ヨーロッパにおけるもっとも豊かな中心地の一つとなった。

他方で、古代、人種と風土によって知的創造に関して第一級と位置づけられたギリシャは、もはやその優秀さの足跡を示していない。風土と自然は変わっていないが、奴隷制度、政治制度、そして住み難さといったようなものが、あらゆるギリシャの強さを消耗させてしまったのである。なぜなら、国は、その存在が確かでゆとりがない限り、芸術や高度な思索といった贅沢なことに分け与えるゆとりはないからである。

5. チェーザレ・ロンブローゾ『天才論』

このように蝟集の影響は、しばしば国がよい状態にあることの効果によって装われるだろう。〉 (p. 154 L. 23—L. 38)

ロンブローゾはここで、才能を輩出する点で発展著しいスコットランドと、衰退著しいギリシャを対比的に取り上げている。彼の論旨は、人が自ずから群となって一カ所に集まってくる、個人の「蝟集」(agglomeration)が才能の輩出に関与する、というものであるが、彼がここで指摘しているのは、蝟集の背景となる国のあり方の問題である。個人が蝟集する国に多くの才能が生まれるとすれば、才能のある個人の集まりやすい国とはいかなる国か。興味深いのは、国の諸制度のあり方が関与しているという指摘である。

同じ章で、彼は次のようにも述べている。
〈1765年、スペジングは、すでに使えるように準備したポータブルガスをホワイトヘブン株式会社に提案して、拒否された。後日、チョーサー、ミンケラーズ、レボン、そしてウィンザーが出てきて、彼の発見を専有するという比類ない利益を得た。石炭は十五世紀からずっと知られており、1543年、ブラスコ・ド・ガレーがバルセロナ港で蒸気と外輪の水搔き装置によって船を初めて推進させた。スクリュー蒸気機関が発明されたのは1790年以前であった。パピンが蒸気航行の実験を行ったとき、彼は嘲笑以外何ものにも出合わず、山師として扱われた。スクリューがついに用いられたとき、それを発明したソバージュは、それが動くのを彼が借金によって監禁された監獄からのほか、決して見ることがなかった。(中略)
ニュートンの引力の法則は、より詳細にコペルニクスとケプラーの研究において16世紀すでにあらかじめ示されており、フックによってほぼ完成されていた。
磁気学、化学、そして犯罪人類学でさえ、それは同じである。文明はそれゆえに、天才や発見を生まないが、それらの進歩を助けるか、またはより正確に言えば、それらの容認を決定する。
それゆえに、天才はいかなる時代いかなる国にも存在出来るけれども、生

存競争の中で生き物の多数が他の犠牲となるためにだけ生まれてくるように、非常に多くの天才たちが、もし好機に巡り会わなければ、知られぬままか、または理解されぬままに終わってしまう。

　天才の成長を助けるいくつかの文明が存在する一方、他は天才を傷つける。たとえば、文明がもっとも古く、そして頻繁に更新され、更新の都度より強くなったイタリーのそれらの地域では、国民の気質はより開放的であったけれども、天才が生まれることはまれな出来事であった。一般的に、国の通常の文化がより初期の時代のものであるほど、新しいことが熱心に受け止められることはより少ない。これに反して、文明が最近のものである国々では、ロシアにおけるように、新しい考えが最大の好意を持って受け入れられる。〉　　　　　　　　　　　　　　　(p. 156 L. 32—P. 158 L. 6)

　ロンブローゾはここで、些末におよびすぎるのではないかと思われるほど、新しい発見発明が、すでにそれ以前の時期になされていたことを記している。こうした記述は、実はその時、世に受け入れられずに、封じ込められていた、という歴史の記述でもある。つまりは、好機に巡り会えず葬り去られた天才の受難の歴史を執拗に記しているのだと言える。

　文明はそれ自体は、「天才や発見を生まないが・・・それらの容認を決定する。」(does not produce men of genus, and discoveries; but…determines their acceptance.) いかに国や社会が、天才の発見を容認しないことが多いかをロンブローゾは述べているのである。一国の文明のあり方についてロンブローゾの示唆は貴重と言えよう。

6. ギュスターブ・ル・ボン『社会主義の心理学』

(Gustave Le Bon, The Psychologoy of Socialism, London : T. Fisher Unwin, 1899)

文庫 NO. 869

　本書は、第一部「社会主義の理論とその使徒たち」(The Socialistic Theories and their Disciples)、第二部「信仰としての社会主義」(Socialism as a Belief)、第三部「民族によって影響を受ける社会主義」(Socialism as Affected by Race)、第四部「経済的必要性と社会主義者たちの大志との不一致」(The Conflict between Economic Necessities and the Aspirations of the Socialists)、第五部「進歩の法則である民主主義の理想と社会主義者たちの大志との間の不一致」(The Conflict between the Laws of Evolution, the Democratic Ideal, and the Aspirations of Socialists)、第六部「社会主義の宿命」(The Destinies of Socialism)という構成からなっている。表題は『心理学』となっているが、通常の心理学書とは異なり、社会主義思想が発生する社会的状況とその要因、社会主義の様々な形態、さらにはそれがはらむ問題点を考察している。

　ル・ボンは、第一部「社会主義の理論とその使徒たち」の2章「社会主義の起源とその発展の要因」(The Origin of Socialism and the Cause of its Development)の中で次のように述べている。
　〈18世紀の人々は」トクビルは言う、「かつてあったような労働の本源であるこの幸福への情熱をほとんど知らなかった。上流階級では人々は、生活を快適にするより飾ることに、豊かになるよりむしろ有名になることに遙かに多く関わった。」
　この全般的な富の追求はその必然的な結果として、道徳の全体的低下と、そのあとに続くこの衰退の結果をもたらした。もっともはっきり目に見える結果は、社会的劣者の目に映る、中産階級によって享受される名声の莫大な

減少であった。中産階級社会は、一千年の貴族社会と同じく一世紀の歴史を持っている。それは三世代より少ない間に消耗し、そしてその下の階級からの絶え間ない補充によってのみそれ自体を更新する。彼等は自分の息子たちに富を贈与するだろうが、数世紀だけが教え込むことの出来る偶発の特性についていかにして息子たちに贈ることが出来るだろうか？　莫大な財産が偉大な遺伝的特性の身代わりになるが、これらの莫大な財産は非常にしばしば過ぎるくらい、嘆かわしい人の手に落ちる。

　近代の若者は、すべての先例、すべての先入観を払い落とした。それは、義務の観念、愛国心、そして名誉から、しばしば過ぎるくらい、馬鹿げた束縛、単なる無駄な先入観に至ると思われる。彼等はまったく成功の崇拝だけに学び、もっとも荒々しい好みとどん欲さを見せる。投機、策略、金持ちとの結婚、または相続が財産をその手にもたらすと、彼等はそれらをもっとも俗悪な喜びだけに捧げる。(中略)

　中産階級のすべての階層のこの堕落、しばしば過ぎるくらい彼等が富を得るために用いるいかがわしい手段、そして彼等が日々引き起こす醜聞は、たぶん主として社会の中層低層階級に憎しみを広めることに寄与したであろう要因である。この堕落は、富の不公平な分割に対する近代社会主義者たちの痛烈な非難に重大な正当性を与えた。今日の莫大な財産がしばしば過ぎるくらい数千人の不幸な人間たちの謙虚な資金から徴収される膨大な略奪を基盤とすることを示すことが、単に後者にとって容易すぎるようになったにすぎない。そのほかにいかに私たちは、時折りホンジュラスの貸し付けの例のように総額の50パーセントを超える額の手数料のためにすぐ彼等を破産させるもののほか、自信に満ちすぎた申し込み者たちが破産するであろうことが完全に確かな借り手の事情について完全に知られている巨大な銀行によって始められる外国貸し出しのような金融業務に権限を与えることをしているか？飢えにせき立てられて、公園の片隅であなた方の時計を盗む貧しい悪魔は、これら金融の海賊と比べて、実際に咎められるべき部分は無限に少なくないのだろうか？　再度、世界中で商業のいくつかの特定部門のすべての産物、

たとえば、銅や石油を、運用が絶対に必要な物品の価格の二倍または三倍となり、数千人の労働者たちを無為と窮状に追い込む結果ををもたらすよう、買い占めるために互いに団結する巨大な資本家たちの「輪」について、私たちは何と言うべきか？　私たちはスペイン—アメリカ戦争の時に、世界のほとんどの市場で手に入れられるトウモロコシをすべて一挙に買い、それが引き起こした不足の開始が価格を巨大に増大させた時にだけ、それを再販した若いアメリカ人の百万長者の行ったような投機について、何と言うべきか？　取引は彼に４百万ポンドをもたらしたが、それはスペインとイタリーで飢餓と暴動など、ヨーロッパに危機を引き起こし、そして多くの哀れな人々が餓えで死んだ。社会主義者たちがそのような投機の張本人を公共の海賊にたとえ、彼等が縛り首にあたいすると断言するのは、本当に間違っているのだろうか？

　社会の上級階層の堕落、不平等と頻繁な富のひじょうに不公平な分割、大衆の増大するいらだち、常に喜びより大きい要求、旧い階級制と旧い信仰の衰微——すべてのこれらの状況のうちに、急速な社会主義の拡大を正当化させる不満の多くの理由が存在する。　　　　　　（p. 13 L. 20—p. 16 L. 34）

　18世紀以降の急速な資本主義の発展、そこでは、よりよい生活の実現のために働くという、労働の本来の素朴な意義がすべての階層から見失われてしまう。あり余る財力をひたすら虚飾に費やす上層階級、金持ちになるために他の人々のことを顧みず、投機の機会をうかがう中層のブルジョワ階級、貧困にあえぎながら不公平な労働に就かざるを得ず、不満をつのらせつつある下層階級、彼らには、人間が本来享受すべき生活の喜びがない。これは社会主義を拡大させるのに十分な状況であると、ル・ボンは指摘するのである。

　では、社会の閉塞状況の打破のために、ル・ボンは社会主義を推進しようとしているのだろうか。先に引用した部立ての表題からもうかがわれるように、ル・ボンは社会主義に多くの問題点を見いだしており、必ずしもその未来に楽観的ではない。それがうかがえる部分を引用しよう。第二部「信仰と

しての社会主義」の 2 章「文明の要因としての伝統」(The Tradition as a Factor of Civilisation) の一節である。

〈社会主義は旧い信仰に取って代わることになる新しい宗教だろうか？それは、これまで世界を支配し持ちこたえてきた偉大な宗教の根本的 強さである、未来の生活を創造する魔法のような力という、成功の一つの要因を欠いている。社会主義によって与えられるすべての幸福の約束は、この地上に実現されねばならない。現在そのような約束の実現は、人間が越える力を持たない経済的心理的必要性と致命的に衝突し、そしてそれ故に、社会主義出現の当代はその衰退の時代となろう。社会主義はたぶん、革命の人道主義者の思想が勝利したように、つかの間勝利するだろうが、血の大変動で急速に滅びるだろう、なぜなら民族の魂は無益に動かされないのだから。それは、同じ世紀がその誕生とその死を見、そして人間自然と、すべての社会が従うことを運命づけられるような法則によりよく適応する他の宗教を準備し、復興するのにだけ用いられるにすぎない、いくつかのつかの間の宗教の一つを設立するだろう。社会主義を新しい教理の出現を準備すべく運命づけられた解放の代理人と考えると、未来はたぶん社会主義の演じた役割を絶対には有害ではなかったと判断するだろう。〉　　　　(p. 83 L. 30―p. 84 L. 18)

ル・ボンは社会主義の未来を、仮に成功したとしてもつかの間であり、普遍的な教理には成り得ないと指摘する。その理由としてル・ボンは、従来の宗教が来世に約束するのと異なって、社会主義が約束する地上の幸福の実現の難しさをここで指摘しているが、彼が社会主義に抱く危惧をこの著書の中に項目的に拾ってみると、社会主義の一形態である「共産主義」(Collectivism) の国家または共同体における「絶対的独裁権」(The abusolute dictatorship) の存在、社会主義の主たる「信奉者たち」(The Disciples) である「労働者の衝動的で軽率な性質」(Impulsive and imprudent character of the workman)、世論を扇動する「準学者と空論家たち」(The demi-savant and the doctrinaires) の存在、群衆の「明らかな暴力と現実の保守的傾向」(The apparent violence and real conservatism)、「民主主義の理想と社会主義者たちの大志の不一致」

(The conflict between the democratic ideal and the aspirations of the Socialists)、等々が見い出せる。

　ル・ボンはまた、第二部「信仰としての社会主義」の1章「私たちの信仰の基盤」(The Foundations of our Beliefs)では次のように述べている。
　〈信仰の進化のこの遅さは、歴史のもっとも本質的な要素の一つを構成し、同時に歴史家たちによってもっともわずかしか説明されない要素の一つを構成する。心理学だけがその要因を決めるのを可能にする。
　人間は、否応なく支配される外部と変わりやすい状況の他に、先祖伝来または感情的概念と後天的または知的概念の二種類の概念によって特に人生を導かれる。
　先祖伝来の概念は直接的な祖先の遺産である民族の遺産であるか、または誕生時に与えられ、そして行為の根本的動機を決定する、遙かに隔たった、無意識の遺産である。
　後天的または知的概念は、人が環境や教育の影響下に取得する事柄である。それらは理由づけること、説明すること、筋道を付けて話すことでは人の手助けをするが、人の行為の要因となるのは非常にまれである。彼等の行動におよぶそれらの影響は、繰り返される遺伝的蓄積によってそれらが彼等の副意識に浸透し感情となるまで、実際上まったくない。もし後天的概念が時折先祖伝来の概念と競うことに成功するなら、たとえば異なる民族の成員間の交配において起こるように、後者は正反対の遺産によって中立化されるか無効化される。個人はそれである種の白紙状態となる。彼はその先祖伝来の概念を失ってしまい、その都度の衝動のなすがままの、道徳も人格もない雑種以外の何ものでもあり得ない。
　世俗的な遺伝の非常に重要な一つの理由は、日々生まれる非常に多くの信仰と考え方に、私たちは世代の過程で圧倒的で普遍的になるものを見いだすことが非常に少なかったことである。人は、すでに年を重ねた人類には、もしこの信仰が前の信仰を深く攻撃しなかったら、新しい普遍的な信仰は形成

できないとさえ言うだろう。国民は総体的な新しい信仰のようなことをわずかしか知らずに来た。たとえば仏教、キリスト教、イスラム教のような独創と思われる宗教は、私たちがそれらの進歩の進行段階だけを考察すると、実際上単なる前の信仰の開花である。それらは、それらによって取りかわる信仰が時の経過を通じてその絶対的支配を失ってしまったときにだけ、発展することが出来た。それらはそれらを実行するさまざまな民族に応じて変わり、普遍的であることはまったくなく、それらの教義の書状のうちにある。私たちは他の著作ですでに、国から国へと渡るうちに、それらの国々の前の宗教にそれ自体を接ぎ木するためにそれらが基盤的に変形されたものとなることを見てきた。新しい信仰はこのようにしてなくなり、前の信仰の若返りとなる。キリスト教にはユダヤ教の要素があるだけではなく、ヨーロッパとアジアの人々のもっとも旧い宗教にその源泉を持っている。ガリラヤの海から滴る一筋の水は、単にすべての異教徒の古代の風習がその方へその水を転ずるという理由だけで、猛烈な河となった。〉　　(p. 61 L. 22―p. 63 L. 4)

　ル・ボンはここで、「民族の遺産」(the heritage of the race) である「先祖伝来の概念」(Ancestral concepts) もしくは「無意識の遺産」(an unconscious legacy) のわれわれの行動に及ぼす影響力の大きさについて述べている。「後天的または知的概念」(acquired or intellectual concepts) は環境や教育によって一時的に影響力を持つことはあっても、それがまったく取って代わることはないというのが彼の基本的な考え方である。代わってしまってはその民族の独自性が失われてしまうという考え方とも言える。つまり、彼の立場は基本的に、「社会主義」という新しい思想を受け入れようとするより、むしろ拒絶する伝統主義の立場であったと言えなくもないだろう。

7. ベンジャミン・キッド『西洋文明の原理』
(Benjamin Kidd, Principles of Western Civilisation, London : Macmillan & Co., 1902)　　　　　　　　　　文庫 NO. 865

　漱石文庫には、キッドの著作はこのほかに、『社会進化』(Social Evolution, London : Macmillan & Co., 1898) があるが、圧倒的に漱石の書き込みおよびメモが残されているのが本著である。各章の構成は、1章「時代の終わり」(The Close of an Era)、2章「進化論の仮説における意義の中心の転換——計画された効率性の原理」(The Shifting of The Center of Significance in The Evolutionary Hypothesis —— The Principle of Projected Efficiency)、3章「近代思想の立場」(The Position in Modern Thought)、4章「西洋自由主義の現象」(The Phenomenon of Western Liberalism)、5章「課題」(The Prpblem)、6章「現代の趨勢」(The Ascendency of The Present)、7章「未来の管理下の現在の死」(The Passing of The Present under The Control of The Future)、8章「西洋史における巨大な自己矛盾の進展——第一段階」(The Development of The Great Antinomy in Western History : First Stage)、9章「西洋史における巨大な自己矛盾の進展——第二段階」(The Development of The Great Antinomy in Western History : Second Stage)、10章「近代の世界的闘争」(The Modern World-Conflict)、第11章「未来へ向けて」(Towards The Future) となっている。
　この中で先ず取り上げねばならないのは、キッドが進化論に基づく原理と位置づける、2章の考え方であろう。漱石が〈死は progress ノ条件ニシテ、生——how to live ハ開化ノ目的ナリ〉〔II－I〕「開化・文明」)というメモを書き残している部分である。
　〈もしもっとも低い生命のタイプで生存の期間に終わりがないなら、もし生命の高度のタイプで肉体を組織する細胞の生命の期間を著しく延ばすことが出来るか、もしくはぴったり種が欲求するように厳密に短縮することが出

来るなら、それはまさに自然界で初めて遭遇する定期的死の現象である。つまり、生命の多細胞タイプの間で、細胞それ自体の性質において起源以来の生得的要因に起因すると考えられることが、生命のより高度のタイプにおける生存期間の長さよりどれだけ多くそのような要因に起因するとして考えられるのだろうか？　換言すれば、この現象もまた自然淘汰の法則と何らかの関係がないのだろうか？　端的に言えばその背後には、それが遭遇し始めた段階の進化の過程における何らかの強力な功利性の原理、当分の間、単なる個体の利益を越えて全体で考えられなければならなかった意義についての功利性の原理がなかったのだろうか？

　この質問への答えは、生物学においてもっとも注目すべきものの一つである。ワイズマン教授の言うところによれば、生命は、自然淘汰の法則の働きの下に、多細胞タイプの間では、私たちが最初この現象に出会った段階で、個体に固定した期間が永久に与えられるようになったこと、そして生命が始まって以来、進化の前進過程にそのような現象が有益であるという理由が、主旨として考えられるだろう。

　功利性の示唆される原理のおかれる方向は、その時ワイズマン教授が行った時より明確に、私たちは現在気付かされるだろう。生命が生み出してきたすべての進歩の基礎にある現象は、変異のそれであった、なぜなら、自然淘汰が働く未熟な物質を供給するのがこれだったからである。しかしながら、単細胞形態以上の生命のタイプにおける変異の要因に注目が集まってくるようになると、もし生命の高度な形態における個体が無限の生存の長さを与えられ続けたとしたら、少なくとも一つの重要な点で、進歩が不利な条件になったであろうこと、そして私たちが進化の、後のより高度の過程で出会うことになる莫大な成果の連続は生むことが出来なかったであろうこと、が明らかになった。なぜなら、永久に自然のうちに自分の場所を専有する個体には、私たちがこれら生命のより高度な形態の中に現象を目撃してきたような、変異、適応、そして進化の余地はなかったであろうからである。そのような形態は、少なくともこの点で同じように生存する他の存在と共に、定期

7．ベンジャミン・キッド『西洋文明の原理』　75

的に繰り返される世代によって表される形態との競争において不利な立場であるに違いない。個体の定期的な死は、端的に言えば、生じ続けてきた進歩の必須の付随物として示された。個体は、生命が参加する広大な進歩の過程の中で、おのれの種のより大きな利益のために死なねばならない。

　ここに概略述べた中心的考え方の深い意義は、それをもう少し詳しく考えるとはっきりしたものとなるだろう。私たちは、初期のダーウイン主義者の、より大きな意義に覆われた、生存競争の中にある個体と、そこに「それ自体への利益」が確保される有利さが関わっているという考え方について知っている。私たちが無制限の時間を通じて働いている自然淘汰の法則に気付き、常に無限で常に未来に存在する無数のより大きな利益と関わると、私たちは考え方に最初ははっきりしない概念としての原理、つまり、未来と万人の利益のために現在と個体の膨大な規模に犠牲に向けて強い続ける進歩過程における生得的な必要性の原理を持っていることが明らかとなった。生命が人間のこころにずっと結びつけて来た中心的現象は、個体の死ということである。しかし今私たちには、進歩の過程における初期の段階で、生命が進歩を始めた膨大な進化の発端の基礎となる、この個体の犠牲の原理という基礎的表現として私たちに与えられたこの現象が存在する。

　この点から進められる最近の生物学的思考は、私たちが記述しようとしてきた固有の発達の多くの見解で成立していると言えるだろう。私たちは、現在を未来に明確に置き換える過程の中に進化的仮説の重大性の核心を見る。私たちは、生命の過程の隅々まで支配する原理として増大する確実性をもって認められるダーウィン主義者の自然淘汰という原理を見る。しかし私たちはもはやそれを、初期のダーウィン主義者たちの空想を満たしていた、身近な重要性である現在の生存競争における「歯の中の赤や渓谷にかぎつめ」のように、すべてその意義を個体の利益に結びつけて考えることはしない。

　ジェム・プラズマの持続性、後天的資質の非遺伝性、自然淘汰の理論における性的生殖の意義、また後退する進歩というような題名の下にワイズマン教授によって発表された理論のさらに先の諸説によって生ずる幅広い問題の

専門的なことにも、それらを巡って行われてきた多くの議論の理非にも、ここで入る必要はない。私たちのここでの関心事は、これらの理論が生じたことについてのすべての論議の背後に背景として現在存在する事実、つまり、進化過程における自然淘汰の原理の働きの方法に関する新しくより大きい概念についてである。変異の目立った特徴は、自然淘汰が個体と現在の利益をまったく万人と未来の利益に従属させることによって、膨大な時間にわたって固有の目的に向けて進歩の過程を支配するという介入を通した、個体と現在の利益の第二の場所への移管であり、そして未来と万人に結びついた要因の見方の出現である。

　もし私たちが問題をどこかの点で取り上げ、そこに存在する議論の方向を読みくらべたなら、この特徴がいかに目立ったものとなっているかに気付かされるだろう。たとえば変異現象において強力な功利性の原理と関係するような性的生殖の現象についての議論には、私たちには持続的に、あらゆる現在の過程が背負わされている未来の利益に関わる事実の状況下に、自然淘汰の原理が働いているという考えに導くものが存在する。固有の見解かまたは主張が生じて意見の不一致として表れることには何にでも、この問題に現在与えられている進歩の指示の主たる概要が疑いなく存在出来る。私たちはそれを、世代、種、そしてまったくの類型が、個体と世代の利益がまったく従属することになるに等しく常に未来の意義によって負わされている、選択の働きの中で互いに適応してきた過程として理解する。私たちは生殖の問題を、それが現在、初期のタイプの間で多くの遠回りでためらいがちな道のりによって取り組まれた闘いを、生命のより高度な形態の間で行っているように、その背後に存在する功利性の原理がそれ自体に生存競争の中にいると感じさせ始めているように、理解する。私たちはそれ自体が漸次明らかになりつつある莫大な問題の概要を見守り、そして現実にすべての過程の方向を管理するようになることがいかに世代の役割であるかを銘記せねばならない。

（中略）

　過程がより高度の形態に達しても、それは、それ自体働いていることが身

近で単純なかたちで観察される未来の利益への現在の従属という同じ原理である。一方で私たちは、成熟した個体の増大しつつある機能の差別化と構造の複雑化に向けて絶え間ない進歩を続けて来た。他方で私たちは、あらゆる新しい個体の生命に単細胞の始まりと同じ出発点をしっかり返すという課題の基礎的状況によって、自然に課せられている不動で変えることの出来ない必然性を持っている。この出発点と持続的に増大しつつある複雑性の成熟した段階との間に介在する、個体の無能な状態の絶え間なく増大する間隔を効果的に橋わたしする努力は、親子関係が生じ始める機能に、新しく課せられるある種の現象を浮かび上がらせる。私たちは、これらの機能が自然淘汰の重圧の下に進歩するので、現世代に絶え間なく増大する重荷として負わされつつある未来の重荷を知っている。私たちは、生命の進化の隅々まで、この親であることの創立を巡って現実にいかに偉大な競争が集中してきたかを実感し、そして他の後に続くあるタイプが、もっとも効果的なやり方で現世代への増大する未来の要求に出会う競争に失敗し、後れをとったかを知っている。子供が未熟な状態で卵を離れ、親の世話なしにこの世界に放り出される、生命のより低い形態は、漸次後の方に取り残される。鳥類では未来の重荷はさらに効果的に遭遇させられる。進化は卵の遙か以前にもたらされ、そして子供はその後で親の世話に恵まれる。ほ乳類では、生命の樹の他の新芽が非常により高度の親の可能性をもたらした。子供はもはや卵の中で離れて生存する危険に制約されず、そして誕生後、長い期間食物と世話を受け続けられる。ほ乳類自体の中に私たちは、有袋動物から胎盤動物に移る間に生じた進歩と同じ進歩の流れを見いだせる。あらゆる種とタイプは、これまでやってきたように、未来の重荷の下、失敗しつつ、時の広大な広がりを越えて固有の目的へと向かう進化の過程を支配する自然淘汰が生命の主要な新芽を漸次人類へ向けて上昇させていく中で、漸次種族として脱落する。〉

(p. 52 L. 20—p. 60 L. 10)

　キッドはここで、個体に「定められた生存の期間」(the cycle existence) があることを取り上げ、そこに「自然淘汰の法則」(the law of Natural Selection)

が関与していないかと考える。そしてワイズマンの指摘から導き出されるのが生命体に所与されている「功利性の原理」(the Principles of utility) である。個体が永久に生命を専有するなら、生命がこれまで行ってきた、変異、適応、そして進化はなく、それゆえ個体の死は、「進歩の必須の付随物」(the necessary accompaniment of the advance) であり、「個体は、生命が参加してきた広大な進歩の過程の中で、自らの種族のより大きな利益を助けるために死なねばならない。」(The individual must die to serve the larger interest of his kind in the immense process of progress upon which life had entered.)

　ここからキッドの考えは、個体が現世代を越えて「未来のためににに課せられている負担」(the burden of the future) に向かう。個体が所有する現在の利益は、すべて現在の自分のためにあるのではなく、「現在は未来の利益に従属する」(the subordination of the present in the interests of the future) という原理である。親が子供の養育のために課せられている負担を例に、キッドは種族の存続のために、個々の個体が現在負わされている役割を指摘する。

　キッドはこの原理について章の終わり近くで、次のように要約している。
　〈私たちが関わってきた進歩では、たとえそれらが同時に起こっていたにせよ、現実的効果があるように、連続し、そして膨大な時の間隔によって隔てられていると私たちに思える結果をよく考えることが必要である。こころの中にこの事実を持つと、私たちは生命における進化の過程を、私たちが現在そして未来において計画された効率性の原理として指示されているだろう原因の支配の下に進行しつつある、と考えねばならないことが前述のことから理解されるだろう。発生から伝わってきた生命の勝者のタイプは、この原理の働きの下にその位置を保ってきた者たちである。現在私たちを取り囲んでいる者の中で未来に所属するタイプは、この原理の働きの下にそれを保つであろう者たちである。未来が来ると、この原理がそれを表すことをうまくやって行けるだろう表現を見いだすことを通じて、それはもっとも効率の良い性質を備える形態となるだろう。そしてもしどんな定められた生存の形態

7．ベンジャミン・キッド『西洋文明の原理』

にも当てはまる科学的公式を構築することが可能であったなら、相続人諸君、未来にその位置を、そして生存する個体たちの利益を維持することは、彼等が未来における多数者の利益の中に含まれるようにならない限り、その中に余地のないことが見いだされるだろう。〉　　　　（p. 62 L. 29～p. 63 L. 20）

　キッドはここで、その原理を、生命の進化の過程を指示する「計画された効率性の原理」(the principle of Projected Efficiency) と規定している。いかにすれば種の持続がもっとも可能であるのか、自然界に定められたその効率を追求することが競争の世界に生きる私たちの取るべき道であるという考え方である。必要なことは、「彼等が未来における多数者の利益の中に含まれる」(they were included in the interets of the majority which is in the future) ようになることであり、おのれの種族が未来において強者として生き残ることである。その意味でこれは、種の存続を究極の目的とした、進化論に立脚する功利主義の立場の表明であると言えるだろう。

　それではこの原理は、実際に西洋史においてどのように適用されるのか、それがよくうかがえるのが3章「近代思想の立場」の次のような一節である。

　〈それにも関わらず、私たちが、知的運動において18世紀終わりのフランス革命の概念から現在のドイツの社会民主主義へと拡大してきたような民主主義の理論を詳しく調べ続けると、私たちが西洋史に見出す目を見張るような光景の本質は明らかである。理論に関わる基礎となる理念は、思うに、ほとんどいつも一文に表現されるだろう。それは、すべての科学の概念と社会の哲学を含む、その成員の利益に向けて効率よく組織された「国家」の理論である。社会進化に関する有力な理論の主旨は、国家の利益と社会の利益は一つで同じとなる傾向にあり、歴史における統治要素は従って、経済的要素であり、そしてすべての近代の社会進化の傾向はそれ故に、いわば、道徳学者と理想的な立法者の分野に尽くすことである。

　もし一瞥してこれが大げさな言い方であると思いたくなると感じる人がい

るなら、その人は、西洋史の近代という時期、思想を民主主義運動と一致させるべく求めてきた段階の歴史を、自身単にすぐそれとは反対に納得するために振り返っているだけである。

　私たちが個人と社会的行為の原理に関する声明に着目すると、コンディヤック、エルベシウス、ディドロ、ダランベール、その他の記述では、それらはフランス革命前夜に向けて記し始められるので、私たちはいかに西洋思想がこの時点ですでに固定した考えを巡って思いめぐらし始めていたかが理解されるだろう。政治が統治の概念それ自体を表現する段階にあることは紛れもない。現存する成員たちの目的に奉仕するために効率よく組織された国家の概念が、あらゆる政治社会科学の原理に転換をもたらすことが要点である。「社会」は、知ってのとおり、発展のの始まりから彼等自身の利益に向けて組織された現存する市民たちから成り立っていると考えられる。「社会の利益」と現存する市民たちの利益は、どこでも同じか、または互いに取り替えられる間柄と考えられる。そして社会の幸福の内容はつねに、それがあたかもこれら市民たちが彼等自身の利益として得る見通しに必然的に含まれているかのように、考えられ、語られる。

　この段階以降、すべての革命文学の至る所に、私たちは、「主権を有する国民の意志」がそれ自体を漸進的に、国家に組織されたような国民の利益の中にまったく実現させていく過程として西洋史に表現される発展に出会う。後のマルクスにおけるようなルソーの理想では、それは、社会の科学を制定した国家において共同に組織される国民の利益の理論である。私たちが導かれて向かう社会進歩の理論では、人類史においてどこでも私たちに統治要素として与えられているのは、従って、経済的要素、つまり、現存する個々の人々の利益である。そして私たちが後にジェームス・ミルの理論でまさにそれと出会うような、道徳の科学というこの考え方と並んで具体化するのを知っている、ふるまいの理論とドイツの最近の社会民主主義の考え方では、結果として、簡潔に規律のよくとれた国家における個人たちの利益の科学となる。エルベシウスの言葉における「道徳の科学はまさに、法制そのものの科

学である他はない。」である。（中略）

　西洋史の中にこのめざましい進歩の歴史を追い求める研究者は、19世紀を通じたイギリス思想の文献に自分以前の明らかに際だったすべてのその階梯を見いだす。私たちが、その影響がイギリスでこの世紀の中間の数十年、政治理論の領域では全体に、道徳科学の領域ではかなりの範囲で普及した、ベンサムの著作の数巻を読むと、今ここで重要視されている固有の特徴があらゆる箇所に見いだせる。国家の理論が全体として社会の理論を受け入れる認識が絶対的となった。個人におけるよく規律されたふるまいが「幸福をもたらす計算法」の唯一の要素であり、人類の道徳の目的が国家における個人の啓発された自己利益と同じ意味であることは、至る所で私たちが出会う考えである。「共同体の利益は」ベンサムは言う、「それを構成する個々の成員の利益の総計である。」社会の利益の科学は彼にとって国家において彼を取りまくと考える成員たちの利益の科学である。進化の過程においてすべてのそうした利益と社会の利益との間に何らかの敵対の原理があったこと、私たちを取りまくすべての目に見える利益は、社会との関わりにおいてまったくそれらに勝る意義の目的に従属するという言い方で、科学的に述べられるだけであること、これらのことを意味するような痕跡は少しもない。それとは逆に、「利益」が「義務」に従属する理論は何であれベンサムにとって無意味であるだけでなく不合理であった。彼の意見ではむしろ、「利益に義務が貢献させられねばならず、そうすることが出来るのであった。」両者が寛大な感覚でよく考えられた場所では、「利益の義務への犠牲は実際的でもまったく望ましくもなく、それは現実に実現できず、そしてもし仮に出来たとしても、人類の幸福はそれによって促進されなかっただろう。」というのがベンサムの主張であった。ベンサムにとっては、端的に言えば、個人の自己利益に関する社会的功利性の証明は、社会の科学の基礎的原理となったのだった。彼自身の言葉を用いると、「もしあらゆる人が、誤りなく自分自身の利益のために行動して、得られる幸福の最大限を得るなら、人類は手にすることの出来る千年間の至福に達するであろうし、そして道徳の目的である、万

人の幸福が達成される。」〉　　　　　　　　　　(p. 70 L. 8―p. 75 L. 10)

　キッドがここで指摘するのは、18世紀末のフランス革命以来西洋史に広まりつつある民主主義思想の流れである。そしてその中で彼が主張するのは、端的に「その成員の利益に向けて効率よく組織された『国家』の理論」(the theory of the "State" efficiently organised towards the interests of its members）である。「利益」の効率の良い公正な個人への配分に民主主義の端的なあり方を見いだそうとしているとも言える。

　後半部、彼は19世紀のイギリスの思想家ベンサムに言及しているが、国民が、国家や公共への「義務」と個人の「利益」の板挟みにおかれる中で、先ず「自分自身の利益のために」(for his own interest) 行動すべき、というのは、かなり過激な発言と感じられなくもないが、しかしそれも端的な民主主義の立場の表明と言えるだろう。

　キッドはまた、10章「近代の世界的争い」でアメリカ合衆国の発展について次のように述べている。

　〈それから数世紀に渡って領土と国家との間の類似の経済的争いが続いた。端的にシュモラーは言っている。「17世紀と18世紀の国内の歴史は、単にドイツにおけるだけでなく、その他どこでもまた、国家の経済政策と、町、地区、そして種々の私有地の経済政策との対立に要約される。」

　この発展の二つの主な特徴の本質的性質については疑いがない。それは、あらゆる事柄にわたって、外部の競争に反対して守る障壁が一つ一つ壊され、そして経済的自由の領域がより多くの共同体に拡大されていく経済過程の成長の強さと、表現される。これは示された第一の原理である。第二の原理も同じくはっきりしている。絶え間なく成長を続ける自由の領域内をより強い状況とより高い効率性のこの進歩に導く歩みは、それにも関わらず、彼等の利益を意味する経済的利益によっては、決して考えられなかった。それは、彼等の現在のそして固有の利益は、すべての過程が示す、より大きな未来に従属するという原理を意味した。

ここに示される従属の要因の本質は何であったか？　シュモラーはこの問いに現実的な答えを与えていない。何らかの説明が試みられるまで彼は原理を、彼が「州の発達過程」または「国家の発達過程」と呼ぶものの性向と単純に同一視している。この問いに答えるために私たちは、未だ達成されていないもっとも進んだ段階、つまり、今日私たちが主に英語を話す世界のうちにそれを象徴的に見るような、経済的過程の考察に戻らなければならない。

　さて、今日アメリカ合衆国の実業と産業活動が、その未来への関わりに気付いた進化論者にもっとも十分に感銘を与えている事実が、この国の経済過程に届くほどの強さになっていることはすでに認められている。観察者が東洋と中央大陸から西欧国家に移動しながら、もしアメリカ合衆国の発展が、彼が大西洋から太平洋まで広がりつつあるのを見ている通りの、経済力の自由競争に向かって健全な方向にその状態を続けるなら、未来への膨大な可能性の確信がこころに広がる。アメリカ合衆国は疑いなく、そのような自由の状態が普及していくことがこれまで世界で行われたもっとも重要な領域であることを実現する途上にある。自由取引所の状況を考えてさえ、自由貿易の原理の世界のもっとも大きい実際的適用にすでに到達しているのがこの領域である。

　これまで地方と現在と、そしてそこにシュモラーの記述した段階より遙かに巨大な程度の固有の利益の多数を支配してきたに違いなく、また状況の普及する強さを生み出す中で、アメリカ合衆国の未来に一般的にそのような支配の場所をほぼ勝ち取る、固有のものの万民のものへの服従というあのより偉大な要因の働きに必然的に対立する立場に立つ、それ自体の本質的目的を見出したに違いない、広大な要因とは何であったのか？

　この問いへの答えは単純で明らかと思われる。そしてなお、私たちがその究極的な適用を理解すると即座に、私たちは、国家と国籍のすべての理論の範囲を越えて、私たちの見解を拡大した。要因は思うに、単純に、アメリカ合衆国の住民を単一の国民にしたこと、創立時に最初の各州が互いに対して障壁を立てないと決めたこと、後にその存続の危機に際して彼らを分裂状態

から二つに分離した国籍になるのを防いだこと、という深く横たわる同じ有機的な要因である。それは同じ国民を、この結束へと同化させ、他の場所では考えられない素速さと完全さで、彼等がもともと取り囲まれていたラテン文明のさまざまな断片の理解へと駆り立てた要因である。それは彼等を等しい素速さで同化させ、そしてヨーロッパからそこに流入し続けてきた数百万の新しい社会階層を作り上げる要因である。しかしこのすべてにおいて、私たちは、私たちがここに目撃しているのは、単なる種族または国籍の拡大ではないことをはっきり理解しなければならない。それは意識化された原理の勝利の行進、私たちが一貫して記述してきた過程の長い努力を通じて原理が世界に広められたということであった。労働の要因は、同じ原理を思い描く他の系統のこころを動かして最近オーストラリア大陸の連邦政府で成果を上げたこと、または、他の人たちに働きかけて、英語を話す国民たちの間で彼等をより広い結束の理想に導いたことに、すべての点で類似している。しかしそれは、政府、政治、または国家の意識的機構に直接的に関係する要因ではない。それはむしろお互いを、私たちの文明の究極の意味が一致し、そしてその統御の下に世界が私たちが動き続ける未来に向けて進むことを定められている、力と要因の荘厳な自然の発展過程において前進すべく、緩やかに集中することを意味する。

　この過程の光の中でシュモラーが記述した第一段階の発展に戻って振り返ると、私たちが目撃するに違いないのは、それがより大きな意味を孕むものになっていることである。私たちが現在その中に本来的であると気付く原理が明白になっている。共同体において絶え間なく増大する経済的自由圏の拡大を通じた強さと効率性に向けた経済過程の進歩のより初期の局面に、私たちは、よりよい表現を求めるならば、シュモラーが「国籍」の、または「国家形成」の理念と記述するこれら初期の理念を巡って集中する西洋史の経済的発展過程を見いだす。初期の時代これらの理念の基礎が人類のこころに意識的に与えられるようになるまでは、それは疑いなく進化以前の時代の特徴である部族的または地方的利己主義の表現以外わずかしか表現されなかっ

た。しかし後の段階の過程のより深い重要性が現在明らかとなってきた。単なる国籍以上のより高度の意識がそれを通してそれ自体を表現し始めたのだ。

　知識の成長で今日現代文明の最先端を占める人々が歴史の代表者となって自由競争の原理のこの世界におけるとてつもない意義を理解するようになり、また彼等がその歴史の長い緊張を通じてこれらの原理が世界に広められることを理解し始めるようになり、そして彼等が、自然淘汰の遮るもののない緊張の中で、西洋史のいたるところの、そしてそれが未来に向かって伝えられるいたるところで、自分たちがが進化の過程の主たる流れが襲いかかるという原理の典型的なものになっていることをとりわけ理解するようになるなら、種類の異なる共同体の感覚は、そしてまた、これまでずっと強烈に存在したどんなことも、それ自体をこれらの人々が世界の将来に向けて押し進めつつある過程であると表現するようになるに違いない。シュモラーが漠然とした意識で歴史にその進路を求めて見いだした経済的解放に向けた発展が、もし意識化されたなら、これまで国籍の理念の下に部族的または地方的利己主義が自分自身を表現していたこと以上の計り知れないより高い意義と厳格な拘束を伴うこととなろう。

　近代思想の展望に私たちは端的に、世界の進歩の過程に古い感覚における「国籍」の時代が含まれるという事実的見方をしている。西洋史における進歩の過程は緩やかだが、政治的経済的機構が最終的には基礎的倫理概念の異なる解釈の外面的表現になるであろう、いくつかの社会体制の制度間の争いになる段階に向けて確実に集約される。そして自然淘汰がそれらの間の競争で最終的に区別するとき、要因を決定するのは、すべての進化のドラマは未来への現在の服従に進むという表現に向けたあの原理をそれらが世界の過程に具体化する効率性の程度に必然的になるに違いない。〉

(p. 380 L. 9—p. 385 L. 34)

　キッドはここで、第二章で述べた「計画された効率性の原理」(The Priciple of Projected Efficiency) を、現在世界で進行しつつある「経済的自由領域の拡

大」(the extension of the area of economic freedom) に当てはめて分析している。彼が特に注目するのが、アメリカにおけるそのめざましい進展ぶりである。自然淘汰の原理に基づく自由競争の原理が、その効率性において人類の未来の進歩、つまりは利益に結びつくというのが、第2章と同じく，彼の考え方の骨子である。

　ここで繰り返されている「現在の未来への従属」(the subordination of the present to the future) または「彼等の現在と固有の利益のより大きな未来への従属の原理」(the principle of the subordination of their present and particular interests to the larger future) は、自由競争が単に生き残る現在の個人の利益のためにだけあるのではなく、万民と未来ためにあること、つまりは利他主義の原則を意味していると思われる。

　しかし一方この論理が、「種」(species) の保存、もしくは「種族」(race) の存続の原理として根本的に構築されていることもまた疑えない事実であり、その点では過激な民族主義の芽を同時に孕むものであるとも言えよう。現存する生命が種族存続のために犠牲にならねばならないといういささか危険な論理と受けとめられなくもない。

8. ジャン・マリー・ギュイヨー『教育と遺伝』
(Jean-Marie Guyau, Education and Heredity, London: Walter Scott, 1891)

文庫 NO. 922

　この書は、1章「道徳的本能を改造する感化としての暗示と教育」(Suggestion and Education as Influences Modifying the Moral Instinct)、2章「道徳的本能の起源。遺伝、イデア、そして教育の役割」(The Genesis of the Moral Instinct. The Role of Heredity, Ideas, and Eduction)、3章「身体的教育と遺伝。寄宿学校。超強制」(Physical Education and Heredity. Boarding School. Overpressure)、4章「知的教育の目的と方法」(The Object and Method of Intellectual Education)、5章「学校」(The School)、6章「中級、上級教育」(Secondary and Higher Education)、7章「女子教育と遺伝」(The Education of Girls and Herdity)、8章「教育と知的教養における『輪作』」(Education and "Rotation of Crops" in Intellectual Culture)、9章「進化の目標と教育。それは意識、それとも遺伝の自動作用？」(The Aim of Evolution and Education. Is it Consciousness, or the Automatism of Heredity) という構成から成っている。一覧して分かるように、教育の問題のほぼ全体を遺伝や本能など、進化論的視点で考察している。また漱石は、〔Ⅲ—15〕「Monoconscious Theory」と題するメモで、ギュイヨーをリボーに続けてまとめて取り上げており、関心の深さがうかがえる。

　ギュイヨーは著作全体の趣旨を「序言」(PREFACE) で次のように述べている。
　〈人間が最初に「自分のこころの深みを知らされる」のは、言うならば、自分の子供の教育において完全に意識的な父たることになる、父性においてだけである。ああ！　小さな足のパタパタいう音は、未来と同じように疑わ

しく不確実にやってくる世代の軽く優しい足音だ！　そしてたぶん、その未来は私たちが新しい世代を育てるそのやり方によって決まるだろう。

　フローベルは、人生は絶え間のない教育であるべきであり、「しゃべり初めてから死ぬまで」、あらゆることが学ばれなければならない、と言っている。好機を逃せば、この長い教育期間はあらゆる瞬間に逸脱する。多くの例では両親でさえも、特に子供たちがまだ非常に幼い時の、もっともちょっとした教育の目的の理念を持っていない。家族の中でほとんどの子供たちにしつけられなければならない道徳的理念とは何か？　騒がしくしすぎないこと、鼻や口に指を入れないこと、食卓で両手を使わないこと、雨の時、泥水の中に踏み込まないこと、等々。ああ、なんと道理をわきまえた存在！　多くの親の眼に道理をわきまえた子供は、糸を引かれなければ動かない操り人形であり、何も触れないことを意味する手と、見るものに決して欲求が起こらない眼と、床の上を決して早足で音を立てて歩くことをしない小さな足と、音を出さない舌を所有していると思われる。

　多くの親たちは子供たちのためにではなく、自分たち自身のために子供を育てている。私は、娘と別れることになるという理由で娘の結婚を望まなかった両親たちや、それが自分たちにとって嫌だという理由で、自分たちの息子があれかこれかの職業（たとえば、獣外科医）になるのを望まなかった両親たちを知っている。同じような慣習が、彼等の子供たちに向けたすべての指導方法を支配している。それは利己的な教育である。その対象として両親の喜びではないが、両親によって目論まれつつ子供の喜びである、他の種類の教育が存在する。こうして、そのすべての生活を野外で過ごしてきた小作農は、自分の息子に農地を耕す労働を免れさせるのが自分の義務であると考えるだろう。彼は息子を事務室で窒息させられる貧しい公務員である政府の事務官に育てようとし、都会に閉じこめられた息子は遅かれ早かれ消耗して死ぬだろう。真の教育とは私心のないことであり、それは子供を子供自身の目標のために育て、そしてまた特に祖国とすべての人類のために育てることである。私が出版したさまざまな著作の中で私は考え方に、生命の理念の下、

倫理学、美学、宗教を互いに関連させるという一つの目的を持っていた。生命はもっとも激しく、広く、従ってもっとも実りの多い状態のうちにある。だから、教育学の基礎的公式である教育の目的について、この著作で述べようとするのはこの理念である。教育学は、新たな世代を、個人と種にとってもっとも激しく実りの多い生命のこの状況に適応させる技術と定義されてもよいだろう。教育の目的は個人であるのか、それとも社会であるのかと問われたならば、それは同時に個人と社会であり、正確に言うならば、もっとも激しい個人の生存をもっとも幅広い社会生活に調和させるようにする手段の探求である。そのうえ私の意見では、個人的生存と集団的存続の間の自己矛盾の裏に潜む意味深い調和が存在する。道徳的身体的に個人生活の最高善に真に適合するものは何であれ、事実上すべての種族にとって有用である。教育は従って、展望として三つの目的を持つべきである。第一に、彼等の相対的重要性に応じた、人類とそれへの有用性に対する人間個人の本来の能力全体の調和的発達。第二に、器官の全体的均衡を妨げない限りにおける、その人に固有と思われる個人の能力の、いっそうの個別的発達。第三に、その均衡を妨げそうな性向と本能を阻止しチェックすること、言い換えれば、種族内に恒久的な優越性が創り出せるように、また種族自体に有害な要因がたまる傾向があるときにはその影響を抑えるように、均衡をもって遺伝を助成すること。このようにして教育は、可能な限り身体的または道徳的能力を発達させて、もっとも多くの個人を完ぺきな健全さで育て上げる方法の追求となり、そしてそれによって人類の進歩に寄与することが出来ることになる。

　当然すべての教育システムは種族の維持と進歩の参考に適応されるものとなろう。時がたつと、種族の綱領が教育の方法によって作動し、そして選ばれた国民と国家のどちらも全体として守る。教育は従ってこの方向で、今日行われなければならない。私の意見では、教育は家族や種族から離れて、個人を育てる技術としてあまりに見られすぎてきた。個人から私たちは最高の収穫を得ようと試みるが、それはあたかも農夫が、自分がその土地から取ってきたものを土地に取り戻させることなしに、畑からもっとも多くの採れる

限りの収穫を数年間で得ようと努力することのようなものである。畑はやがては消耗されるだろう。これは衰弱した種族の例だが、これと異なる例では、農地は永久に存続し、そして長い期間にわたって、休息と休耕期間によってその本来の肥沃さを取り戻す一方、衰弱した種族は永久に弱さを増大し絶滅にいたるだろう。遺伝に関する最近の研究（ヤコビー、ド・カンドル、リボー）、職業に関する統計、等々は、非常に目立つ態度である環境、ある職業、または社会状況が種族にとって一般的に致命的であることを明らかにした。人々は、自分たちが単なる会話の綾として使っているのではなく真面目な真実の会話をしていることを実感せずに、現代の大都会の「むさぼり食う存在」について語る。都会は人種の渦巻きである、とジャン・ジャックは言った。大都会についてだけでなく、社交界があったり、サロンや劇場や政治団体のあるほとんどの場所について多々言われるように、個人における神経の刺激のあらゆる過剰は、有機体の均衡の法則によって、種族に精神的弱さか、神経系統の疾患か、または虚弱さで生ずる何らかの生理的錯乱のかたちをもたらすだろう。統計学者たちによれば、このように多かれ少なかれ衰弱した近隣の人々の費用だけで住む地区である、「むさぼり食う」州と町があり、同じようにして、「むさぼり食う」職業が存在し、そしてそれらはしばしば共同体の発達にもっとも寄与し、そして同時に個人をもっとも誘惑する。事実、生存競争におけるあらゆる知的な優越性は種族にとって死の宣告であり、進歩は文字通り進化の過程でもっとも苛酷に働いてきた特定の個人または種族の犠牲によってもたらされたものであり、種族の永続性にとってもっとも良い状態は、可能な限り少ない知性の生活であり、子供の能力を刺激しすぎたり、子供を希少で例外的存在にしようとするすべての教育は、個人と種族の両者を共に破滅させる努力を事実上しつつある、と主張するまでに幾人かの人は至っている。〉 (xvii—xxi)

　ギュイヨーはここで、自分の考えている教育の役割をほぼ包括的に述べている。彼の考えは、端的に言えば、個人と社会の進歩にいかに釣り合いを保ちながら教育が寄与できるか、いうことであろう。引用文の中ほど、彼は教

育の目的を三箇条にして要約しているが、中でも特に、第一条の、「人類とそれへの有用性に対する人間個人の本来の能力全体の調和的発達」(The harmonious development in the human individual of all the capacities proper to the human race and useful to it,) に彼の考えの主旨も特徴も表されているように思われる。内容はほぼ三つの要素から成り立っているが、前段が個人の「本来の能力」(the capacities proper) と「人類」(human race)、中段が「人類への有用性」(useful to it) の、後段「調和的発達」(the harmonious development) である。個人の能力の発達は「人類」の発達と調和を保たれねば成らず、その発達の成果は、「人類」に対する「有用性」をもって測られる。わかりやすく言い換えるなら、その主旨は、「人類」の発達に寄与する「個人の能力」の育成とも言い得るだろう。訳語は簡単に「人類」としたが、直訳すれば「人間種族」であり、種族の存続に寄与する教育というこの考え方にも進化論者ギュイヨーの特徴が表れていると言える。

　第二条は、「より個別的発達」(the more particular development) への言及であるが、第三条の「その均衡を妨げそうな性向と本能を阻止しチェックすること」(To arrest and check those tendencies and instincts which may disturb that equilibrium) とも関連して、「種族」の発達との「均衡」(that equilibrium) を留意するものである。

　その他の点では、親が自分の関心で子供たちを育てる例が多いと、「利己的教育」(Egoistic education) を指摘し、「真の教育とは私心のないことであり、それは子供を子供自身の目標のために育て、そしてまた特に祖国とすべての人類のために子供を育てること。」(True education is disinterested : it bring it up the child for its own sake ; it also and especially brings it up for its country and for the human race as a whole) と述べている。また教育の目的が「個人を育てる技術」(the art of bringing up the individual) に偏りすぎる傾向については、農業を例に、その土壌である「種族」を衰弱させやがては絶滅に至らしめる、と否定している。

　後半部分の内容は、都会化と知性に偏る教育への警告である。巨大化しつ

つある都市化の状況を彼は「現代の大都会の『むさぼり食う存在』」("devouring existence" of our great towns) と指摘し、それは「子供の能力を刺激しすぎたり、子供を希少で例外的存在にしようとするすべての教育」(all education which over-excites a child's Faculties, which tries to make the child a rare and exceptional being,) と相まって、「個人と種族の両者ともに破滅させつつある」(endeavouring to destroy both the individual and the race)、と述べている。

1章「道徳的本能を改造する感化としての暗示と教育」は、1.「神経暗示の効果」(The Effects of Nervous Suggestion)、2.「心理的暗示、道徳的と社会的」(Psychological Suggestion, Moral and Social)、3.「道徳教育の手段としての、そして遺伝を改造する感化としての暗示」(Suggestion as a means of Moral Education, and as an Influence Modifying Herdity) という三つの節から成っている。ギュイヨーが教育の手段として「暗示」を重要視していたことがうかがえるが、三節それぞれの表題は、初歩から高度なものへ、教育内容の階梯を表してもいる。

その最初期段階への適用を意図していると思われる第一節の「神経暗示の効果」で、ギュイヨーは実験例を交えながら次のように述べている。
〈ある状況下における暗示は身体的制止である。さらに複雑な状況下では私たちはほとんど道徳的義務を強いられるだろう。すべてにおいて、あらゆる道徳的または自然的本能は、キュビエが指摘するように、ある種の夢遊病から派生している、なぜならそれは私たち自身理由の分からない命令を私たちに与えるからである。私たちは「良心の声」を聴き、たとえその出所が遙か遠方であるにしても、またそれが世代から世代へと受け継がれた遠隔のこだまであるにしても、この声を自分のうちに固有のものとする。私たちの本能的良心はある種の遺伝的暗示である。
デルブーフは召使いMに、客の若い男M. A. を抱擁するよう暗示した。彼女は彼のそばに近づくと、ためらい尻込みして真っ赤に顔を赤らめ、両手

で顔を隠してしまった。次の日、彼女はデルブーフ夫人に、M. A. を抱擁するのに異常な思慕を感じ、そしてさらに、この思慕はまだ消えていないとうち明けた。三日目もそれはなお消えなかった。八日後、デルブーフは同じ命令をくり返し、そして夜のこのときは、彼の命令は服従される。デルブーフは、暗示の影響下の彼等の行動を思い出すという彼の課題を教えてから、この夜 M. A. に近づいて抱擁する前彼女が何を感じていたかを尋ねた。「私は特別には何も考えていませんでした」彼女は言った、「でも私がドアを開けたとき、M. A. を抱擁するという考えが突然頭に浮かび、あたかも私がそれを行うように絶対的に強制されているように感じ、そして彼を抱擁したのでした。」「四月五日午後五時十五分に」デルブーフは続けた、「私は M に、五時三十分が鳴ったら彼女は立ち上がって近づき、マントルピースの上の悲しみの僧侶の木像を慰めるだろうと暗示した。私は彼女の目を覚まさした。時計が鳴ると、彼女は椅子から立ち上がり、多くの慰めのしぐさでその僧侶を慰め続け、そしてそれから再び座った・・・何が起こったのかについての記憶は完全である。『あなたはどうしてあのような理性的ではないことをしようと思ったのですか？』『私はあたかもそれをすることを強制されているように感じました。』」〉(p. 6 L. 2—p. 7 L. 7)

　ギュイヨーはここで、発達の初期段階で行われる道徳教育に、「暗示」(suggestion) が有効なことを述べている。暗示をかけられる側はその指示の意味を特別理解しないままに、「道徳的義務」(moral obligation) を強いられる。その理由をギュイヨーは、「あらゆる道徳的または自然的本能は・・・ある種の夢遊病から派生している。」(every moral or natural instinct is・・・derived from a kind of somnambulism) と説明する。そして彼によれば、そのようにして強制された「私たちの本能的良心」(our instinctive conscience) は「ある種の遺伝的暗示」(a kind of hereditary suggestion) として、世代を越えて継承されていくのである。

　ギュイヨーは、第二節「心理的暗示、道徳的と社会的」では、次のように

述べている。

　〈私たちは全員暗示を受けやすく、そして社会生活さえも、言うならば、単なる相互暗示の均衡的相互交換である。しかし暗示に対する個人的抵抗の可能性は個人によって著しく異なる。ほとんど抵抗できない人がいる。その性格は行動を決める動機の全体において、少しも目的とするものがない。彼等はまさにある種の道徳的麻痺者たちである。そのきわだった観察者であるドストエフスキーは、犯罪者クラスの他の性格における欲求を抑えることの難しさに言及している。「道理は、その意志作用が停止しない限り、これらの男たちにまったく力を持たない。彼等は何かが欲しくなると、障害は彼等に存在しない・・・彼等は無意識に自分たちをすべての生活であちこち揺り動かす観念と共に生まれついている。この流儀で彼等は、彼等が自分の内なる欲求を暴力的に刺激する対象に出会い、そしてそれから理性を失うまで、目的もなく放浪する。ペトロフが何かを欲すると、その何かは彼のものでなければならない。ペトロフのような個人は、単に半パイントのビールのための25コペイカのために暗殺をするだろう、他の場合では、10万ルーブルを軽べつの目で見るのに。」

　手本はそれ自身、社会意識の結束と持続のために力を行使するはずである。唯一調子の良い動きの光景だけが神経病質者にそれを模倣する気にさせる。これは M. M. リシェとフェレが事例を示した精神運動の暗示現象である。それゆえに発作的な流行が起こる。もし私たちが精神病質者に手に与えられている屈曲の動きを注意深く見るように頼むと、数分以内に彼は、それは完全に動いていないにも関わらず、あたかも同じ動きが自分の手で行われつつあるかのように感じていると断言する。しかしこの運動不能は、彼の手がまもなく屈曲の調子の良い動きを否応なく行い始めるので、続かない。すべての知覚は多かれ少なかれ、私たちが他者のうちに理解したことに対応する状態についての内なる創造である模倣に還元できる。すべての知覚はある個人において、他の暗示によって中立化されずにそれ自体を行動のうちに完成する、ある種の発端の暗示である。すべての知覚における生得的な暗示的

要素は、私たちが見てきたように、行動することまたは行動しようとしている状態のような知覚と比べてより強い。事実、知覚がそれを制限する意識の混ざった状態の中で生まれないで、すべての意識を占め、そして与えられた瞬間すべての内面の構成要素となると、すべての暗示は抑えがたいものとなる。この状態は一観念症と呼ばれ、そして夢遊病者の中に見いだされ、そしてすべてにおいてそれらの精神的釣り合いは多かれ少なかれ、こころの中で現実の一側面を抑圧する抽象作用によって、不安定にする。

現在の自分に実行として筋肉運動を機械的に再現する傾向のある神経病質者は、同じく彼が他の個人のうちに理解し、そして顔の表現によって直接にか、もしくは会話と声の調子によって間接的にか、彼に示されてきた、感性または意志作用の状態を再現する傾向があるだろう。

このようにして暗示は相対的に受動的器官が自身を相対的に能動的器官に調和させていくことによる変換作用であり、後者は前者を支配し、そしてその外部的動作、その意志作用、その内面の信念さえもコントロールする。人の上に立つ人、または勝れた人は誰であれ、尊敬すべき関係者たちとの交流は、子供時代を通じて及ぼす暗示を生むに違いない。教育は、魔術と「魅力」であると、「ゴルギアス」でカリクレスによって、必要なとき若いライオンを従わせるのにそれを用いたことが語られている。人間には、個人から個人へ、世代から世代へ、本物の本能のように同じ強さで伝えられる、「模倣による思考」が存在する。私は、ジュール・ヴェルヌの小説の一冊である「マルタン　パズ」で、気取った小さな足取りの魅惑的な女主人公の記述を読んで、その時から以後非常に短い歩幅にしようとしたという13歳の子供を知っている。この習慣は現在非常に慢性的になっているので、彼女はたぶん自分自身でそれを止めることは決して出来ないだろう。もし私たちがあらゆる肉体の動きの持続的相互関係を考慮に入れるなら、私たちはこの芸術的表現が、小さな足取り、しぐさ、声、そしてたぶん顔の子供らしい表現など、この子供の生活様式にもたらす重大な改造の何たるかを理解するだろう。〉

(p. 13 L. 12—p. 16 L. 9)

ギュイヨーはここで、暗示が社会生活において日常的に行われていることを指摘し、それを「相互暗示の均衡的相互交換」(a balanced interchange of reciprocal suggestions) と名付けている。社会を構成する個人が心理的に互いによい暗示を与えあうならば社会はより良いものとなるし、そうでなければ逆の結果となる。ドストエフスキーの語る犯罪者たちの例は、悪い境遇の人たちが特定の集団を作る中で、互いに悪い暗示を与えあっている社会的事例と言えるだろう。

　後半は、人間はもともと暗示を通じて模倣しやすい存在であり、勝れた人との交流、またはよい感化をもたらす芸術作品との接触が、幼児期を通じて「その外面的動作、その意志作用、その内面的信念」(its external movements, its volitions, and its inward beliefs) に影響するのだから、いわゆる行儀作法や道徳といった「子供の生活様式」(child's mode of existence) の幼児教育に、「手本」(example) となるものとの出会いが重要であることを述べている。そうして与えられる「模倣による思考」(thoughts by imitation) が、よりよい社会環境を通じて本能のように同じ強さで世代から世代へ受け継がれるべきである、というのがギュイヨーの主意であろう。

　ギュイヨーは2章「道徳的本能の起源。遺伝、イデア、教育の役割」の第二節「意識の力とイデア力、道徳の請負人」(The Power of Consciousness and Idea-Forces, the Moral Agent) で、次のように述べている。

〈私たちの自我は、概略であるが、ある種の永久的暗示である。それは現れず、それは生成の過程にあって、決して完成しないだろう。私たちは、私たちのうちで生存のために戦っているすべてのイデアの体系と性向を、一つの考えまたは中心となる意志作用に従わせて、完全なまとまりにすることに決して成功しないだろう。すべての生命は、真実であることと、新しい刺激と新しい均衡を求めつつ、不格好で不均衡である。その人格が二重または三重でさえある患者たちは、私たちに誇張したかたちで、私たちのうえと内を絶え間なく通り過ぎる現象、私たちの意識の内なる魅力のいくつかの中枢の

共存、それぞれの流れは、もし他の制約がなければ、私たちを沈め、私たちを連れ去ってしまったであろう、意識の域内をよぎるいくつかの流れを見せてくれる。私たちの自我は、私たちを通り過ぎる思考と行動の異なる流れを区分する唯一の指針である。私たち各人の深部には、事実上単に私たちの過去の自分であり、私たちの先立つ行動と思考の平凡な結果によって跡づけられる姿であり、私たちが人生を通じて通り過ぎながら私たちの背後に投げ捨ててきた影であり、その自我は、単に私たちの過去が私たちの未来を決定するに過ぎない自分であり、そして過去による未来の存在のこの決定くらいかわりやすいものはない、その移り変わる均衡が、私たちが想像するものが私たちの本当の自分であることを定める以上の、自分自身が存在する。私たちの肉体が参照の中枢として私たちを支えているのは事実である。それは私たちの人格の基盤である。しかし肉体それ自体は私たちにとって単なる知覚機構に過ぎず、従ってその感覚については、より深い観点から言えば、好意のまたは妨害する性向の機構に要約される。私たちの肉体は不安定な均衡のうちに、あらゆる種類の欲望の共同作用によって構成されている。これらの欲望がつり合うように調整するのはリズムだけである。それによって存在がいつもそれ自体を繰り返し、それ自体のイメージを来るべき時に置き、その未来にその過去を再生産する習慣の法則と力の経済性の法則抜きには、私たちの自我は私たちの活動のそこここにおいて失われるであろうし、私たちは絶えず自分自身を失い続けるだろう。私たちの自我はそれゆえにイデアであり、そして私たちの同一性を保つ「イデア力」である。しかしその同一性は絶えず奇妙な現在の現象の中に姿を消すべく脅かされている。それは意識または副意識の可能性の規則正しい集まりである。〉　　（p. 64 L. 30—p. 66 L. 9）

　ギュイヨーはここで、端的に自我とは何かという考察を記している。「自我」(ego) というとらえがたいものを追求しながら、結局のところ、「イデア」(idea) もしくは「私たちの同一性を保つ『イデア力』」(an "idea-force" which maintains our identity) という結論にいたるのは、ギリシャ哲学以来のいささか観念論的決着と言えなくもない。

98　II　文明・開化の理論

それでは「意識の力とイデア力、道徳の請負人」と第二節の表題にも記される「イデア力」は、実際にどのように働くのだろうか。引用するのは第二節のほぼ結論に当たる部分である。
　〈内面の性向はいつでも外部の対象の存在によって目覚めさせられ、それ自体を明かす。それは外部の表現と要請から生じた力から得るすべてを内部的緊張の力の中に失うかに見える。道徳的善それ自体、私たちが良いことをする満足と思うと、その性質が変るように思われる。それでは、私たちが良いことをする義務を負わされているよりむしろ説得させられていると思われる。私たちが実際に義務の意識を得るのは、内部の均衡がかき乱されている奮闘と停滞の状態においてである。
　行動の欲求と愉楽の欲求の間には、真の芸術家を自分の作品の制作に駆り立てる性向と愛好家が他人の作品を聞きに行こうとする欲求との間と同じ違いがある。行動の欲求は、義務の要素の一つであり、そして他方、義務は一般的に愉楽の欲求を排除する。道徳的意志はもっとも強い抵抗の方向に向かう行動の力であると言われてきた。もし、このように明らかになる力が、言われる抵抗より大きいことを付け加えるならば、それは正しい。換言すれば、道徳的主体は、理想を実現する努力を伴って行動の出来る意志によって構成される。このようにして、正常な状態における義務の感覚は、人が内面的努力が出来る、または換言すれば、イデアの力によって、意志作用がイデアの確かな持続を伴う考えであるように導ける、その適応力と比例するだろう。義務の感覚は逆に、間接的比率で、意志の弱さによって減じ、最初の衝撃へのあらゆる抵抗に不可避のこの緊張と労苦の出来ない弱い人物たちは、従って少しも良心の呵責を感じない人々であるか、または良心の呵責がその矯正的教育的効果を生み出すことに少しも適合しない人々である。要約すれば、自分自身義務の下にあると感ずると、私たちは自分自身で内面的葛藤に耐えることが出来ると感じるに違いない。それはまた思考でもある力の意識であり、それ自体を解決する論理の意識であり、内面制御の意識である。識

域に達するあらゆるイデアは、他のイデアに及ぼされるある種の束縛によってのみ、それを貫き、その位置を保つ。このようにして意識それ自体が競争の結果であり、生理学者が証明しているように、それはあらゆる障害にも関わらず、それ自体を存続し繁殖する活動と一致する。あらゆる意識は任意の選択であり、自然淘汰であり、そしてそのことが、なぜいつの日か他を抑えるのが道徳的イデアとなることの、はっきりした理由である。習慣によって蓄えられ、反射作用となった行動から行動の新しい力が生まれる。この力から、同時にすべてのイデアが義務の胚芽を内包する力と義務の思考である意識と道徳が生ずる。個々の考え行うことの出来る存在が、考え志向することによって、自分のうちに教育と進化によって定着され組織化されるであろう道徳の基本の要素を持てるようになること、それが道徳的主体を構成する。

　教育の基盤は意志の成長であるということが当然の結論となり、そしてまさにその事実によって、道徳の適応力のある主体がかたちづくられる。私たちは子どもたちを自分たちの物差しで、自分たちの教え方で、自分たち自身の理想で評価して、客観的の子供たちの行動を判断するように導きすぎている。子供たちの理想はそのように成長させることは出来ないし、するべきではない。私たちは従って子供の見せる意志の力、その自己管理、その内部の抵抗の力に、特別な注意を払わなければならない。私たちに抵抗し、私たちを押しのけ、または私たちを傷つけるこのまたはあの意志の兆候が、現実において内部のそして主体的な成長の兆候だろう。エネルギーはそれが適切な方向に放出されることが出来る前に蓄えられねばならない。道徳の起源は顕著な意志の始まりである。その教育は意志の強化ということであるべきであり、意志は、自分自身の力を把握しながら、それ自体の活動を発展させる。〉

(p. 69 L. 23—p. 71 L. 31)

　ギュイヨーはここで、人間に「義務の感覚」(the sense of obligation) が生ずる場面を考察している。「自分自身義務の下にあると感じると、私たちは自分自身で内面的葛藤に耐えることが出来ると感じるに違いない。」(to feel ourselves under an obligation, we must feel ourselves capable of sustaining an inward struggle）以下の数行が論旨の要点だが、彼の言おうとするところは、「義務の感覚」には、いくつもの対立するイデア間の「内面的葛藤」（an inward struggle）があること、それに耐え勝ち残った意識が「道徳的主体」（a moral subject）を構成するという考え方である。したがって道徳的主体を構成する意識は、自ずと「自然淘汰」（a natural selection）に勝ち残る力を持たねばならず、従って彼がそれを「意識の力」（the power of consciousness）または「イデアの力」（the force of an idea）と名付けるゆえんとなる。

　しかし後半部、この「意識の力」及び「イデアの力」は、各個人の持つ「意志の力」（the force of will）とまったく同義語となっている。大人たちは大人の判断基準で子供たちを導くのではなく、むしろ自分たちに敵対するかもしれない、子供たち個々のうちに芽生える「意志の力」を育てるべきとするのが結末部の主旨である。

　ギュイヨーは8章「教育と知的教養における『輪作』」で、人間の職業も農業の「輪作」（Rotation of Crops）と同じように一定期間ごとに取り替わるべきであるという珍しい提言をしている。教育が知的に偏ってはならないという「序言」で述べていた趣旨に基づくものであるが、広く人間生活のあり方への言及でもある。

　〈同じ社会状況下における種族の長引く持続は、その種族の生命にとって一般的に致命的である。事実、あらゆる社会的状況は何らかの因習的なことを伴っており、そしてもし因習の概要が一点でも生命の健全な成長と対立するなら、もしそれが他のすべての点で好ましいとしても、この有害な作用は、時とともに増大し、この人工的環境への適応の程度につり合う確実さで、種族の均衡を崩すだろう。その結果は種族の狂気、または消滅となろう。従って、衛生的観点からすべての細部で完全な社会環境で対処するのが不可能ならば、種族の持続力にとって唯一の望みは、悪い影響を逆方向の影響によって矯正する環境の変換のうちにある。情報の手段を活用して、いわば、巨大な社会のかまどの中を燃焼させ風通しよくすることだけが、危険を

鎮める。結果の一つは市街地における狂気の恐るべき増大である。百人に一人の割合の結核性脳膜炎の狂気の症例が530ある。この点でロンドンは、39パーセント標準を超える。同様に、自殺者は日々数が増大し、パリの自殺者はフランス全体の自殺者の七分の一に上り、そしてセーヌ地区のそれは十分の一である。生存競争における過度の重い負担が、不健康な職業、アルコール中毒症、安直な放蕩、神経の接触伝染病、汚れた大気圏の中を難渋しながら続いている。これらは危険なことである。社会的有機体の生命は、あらゆる他の有機体のそれのように、燃焼によって維持され、そして生命のもっとも活発なかまどの中で燃やされているのは、外からの物質ではなく、生きている細胞それ自体である。現在の社会体制は、一方で仕事をしない無為の階層を作り、他方で働きすぎる階層を作り、そして、国家がまったく妬まれることのない無為の国家という理想的なやり方によって、過労動を維持し続けている。何も果たす力を持つことなく、あらゆることを求めるための手本もなく行うことが、それゆえ、働かない無為の基礎的不道徳であり、それが言わば、社会のすべての階層のものとなっている。情熱を制限し正常にする最善の手段は、持続した活動であり、そして同時にこの活動は、道理にかない社会の慣習に適合する情熱である限りは何でも満たす手段である。

　種族にとって危険なのは、それ自体における知的卓越性ではないだろう、なぜなら逆に、この卓越性が種族に自然淘汰における有利さを与えるからである。危険は、どんな場合でも卓越性のうちにはまったくなく、卓越性がそれ等の連鎖にもたらすあらゆる種類の誘惑のうちにある。現在の近代社会におけるもっとも抵抗しがたい誘惑は、私たちの才能を完全に利用し、そこから実際的利益のあらゆる砕片を搾り取り、そしてそれらを、それらが与えることの出来る最大限の金と名誉に交換することである。それらを危険にするのはこの卓越性の無制限な利用である。事実は非常に明白なので、私たちは、生き残りのもっとも確かな保証と思われる身体的筋肉的強靭さの卓越性の特別なかたちにそれを実証してみよう。もし一人の人間がきわだって強いので、その強さを転ずることが出来ると思い運動選手になると、その人は自

分自身の、そしてひいてはその種族の存続の機会を著しく減じてしまう。身体的強さは生命の特別な状態とある程度混合されるが、生命の状態を搾取しようとすることはそれらを交換することである。すべての道徳の健康法の最善の原理は従って、個人に自分自身のいのちを惜しむことを納得させることであり、それ自体またはその子供たちのどんな才能も黄金の卵を抱くアヒルと考えるのではなく、そして最終的に生命を、搾取されるのではなく、維持され増大され繁殖されねばならないものと見ることである。

　教育におけるこの生理学的経済性の原理の成り行く先は、教養、特に知的教養を過度にさせず、知的の一点に限らさせず、常にその拡大と集中に釣り合いを持たせるように判断し指図する技術である。種族における教養の交替は重要性の少なくない原理だろう。作物の輪作は、一定の作物を同じ土壌、または一定の素質を同じ種で無期限に上手に栽培することが絶対不可能であることから、農業教育の基礎的規則同然のようになっている。何時かたぶん、まさに作物間に土壌を疲れさせるかまたは改善するかという兆候が生ずるように、種族を消耗させるかまたは増進させそうな職業間の兆候がもたらされるだろう。疑いなくもっとも健康な職業は、労働者または地方地主のそれであることは明らかであり、そして世代の継承がたくましくあると同時に輝いて維持される道は、彼等に都会と田舎の生活を交替させること、彼らが都会棲息の神経的知的生活によって消耗させられるときにはいつでも、彼らを農場労働者の成育できる生活で回復させることである。(中略)

　職業の選択が非常に複雑な接点でたどられるために、行動の道筋を見つける望みがほとんどない場合を除いて、私は、息子に父親の職業を継がせるために、少なくとも芸術家、政治家、学者、または単にビジネスマン、または名士のような非常に著しく神経を消耗する必要のある職業であるときはいつでも、決して押しつけないことが教育者の義務であると思っている。より高度の観点から考えると、無名であることの心配、「取るに足らない」存在であることの心配ほど、馬鹿馬鹿しいものはない。種族の真の価値は、それらが直接人目にさらされないという理由では失われない。逆に、それらが蓄積

し、そして天才は唯一、貧しい人が馬鹿な行いで浪費する代わりに日々その才能を蓄えた箱から生まれる。〉　　　　　　　(p. 276 L. 1—p. 280 L. 4)

　ギュイヨーは先ず、都会という劣悪な社会環境を指摘し、その結果としての都会における自殺者と精神異常者の増大を統計的に示し、その要因を、「生存競争における過度の重い負担」(excessive strain in the struggle for existence) にあるとする。しかも現在の社会体制は、一方で、「働かない無為の階層」(an idle class) を、他方で「働きすぎる階層」(an overworked class) を作り、無策のまま過労動を容認している。

　それを正常な状態にするにはどうしたらよいのか。「私たちの才能」(our talents) としての「知的卓越性それ自体のうちに」(intellectual superiprity in itself) 危険があるのではなく、それを何らかの「個々の実際的利益の砕片」(every particle of practical profit) に交換しようとする誘惑に誰もが駆られることに危険があるとギュヨーは考える。その結果、都会生活者は才能をすり減らし生命をすり減らしていると考えるのである。そして示されるのが、「彼らが都会棲息の神経的知的生活によって消耗させられるときはいつでも、彼らを農場労働者の成育できる生活で回復させること」(to make them recuperate in the vegetative life of the peasant whenever they are exhausted by the nervous and intellectual life of the inhabitants of towns) という労働の「輪作」(Rotations) のすすめである。

　末尾部分では、芸術家、政治家、学者、等々、一般に脚光を浴びる「非常に著しく神経を消耗する必要のある」(reqires very considerable nervous expenditure) 職業に、こぞって殺到する現代人の愚かな風潮に警鐘を鳴らしている。

9. アーサー・J・グラント『ペリクレス時代のギリシャ』

(Arthur J. Grant, Greece Age of Pericles, University Extension Manuals, London : J. Murray, 1897)　　　　　　　　　　文庫 No. 817

　ペリクレスは民主制のアテネを隆盛に導いた政治家である。軍国主義の専制国家スパルタとの度重なる戦争にも巧みに外交戦略を交えながら国内の繁栄を実現した。彼の死後、アテネは衰退し、やがてスパルタによって滅ぼされる。グラントはペリクレスに焦点を当てながら、ギリシャの諸制度と民主制アテネの興亡について論じている。本書は、1章「ギリシャ文明の本質」(The Essentials of Greek Civilisation)、2章「ギリシャの宗教」(The Religion of the Greeks)、3章「スパルタ」(Sparta)、4章「アテネの初期の歴史」(The Earlier History of Athens)、5章「アテネとスパルタの競争」(The Rivalry of Athens and Sparta)、6章「ギリシャにおける市民戦争」(Civil War in Greece)、7章「アテネの民主制」(The Athenian Democracy)、8章「ペリクレス、その政策と友人たち」(Pericles : His Policy and His Friends)、9章「ギリシャの社会」(Society in Greece)、10章「ペリクレスの死までのペロポネソス戦争」(The Peloponnesian War to the Death of Pericles)、11章「ペロポネソス戦争」(The Peloponnesian War)、12章「アテネの思想と芸術」(Thought and Art in Athens) から成っている。

　グラントは2章「ギリシャの宗教」の2節「ギリシャの宗教制度」(The Religious Institutions of the Greeks) のⅠ.「司祭職」(The Priesthood) で次のように述べている。西洋のキリスト教世界が長い間ギリシャを異端視してきた歴史を考えると興味深い。ある意味でグラントのギリシャに対するスタンスを表しているとも思われる。
　〈古代中世そして近代の世界のすべての強力な宗教は、その宗教の特別な

教義を持った司祭階級によって社会に影響を与えようとし、絶えずそれらを広めることに従事してきた。そしてそのような司祭的集合体は、時にはそれによって神の力を得ることができる儀式の複雑さに、時には教義の難解で神秘的な性格に、時には彼らを世界の他の人々から切り離す生活の特徴と規律に関する特別な訓練に支えを見いだしてきた。このどれもがギリシャではかすかなりとも見いだされることはできない。司祭たちはいたが、聖職者はいなかった。ルナンが指摘するように、「ギリシャはかつてけっして聖書を持たず、そして教義の保持のために組織されたいかなる象徴、いかなる議会、いかなる聖職者階級も持たなかった。」もちろんホメロスは感覚において聖書であったが、それは決して聖書やコーランの拘束力は持たなかった。誰もが一定の状況の下で司祭の機能を果たすことができた。アテネではすべての市民から籤というチャンスによって選ばれた役人がアテネの宗教の公式の首長であった。王制時代ではすべての王たちがまた高位の司祭たちでもあった。スパルタでは王たちがその歴史期間すべてを通じてこれらの権力を保持した。ギリシャに見られる司祭たちは神の特別な代弁者ではなかった。彼らは、他の役人たちが政治的任務のために任命されたのと同様に、宗教的任務を実行するために様々な方法によって任命された単なる役人である。ある寺院では司祭たちは世襲制であったし、あるところでは選ばれた。時には彼らは生涯役職を保持し続け、時には彼らはそれを一年間だけ保持した。後援者たちがいくつかの司祭の役職を提供し、多くの例でそれらは即金で買われた。私たちは、司祭の地位のためにハリカナソスのヘルメスに代価が支払われたことを記録した碑文を知っている。総額184ポンドに換算されるのが最も高く支払われた額である。

　ギリシャの宗教の著しい特徴は組織化された司祭職を禁じたことである。それは決してまとまった制度に作り上げられることがなかった。たとえば当時の教義は、司祭組合の仕事ではなく、詩人たちと民衆の遠慮のない想像の作品であった。紀元3、4世紀、キリスト教勢力優勢の圧力が異教信仰を組織化しようと企てたとき、その試みは失敗し、そして実際に、東方からのま

ったく異質な考えの幅広い導入なしには行われることができなかった。伝説を移動するそのような基盤の上には、強力な宗教制度はまったく築きあげることができなかった。ギリシャの司祭たちはけっしてエジプトとユダヤの司祭たちが持っていたような権力を熱望さえしなかった。彼らはローマの司祭たちよりかなり弱くさえあった。彼らは教義の一致する一派を称さなかった。彼らは単に、まさに海軍の乗組員が船に関わることに仕えるように、アリストテレスの言葉を用いれば「神に向けて行われることが定められている諸事に仕えること」を課されたのである。〉　　　(p. 18 L. 22—p. 20 L. 12)

　グラントはギリシャに「司祭職」(priesthood) という職業のないことを、他の主だった宗教、おそらく特にキリスト教と対比させて述べている。「組織化された司祭職」(an organised priesthood) を禁じ、「まさに海軍の乗組員が船に関わることに仕えるように、アリストテレスの言葉を用いれば『神に向けて行われることが定められている諸事に仕えること』」(to use the words of Aristotle, "to attend to those things which are ordained to be done towards the gods," just as an officer of the navy attended to the things that concerned ships) と表現されるギリシャの司祭のあり方にうかがえる本来の健全さのうらには、「司祭職」という特別な階級が自分たちの「教義」(the doktrines) を御旗に権力を手中にし、あたかも特権的な職業集団を形成する現存の宗教界への批判が込められていると言えよう。ギリシャにおける教義は「司祭組合の仕事ではなく」(not the work of priestly guilds) と彼が述べるとき、そのうらにはあたかも通常の教団という排他的な職業集団が「教義」を私物化独占化し、ひいては神を私物化している行為が想定されていると言える。

　グラントはまた、同じ2章2節のⅣ．「秘教」(The Mysteries) でギリシャの宗教の特徴を次のように述べている。
　〈ギリシャの宗教と古代または中世の世界の偉大な宗教とのもっとも著しい対照の一つは、神秘の感覚と人間の生命の重大な問題を解決する試みの不在である。ある人は宗教を無限のものの感覚と定義した。多くの人にとって

その主たる存在意義は人間の生命がどこから来てどこへ行くのかという問いに答えることであると思われる。しかしもしこれが宗教の正しい定義であるなら、ギリシャの異教信仰がその用語に値するかは難しい。すべての事柄の無限の神秘性ではなく、わずかな神秘性であることが知られている。大衆の宗教は死後の生命に、青ざめた暗がりが彼らの前世のまったき生存を惜しむ曖昧な暗示を残すだけである。しかし生命の問題を解決するための試みであるこの神秘性の感覚は、祕教によってもたらされた。

　ギリシャにはエレウシスの秘教の数々の他にも秘教が存在したが、私が特に述べたいのは、これらの一層の重要性である。それらの評判がほのめかされながら、それらには当時から隠されていることが多く、そして私たちが外部の世界からそれらを隠しているヴェールを完全に突き破ることは不可能である。しかし、初期のギリシャの作家たちと後の時期の作家たちのより明確な声明、花瓶の上に描かれた絵画と骨董の記念碑の遺物、また秘儀に彼ら自身の信仰のもっとも危険な敵を見いだしたキリスト教の神父たちの攻撃から集められた、私たちの知るかなりの量のものが存在する。もし私たちが近代的な感情と考えでそれに近づくなら、私たちが知ることは私たちにとって些末で馬鹿げて、そして往々みだらな儀式と思われよう。そして私は、もし私たちがもっと知っていたらその感情が深まっていただろうということは、ほとんど疑いがないと思う。

　もし私たちがこれらの感情と考えだけで秘教に取りかかるなら、私たちがそれらの意義と重要性を理解するのは不可能である。私たちは、聖者たちと聖餐式への崇拝を、単にそれらの基盤となる教義がもはや信用できなくなっているという理由だけで、価値のない迷信と見なすプロテスタントの過ちを繰り返す。ギリシャの多くの人々にとって、秘教が死が近づいたときの生涯におけるより立派な行為と勇気ある希望のよりどころである、生命の重大な問いへのより深い思考の出発点であったこと以上に確かなことはない。アイスキュロスの演劇に行きわたるいかに深い信心と畏敬の感情が彼の秘教と関わって起因した（彼はエレウシスで生まれた）かは、古代の遺物の一致と、彼が

自分の劇中でエレウシスの秘密を明かすべく実行している事実によって証明される。ピンダロスが繰り返し私たちに告げる、墓の彼方の生命の公正な理想像は部分的に秘教の信頼に帰せられるだろう。ギリシャはまもなく自由でなくなり、そして懐疑論が異教信仰を襲っても、秘教の信頼は消えなかった。シセロは秘教を授けられ、そしてそれらが人に「より公正な希望とともに幸福に生き、そして死ぬ」力を与えたと断言する。

　秘教が人々にこれらのより立派な考えとこれらのより高い希望を与えたことは、彼らにとって実に重要なことである。その些末で不快な細部は物事の真の理解を助けるよりむしろ妨げるが、いくつかの弁明がそれらについて与えられねばならない。すでに述べられているようにエレウシスは、そのうちに私たちが穀物の権化を見いだす二人の女神、母デメテルと娘ペルセポネの崇拝に捧げられる。ギリシャ神話のもっとも美しい物語の一つは私たちに、いかに娘は地球に連れ去られたか、いかに母親が嘆き悲しんでいたか、そしていかについに毎年の定めによって娘が母親の下に連れ戻されたかを語る。これが種をまき、そして穀物が芽吹くことの寓話であるのは明らかであるが、それがいかに容易に自然にあの世の神の信仰と結びつけられることができ、そしていかに容易に種子の死とその新しい生命への蘇りが不動のことの象徴とされていただろうこと、そしてこの核心を巡って秘教が成長したこともまた明らかである。〉　　　　　　　　(p. 3 L. 23—p. 35 L. 30)

　グラントはギリシャに広く流布していた宗教である「祕教」(The Mysteris)を取り上げそれを古代から中世に広まった「偉大な宗教」(the great religions)と比較している。想定しているのはキリスト教と思われるが、それらと比較して、「祕教」には「無限のものの感覚」(a sense of the infinite)と「人間の生命の重大な問題を解決するための試み」(any attempt to solve the great problems of human life)が欠けていると指摘する。この両者はすぐ後の「人間の生命はどこから来てどこへ行くのかという命題」(the questions of the whence and whither of human life)への答えという意味で同じことを指していると思われる。つまり宗教を支える形而上学的理念を持たないことをグラントは認めた

9. アーサー・J・グラント『ペリクレス時代のギリシャ』　109

うえで、この「祕教」は、稚拙な原初的な形態でありながら、宗教の役割を十分に果たしていたと主張する。ギリシャの「祕教」の代表的存在である「エレウシス」(Eleusis)を例に、それに実際に入信していたシセロの「それらが人に『より公正な希望とともに幸福に生き、そして死ぬ』力を与えた」(they enabled a man "to live happily and to die with a fairer hope)という言葉、また「エレウシス」は二人の女神によって、「種子の死とその新しい生命への蘇り」(the death of the seed and its resurrection into a new life)を告げるものであり、それらは「不動のものの象徴」(a symbol of immortality)となっていること、つまり実質的に十分に宗教の果たすべき役割を素朴なかたちの中に果たしていると主張するのである。

グラントは３章「スパルタ」の中で、「スパルタの社会的規律」(The Social Disciplines of Sparta)と題して次のように述べている。
〈始めるに当たって、この国家における二つの特徴、個人の国家への完全な服従と、軍事的目的へのまったく脇目もふらない遂行ということを記して置かねばならない。
　第一点は、実際にギリシャにおける国家の理念を構成するものとして、すべてのギリシャの国家の特徴としてすでに記した。しかしスパルタにおけるほどこの理念が完全に機能し続けたところは他にない。スパルタの栄光とスパルタの安全がすべてなのである。これは例えるなら、個々の市民の愛の対象もしくは利益はまったく考慮されなかった。ブラシダスの母親は彼の死に際して、スパルタはそのように傑出した市民を他には持たなかったと告げる人々によっては慰められなかっただろう。母親はその言葉に満足させられたかであろうが、スパルタ人は息子以上に多くの他の偉大で良い人々がいることをむしろ望まねばならなかったのである。息子に盾と共に戻るか、盾の上となって戻れ、と命じたスパルタの母親の逸話ほどよく知られたものはない。それは勝利者となるか死かのいずれかである。優しい感情を破壊する愛国心が二つの話で注目される要点である。さらにスパルタの特徴は、軍務

遂行への完全な専念でさえある。1章で指摘したようにこの時代は、すべての文明が軍隊の基盤に支えられており、すべての国家が自国の主たる目標として軍隊の巨大化を推し進めた。しかし多くの他の国は時には他の対象にも目を向け、ちなみにアテネは実際にいくらかの割合で、自国を戦争より芸術や思想に向けたのに、スパルタは決して進路を他に変えることをしなかった。軍人精神がここでは男たちの最も高い唯一の理念であった。もしそれが直接軍隊の優秀さに貢献するのでなければ、芸術も、科学も、美徳も、恋愛もまったく称賛されなかった。国全体が実際に軍隊のキャンプであった。〉

(p. 46 L. 10—p. 47 L. 9)

〈あらゆる訓練の特徴ははっきりしている。「勇敢で喧嘩好きの精神を明らかに見せること、最大の肉体的責め苦に不動に耐えること、飢え、寒さ、疲労をじっと我慢すること、もっともひどい土地を裸足で歩くこと、同じ衣服を冬も夏も着ること、感情の外面へ表れを抑えること、行動が必要とされないときには、彫像のように、恥じらいと沈黙、そして不動の態度を公衆に示すこと、これらすべてが成人したスパルタの若者の美徳であった。」グロートのスパルタの若者の理想のあり方の要約はこのような言葉になる。〉

(p. 49 L. 31—p. 50 L. 8)

〈スパルタほど女性の地位の良かったところはなかった。地位はより開かれ、より自由で、より影響力があった。良い兵士は健康な母親を持たなければならず、そしてそれ故に女性たちの体格は国家によって軽視されなかった。彼女らは自分で「ランニング、レスリング、投擲、輪投げ、やり投げ」の体操の訓練に出かけていった。そして初期のローマにおけるように、男に好戦的な精力を与える女性の影響力が十分に認められた。スパルタの女性たちは決して、アテネ人の姉妹たちのようには、ほとんど東洋的隔離のもとでは埋葬されなかった。彼女らは男たちの間を自由に動けたし、街路で公然と見受けられ、ヴェールもしなかった。祭りでは彼女たちは自由に男たちと混ざり合った。アテネ人たちの偏見はこのすべてを醜聞視し、後にはスパルタの女性について、性格が堕落したとか、しばしば有害な影響を及ぼしたとか

言われるが、それがたぶん国家に強さをもたらしたと思われる。アテネが欠いているほとんどローマの結束力をスパルタに与えた彼女らの助力に、敬意が支払われた。彼女らは国家の厳格さを共有した。男たちが国家のために戦って死ぬことを不吉なことと思わないために、断固とした規則が、すべての女性の、戦闘の後の死への哀悼を禁じた。〉　　　　　(p. 51 L. 11―L. 32)

　グラントは、スパルタの特徴を、「個人の国家への完全な服従」(the complete subordination of the individual to the state) と「軍事的目的への脇目もふらない遂行」(the all-engrossing pursuit of military objects) にあると指摘する。二つの理念の容赦のない遂行が、戦争で息子を失うか、または失うかもしれない母親の振る舞いに述べられ、また若者たちの軍事訓練の厳しさに述べられている。

　また、スパルタにおける女性の地位の意外な高さは、結局のところ、それが軍国国家の強兵策に貢献しているからに過ぎない。男性と同等もしくはそれ以上に国家に貢献したことが男性と同等の扱いにつながっていることが伺える。しかし末尾で述べられる、女性が関わる男たちの戦死への哀悼の禁止は、やはり彼女らがおかれた残酷な状況を何より物語っていると言わなければならない。

　グラントは、4章「初期のアテネの歴史」の「アテネの専制政治」(The Tyranny at Athens) と題する箇所で次のように述べている。
　〈もし私たちが最近のギリシャの歴史のとらえ方でソロンの業績を見るなら、私たちは疑いなく彼の主たる目的の一つはギリシャのどこにも存在した専制政治の撃退であったことが民衆の不平から伺える。その目的では彼は失敗した。彼は自分の仕事が終わると、アテネの人々を10年間は変えないという誓いによって縛り、それからアテネを置き去りにし、そして東方への旅に出た。ヘロドトスがこれらの旅と関わった、しかしながら歴史的基礎のほとんどないロマンチックな物語は、ソロンの名前で考えられる愛すべき尊敬を少なくとも証明した。彼が旅行から帰ると、彼は明らかにさしせまった目を

背けたくなるような災害に出会った。彼の改革の穏健な性質は他の党派には十分ではなかった。貧乏人はさらなるものを期待し、高貴な者にとってそれは自分たちの階級のものがより多く奪われる暴力と思われた。不平が声となり、そして分かれた党派に組織された。労働者たちの山地党の人々と、海岸党の人々がヘロドトスによって呼ばれた。山地党の人々は貧しく革命的な党派であり、庶民的ですぐ反応する人たちだった。海岸党の人々は富と政治的熱望の両者において穏健であると見られた。山地党の首領に家柄がよく軍隊でもいくらか名声のある人物、ペイシトラトスが立った。彼の極貧の党派への愛着は利害関係がないとは言えなかった。ソロンを好み、他のギリシャの国々の歴史を知る人には、彼が人々の好意を自分を専制君主に就かせるために利用しようと意図していることは明らかだった。しかしソロンが熱望する弾劾は軽視され、そして一歩一歩ペイシトラトスは権力の座に上っていった。「彼は」ヘロドトスは言っている、「次のような策略を企んだ。彼は自分自身と自分のラバを傷つけ、それから、ちょうど今、自分の生活を田舎に追いやろうと企む敵の攻撃から逃れてきたと公言しながら、自分の二輪馬車を市場広場へと走らせた。彼は自分の身体を護るための護衛官に自分を選任することを人々に懇願した・・・彼の物語に騙されたアテネの人々は、彼が行くところへはどこでも棍棒を持って彼に同行する護衛官として奉仕する市民たちの一隊に彼を任命した。このようにして増強されたペイシトラトスは反乱を起こし、そしてアクロポリスを奪い、そしてこのやり方で彼はアテネの統治権を獲得した。」

彼は二度追放され、そして協定と策略によって、二度返り咲いた。彼の経歴の詳細は興味深いが、ここでは私たちに関わりがない。

しかし彼の統治の一般的特徴は熟慮される価値がある。彼はソロン派の政体の外見的形態を、ローマ共和制のシーザーのそれらのように、当初フランス革命の形態とキャッチフレーズを継承したナポレオンのように、継承した。彼は帝王の態度はとれなかったが、民衆に気取らない市民と見えた。彼はアレオパゴスの地方議会に告発されることを承諾した。彼は紛争を鎮める

ためと改善を監督するために、自ら地方の各所を訪れた。アリストテレスは特に彼の「大衆的で親しみやすい性質」を記している。「彼は人民に可能な限り少ない負担で」彼は私たちに語っている、「しかしいつも平和を培い、そして彼らをすべての平穏のうちに保った。」5パーセントの所得税が三つのもっとも富裕な階層から徴収されたが、極貧階層は疑いなく免除された。

　自己統治の感覚における自由は、もちろん実際になくなった。地方議会と民衆集会の会合は、権力がペイシトラトスがいつも自分の周りに置いている護衛隊で支えられているという事実を秘密にしておくことは難しかった。しかしすべての巨大な絶対的統治者たちのやり方の後、ペイシトラトスは自由の損失を、市の内外の両者での輝きの増大によって埋め合わせることを企てた。もしギリシャの政治の地域的等級が比較を許すなら、それは巨大な絶対君主の統治の初期の輝かしい時期におけるルイ14世と似ている。今初めて、アテネはギリシャ世界のもっとも美しい市として見え始めた。三つの巨大な寺院が建てられ始め、二つは完成した。ゼウスの寺院は、その完成に向けてギリシャがかつて経験したことのなかった時間と金のまったく巨大な規模で始められ、そして工事はローマ皇帝ハドリアヌスまで残った。〉

(p. 76 L. 31—p. 79 L. 9)

　ソロンはいわゆるソロン法の制定など、アテネ民主制の礎を築いた人である。プルタークによれば、政務から離れるとすぐに東方へ旅立ったのは、貿易という本来の生業に戻るという表向きの理由の他に、法の制定により様々な苦情や陳情が殺到するのを避けるためであったとも言われる。しかしここではグラントは、ソロンの去った後のアテネの政治的混乱を通じて、民衆が直接統治者を選ぶ民主制の仕組みの難しさを語っていると言えよう。扇動にも乗りやすく情動もする民衆に政治の選択をゆだねるとはどういうことなのだろうか。貧しい民衆に選ばれることによって独裁者に成り上がっていくペイシトラトスの物語は、民主制のはらむ危険をまざまざと語っている。しかしきわめて難しく危険な制度にあえて挑んだのがアテネであった。そしてその難しい制度の下で、奇跡的にほぼ政治的成果を達成したのがペリクレスで

ある。

　グラントは、8章「ペリクレス、その政策と友人たち」の、「ペリクレスの私生活」(Pericles' Private Life) と題する中で、彼に生涯をともにしたアスパシアという愛妾のいたことを紹介している。
　〈哲学と同じくらい芸術が彼の興味を引いたが、偉大な彫刻家フィディアスと彼との関係を語る前に、彼に偉大な影響を及ぼした女性について語る方がよりよいようである。ギリシャにおける女性の地位については次の章でさらに述べられるだろう。私たちはそれがいかに従属的であったかはすでに見てきた。純血のアテネの女性たちは通常読み書きができなかった。彼女らは、彼女らのために区分されたアパートで完全に隔離された生活を送った。彼女らの地位の悪弊を誇張しなくとも、アテネのもっとも教養のある男たちはアテネの市民権を持つ女性に知的な交際は見いだせなかったし、出来なかったことは明らかである。しかし街には他の階級の女性たち、ヘタイラがいた。私たちはコートザンという語で翻訳するが、この翻訳は少し間違っている。彼女たちの身分はこの時代の思想や感情によって認められ受け入れられており、そして彼女たちのいく人かは完全に堕落した生活をしていたが、他の人たちは、法律は彼女たちを認めなかったけれども、アテネの合法的結婚より結婚の理想により近く、多くの尊敬をもって近づくアテネ市民と結ばれた。この階級にアスパシアは属していた。私たちはアスパシアについてわずかしか知らず、そしていく人かの学者たちがそのわずかから彼女の生涯を発展させようと試みたが、その試みは成功しなかった。彼女はミレトスの生まれであった。どのようにそしていつ彼女がアテネへ来たかはまったく確かではない。ペリクレスが初めて彼女と知り合ったとき、婚姻関係があったが、結ばれたどちらもそれに満たされていなかった。アテネ人の間では結婚の結びつきは軽んじられていた。彼には二人の息子がいたけれど、ペリクレスは妻と別れた。「彼女を他の夫に譲り渡した」というのがプルタークの表現である。そして少し後、彼はアスパシアと生活し始め、そして彼女と死ぬまで

生活をともにした。〉　　　　　　　　　　　(p. 184 L. 8―p. 185 L. 7)

　グラントはアスパシアの属する階級「ヘタイラ」(Hetaerae) を「コートザンという語」(the word courtesans) で訳すのは少し間違っていると述べている。コートザンはヨーロッパにおけるいわゆる高級売春婦のことである。それと違うというのが、この文脈だけではわかりにくいので、9章「ギリシャの社会」の「ギリシャにおける女性の地位」(The Position of Women in Greece) と題して述べられている記述から補うと、他の土地から来た女性たちは市民と認められず、従ってその子供は相続権のある嫡子にはなれない。アテネの男たちは相続と家のために退屈なアテネ女性と結婚する一方、固有の社交場などで、よそから来た女性とかなり自由に内縁関係を持つものが多かった。もちろんその関係の中には売春といえるものもあったが、そうではないむしろまじめな関係もあったというのが、グラントの主旨と思われる。他の都市から来た女性たちは市民権を持たなかったがゆえにむしろ自由に行動ができ、それ故に社交の場で魅力的でもあった。その中でとりわけ魅力的であったのがアスパシアであったことが、ソクラテスとも友人であったということを証拠に、このあと述べられている。

　グラントはまた、ペリクレスに重要な影響を与えた師ともいうべき人物について、同じ「ペリクレスの私生活」の中で次のように述べている。
　〈ペリクレスの哲学の師として、エレアのゼノ、アナクサゴラス、そしてダモンが話題になる。これら三人の間に違いはあっても、彼らは宇宙の神学的説明を捨て、そして生命の何らかの新しい基盤を探し求めていた。ペリクレスへのゼノの影響は偉大であったとは思われない。プルタークは私たちにペリクレスは自然哲学の彼の講義に出席したと語り、そして「ゼノは、彼に疑問を抱いて黙っている人をいかに減らすか、またその人をいかにヂレンマの角の間に囲うかを特に学ばせてくれた」ので、ペリクレスは特に彼の弁証法の技術に惹かれた、と説明している。その力はしばしばペリクレスにとってエクリジア（市民集会）において貴重になったようである。ダモンは特に

「音楽家」として知られているが、ギリシャにおいて言葉は私たちにおけるより含みが多く、そして多くの哲学を含むべきであった。プルタークは私たちに、彼が音楽の名の下に教えたのは政治哲学であったと語っていいる、「彼は、トレーナーが競技の運動選手を準備させるようにペリクレスを政治的論戦のために訓練した。」ダモンが政治に音楽を関わらせたことは、私たちはプラトンが行ったことで知っている。彼の政治的関心はプルタークの証拠によっても示されている。プルタークは、彼は「独裁権力者の出しゃばりと恋人のように」排斥されたとさえ記録している。しかしこれらのどれよりも重要なのはアナクサゴラスであった。彼は物質の哲学者であり、そしてタレスによって始められていた思索的な仕事を続けていた。この時代の哲学者たちはすべて超自然の要因に頼らずに世界を説明し理解しようと模索している。初期の思索家たちは物質それ自体の中にすべてのことの要因を見いだした。アナクサゴラスはそれを物質の独立的なあるもの、彼が「ヌース」と呼ぶもの──知性のうちに見いだした。「初めのうちはすべてのことがカオスであった。それからそこへ知性が訪れ、そしてすべてのことを秩序づけた。」彼はペリクレスとは非常に親密な間柄で、これはペリクレスの敵対者が嫌いな対象であるという理由からであった。この師からペリクレスは二つの偉大な長所を得た。第一に、彼のアナクサゴラスの体系の受容は、彼を些細な政治的細部や激情のもつれを超越させる思想の向上と粘り強さを彼に与えた。「それは彼に」プルタークは言う、「卑俗さと下品なおどけをすっかり取り去った高慢な精神と雄弁術の尊大な態度と、そしてまた表情の冷静な落ち着きと物腰の穏やかさと、彼の声の調子はどんな妨害もけっして意に介さないというように、彼が話し続けている間はどんな出来事も動揺させることが出来ないという外見を与えた。」そしてそれがギリシャ人たちのほとんどに一般的でしばしば行動に有害な迷信の恐怖から彼を自由にした。ヘロドトスは私たちに、プラテアの戦いで、スパルタの王の攻撃の命令を許さなかったのは前兆が理由であったという重要な観察を示している。前兆や驚異が理由で重大な行動が行われたかまたは行われずに終わったことは、ギリシャ

9. アーサー・J・グラント『ペリクレス時代のギリシャ』　117

の歴史において他の実例が乏しくない。迷信のこの動揺を与える要素からペリクレスは完全に解放された。プルタークによって語られる物語は、ペリクレスとこの時代に特有なものとしてここに引用する価値がある、「あるとき一角の雄羊が地方からペリクレスへの贈り物として来たこと、そして予言者ランポンは創造物の額の中央に生えているこの迷える角を見るなり、この国にはトウキュディデスとペリクレスと二つの党派があるので、この神秘的な動物が二つを一つに統一するのを制するものであると言った。アナクサゴラスは家畜の骸骨を切り開き、そしてこの脳はすべての空間を占めていないが、卵のかたちの中に没しており、そしてすべてが角の成長している部分に集まっていることを指摘した。この時代すべての人々がアナクサゴラスを称賛をもって見たが、その後、トウキュディデスが失脚し、すべての国がペリクレスの下に統一されると、彼らはランポンを同じように称賛した。」〉

(p. 182 L. 2—p. 184 L. 7)

　グラントは、ペリクレスの師と呼ぶべき人物について、「エレアのゼノ」(Zeno of Elea)、「アナクサゴラス」(Anaxagoras)、「ダモン」(Damon) の三人の名をあげている。彼らのペリクレスに与えた影響は、大きく分ければ二つに要約できるように思われる。第一は最初のところで三人の共通項として述べられる、「宇宙の神学的説明」(the mythological explanation of the universe) を捨て、「生命の新しい基盤」(some new basis of life) を探す態度である。それはゼノの「自然哲学」(natural philosophy) であり、もっとも影響のあったアナクサゴラスでは、「物質哲学」(physical philosophy) の、すべての要因を「物質の独立的なあるもの、彼が『ヌース』と呼ぶもの——知性」(something independent of matter, and the something he called "Nous"—Intelligense) に見いだす態度である。それは迷信や迷信的な占いが支配的であったこの時代に、それとは異なる行動をとれる力となったということだろう。第二の点は、ゼノとダモンによって与えられた「雄弁術」(oratory) である。ゼノの「弁証法の技術」(dialectical skill) は、対立する相手をいかに自分の側に取り込むかを教え、ダモンは音楽家であるから演説の際の声の抑揚など政治的な演説術

を伝授したものと思われる。中程で紹介されているペリクレスの独特の話術にも、二人による影響がが大きいと言えよう。

　グラントは政治家としてのペリクレスの日頃の生活ぶりについて同じ章で次のように述べている。
　〈彼の性格の中で彼の同時代人にもっとも感銘を与えたものは、彼の沈着さ、彼の慎み、彼らが「オリンピア人」と呼ぶ彼の堂々とした平静さであった。エクリジア（市民集会）の評判がすべての彼の活力の第一の状態であったが、彼はその情熱によっては左右されなかったようである。会話では彼はほとんど身振りを交えず、彼の政治的敵対者を決して攻撃しないか、または自分自身への彼らの攻撃をこころに留めた。彼は民主制を完全なものにする尺度を導入し、そして民衆政治家の統治を直接導いた。彼のいくつかの尺度は、確かに扇動主義の腐敗を免れない。しかし人民との関係ではいつも、おべっかを使ったり、または単なる彼らの方向の追従ではなく、権威ある顧問の格調を採用した。彼はエクリジアでは始終は語らなかったが、特別な儀式や、彼の発言がそれらの影響に付け加わるめったにない機会に向けてだけ語った。彼は自分の演説に自然科学からの実例の引用を好んだというのは興味深い。アリストファーネスは後に彼について、「ギリシャを稲妻のようにとどろかせ光らせ困惑させた」と語った。しかしこれは彼の演説の効果についてだけ言えることで、その流儀に関してではない。発話においては完全に流ちょうであったけれども、彼は演説を行う前にその内容を書いた。この習慣の採用は、私たちが告げらる最初のことである。そして彼は演壇に上るときはいつでも、自分の唇から見苦しいものが落ちることがないように祈った。
　彼の私生活は同じ沈着さと抑制によって特徴付けられた。私たちは不運にも、私たちから彼の友人たちとの彼の個人的交際を隠すカーテンを引き開けることは出来ない。もし私たちが彼とアスパシアとソクラテス、フィディアスとアナクサゴラスとの関わりを知ることが出来たなら、私たちはたぶん彼について異なる考えを持っただろう。しかし市民たちは彼を禁欲的と見てい

た。彼はめったに外では見られなかった。男たちは彼について、市場広場とエクリジアへ導くことを除いて、どの街路にも彼はけっして見かけられなかったと言っている。キモンは、アテネ人たちの個人的な祝祭の常連のそして歓迎すべき客だった。しかしペリクレスは招待を承諾することはなかった。彼が祝いの集いに出たのはたった一度、それは彼のいとこの結婚式の時であり、そしてそこから彼は非常に早く退出した。この厳格な閉居は民主制の成功した指導者としては非常に奇妙な特性である。それは疑いなく彼の気質の部分的な結果であった。彼はアテネの標準的な市民といるよりアスパシアのサロンにずっと気性の合う交際を見いだしたのであった。それは部分的に政策に、部分的に用心深さに起因していただろう。なぜならギリシャは宗教的迫害のほとんどないことで知られたが、ソクラテスの運命とその後に続くペリクレスの友達たちの不敬虔による告発は私たちに、ペリクレスの持っていた哲学と宗教についての意見の公けの表現がいかに危険でであったかを示しているのだから。

　哲学者、芸術家、雄弁家、政治家、扇動者、ペリクレスはこれらすべてである。彼はこの時代のアテネの完璧で調和した教養の優れた事例であった。しかし他のすべての事柄以前に彼は政治家であり、そして彼の評判が主として依っていたのは政治家としての彼の活動であった。〉

(p. 187 L. 27—p. 189 L. 15)

　彼の生活ぶりで特に目立つのは、人々から「オリンピア人」(Olyimpian) と評される華麗さと、きわめて用心深く、自己抑制的な態度である。オリンピアン, つまりギリシャの神々の集うオリンピアにふさわしい人という中には、彼の政治的業績に対する人々の称賛の表現が含まれていると思われるが、それに対して彼の生活の慎ましさ、用心深さ、特に公衆の前への自己露出を嫌う彼の態度は際だっている。彼の慎重さは、流ちょうな彼の演説が、実は事前に文章にする準備によってなされていたというエピソードによく表されているが、人前に出るのを嫌って、結婚式の出席もいとこの一回だけというのはきわめて珍しいと言わなければならない。グラントは、成功した民

主制の指導者としては、「非常に奇妙な特性」(a very curious trait) と評している が、むしろこれはペリクレスのかなり用意周到な、権力保持のための戦略ではなかったか。露出を控えることによって神秘性を強め、それによって自分をより偉大な存在に見せることが出来ると思われるからである。従って、彼が人々から「オリンピアン」という称賛を維持し続けることが出来たのは、大衆政治家としてきわめて戦略的な彼の用心深さ、慎重さによったのではないかとも思われる。

　ペリクレスの人生にとって最大の出来事であるペロポネソス戦争についてグラントは、10章「ペリクレスの死までのペロポネソス戦争」と、11章「ペロポネソス戦争」、二つの章を設けている。ペロポネソス戦争は、アテネの興隆を警戒したスパルタがペロポネス半島の諸国と同盟を結び、アテネのアッチカに攻め込んだ戦争である。第一回目は紀元前431年、スパルタの若き王、アルキダモスが6万とも言われる同盟軍の大軍を率いたアッチカ侵攻に始まる。そのときの様子をグラントは10章で次のように述べている。

　〈アルキダモスは最後の使節をアテネに送ったが、大使は城壁の中へ入ることを許されなかった。ペロポネソスの軍隊は、それでイスマスに集まり、アッチカに侵攻する準備をし、そして侵攻が近づくと、アテネの人々は、ペリクレスに助言を求めた。そして彼らの家族たちとすべての動産、彼らの家の木工品さえも市内に運ばれた。彼らにとってそれは残酷な必要だった。これまでアテネ人たちは広い田舎に住んでいた。今、すべての田舎の楽しさは、一方の側の市の城壁の内側に見出すことができる宿所に投げ込まれなければならない。彼らは、その場所を神々の特別な寺院にまで求めるやり方を強行した。彼らは城壁の小塔に避難所を見いだすか、または自分たち自身で長い城壁の間の空いた空間に哀れな小屋を建てた。人々の習慣のそのようなまったくの転覆は勝利のためでさえ重い支払いだった。アルキダモスはエレウシスの信者の飾らなさで、アッチカの明らかな中心部に入った。彼は

しばらく、アテネ人たちが彼らの作物のために励むのを期待して、田舎を台無しにするのを慎んだ。それらに抵抗するには、ペリクレスのすべての強さが必要だった。彼に対する激怒がそこに吐けぐちを見いださないように、彼はどんな会合への呼びかけも拒絶した。それでアルキダモスはほとんど死の城壁に及ぶまで田舎を破壊し、それから退いた。アテネの人々は怠惰ではなかった。小艦隊がペロポンネソスを巡って出航し、そこここに上陸し目立つ損害を与えた。エジーナの人々は反逆の意図の疑いで残酷に島を追い出された。メガラの領土は完全に破壊された。外国の同盟は北の野蛮人たちの間でなされた。そして戦争の一年目は終わった。まったく一定の利益は得られなかった。しかし男たちの情熱は苦いものとなり、そしてスパルタのもっとも熱い精神は、戦争には早い結末はないと告白した。そしてアテネは土地を失わず、そして多くを失う予測もなく、すべての利益はアテネに残った。〉

(p. 261 L. 5—p. 262 L. 9)

ペリクレスはアルキダモスの率いる同盟軍とあえて正面から戦わず、アッチカの住民をアテネの城壁内に避難させる策をとったのである。その代わり彼は同盟軍の軍隊がアッチカの市街を破壊して立ち去ると、アッチカを攻撃された報復に、同盟軍に参加したペロポンネソスの国々を艦隊によって襲撃して回った。その結果、お互いに被った損害を比較すると、一年目は、どちらが有利とも判断しがたかった。

二度目の戦争が始まるのは、紀元前430年の夏である。アルキダモス王は強力なペロポンネソス軍を率いて、アッチカを襲った。ところがこのとき、幸いと言うべきか不幸と言うべきか、アテネを疫病（ペスト）が襲っていて、アルキダモスは引き返さざるを得なかった。この疫病について現在では、前年にペリクレスがアッチカの難民を城壁内に避難させた策が市中に不衛生を招いた結果ではないかという説もある。

この疫病でペリクレスは二人の嫡出の息子を失い、妹と多くの関係者を失った。それだけでなく、確かではないが、彼の死自体もそれが原因ではない

かと現在思われている。彼の死の最後の数ヶ月は戦争がアテネにとって優勢であった。

グラントは、死の直前のペリクレスの興味深いエピソードを伝えている。

〈この輝かしい勝利のニュースがアテネに届いたとき、ペリクレスはすでに死んでいた。(中略) 私たちは彼の最後の日々の興味深い逸話を得た。彼の友達が彼に会いにやってきた時、彼は首にかけている魔除けを見せた。私たちは、彼が生涯を通じて軽蔑していたこれらの迷信的なことを使う年になってしまったという気持ちを示すためにそうしたのだと、彼が笑っているのが想像できる。そして私たちはプルタークによってまた、人々が彼の得た勝利、彼が手にした権力、そして彼の性格の高貴さなど、彼に関わることを語り合っていると、彼は眠りながらも友達たちが信じていることを聞いていて、それらは自分の名声の主たる称号ではないと言い始めた。彼は、自分のせいで喪に服したアテネ人がこれまで一人もいなかったと思えることが最大の栄光だ、ということを告げたのである。これはペロポンネソス戦争の果敢な助言者としては奇妙な主張であるが、もしそれが、彼の信念ではすべての戦争が嫌いだったが必要な戦争だったから、そして彼の性格の高度の人間性と執念深さの完全ななさからなされた、として説明されるなら、彼の履歴を知るすべての人によってこの主張は容認されるだろう。〉

(p. 267 L. 1—L. 33)

グラントはここで二つのエピソードを紹介している。一つは彼が死の床で首に「魔除け」(an amulet) を掛けていて、それを訪れた友人に見せたこと、一つはこれも病床を見舞った友人たちに「彼は、自分のせいで喪に服したアテネ人がこれまで一人もいなかったと思えることが最大の栄光だ」(he was proudest to think that no Athenian had put on mourning because of him) と語ったことである。前者については、当時の人間としてもともとペリクレスも、あるいは個人的には迷信的な信仰を含めてむしろ信心深かったのかもしれない。しかし政治家としての彼はそのことを外部の人たちにはけっして見せなかった、もしくはそういう迷信的なことをあえてけっして政治には関わらせ

なかった、と考えられなくもない。第二の点に関しては、グラントは入り組んだ説明をしているが、端的に、すべての戦争はやむを得ない状況でだけ行ったもので、彼が好んで仕掛けた戦争はなかった、という意味に解してよいだろう。

　グラントは11章「ペロポンネソス戦争」の冒頭部分で、ペロポンネソス戦争の歴史は厳密にはこの本の課題外であると断ったうえで、次のように述べている。
　〈しかしこの戦争の穏やかな容認はペリクレスの外国政策の主たる特徴だったので、彼と彼の時代の評価は、この戦争の主たる成果のいくつかの知識抜きには完全とはならない。その細部を叙述するつもりはない。私たちの趣旨にとっては、次の問いの答えを求めるために、その経過を学ぶことが最も重要であろう。アテネの民主制はこの危機にどのように答えたのか？　この戦争はギリシャの一般的な政治的見通しにどんな影響があったのか？　それによってギリシャ人たちの思想と感情にどんな変化がもたらされたのか？　その経過はペリクレスの政策ではどれだけ正当化されるのか、どれだけ非難されるのか？　そして最後の質問の考え方については、成功が合理的に期待されるかどうか、ペリクレスの意見に見て取られる条件を繰り返すのがよい。ペリクレスは、アテネは陸地におけるすべての勝利の希望をあきらめ、長い城壁がアテネに与えているほとんど島国である立場を十分活用すること、遠方への遠征隊と帝国の遠くの獲得物は厳格に我慢されるべきこと、そして戦争は性格として主としてアテネの防衛の側面で行われるべきことを要求した。そしてこれらのはっきり述べた条件に付け加えて、彼の心の中には、もし彼自身の覇権が彼を民主制の欠点に盲目にしているのでなければ、他のことがあったに違いない。彼は、国の戦争政策に首尾一貫性を与えるためには、ある個人の指揮の影響が必須であると思っていたに違いない。
　戦争は自然に三つの区分で行われた。〉　　　　　(p.270 L. 3—p. 271 L. 14)
　グラントは、ペリクレスの外国政策が、明確に、島の城壁を利用した自国

の防衛に専念し、領土的野心や遠方への遠征による獲得物に頼ることを厳格に戒めること、従って戦争はアテネの防衛戦に限定するものであったことを述べている。彼が終わりの部分で付加的に、ペリクレスの心中を忖度しているのは、その後の戦争の経過が次第にペリクレスの政策とは異なる方向に進んだからである。

　グラントが記述する戦争の経過の概略をまとめてみよう。
　戦争の6年目（B. C. 426）までは、相変わらずスパルタが毎年のようにアッチカへの進入を繰り返してはいたが、戦争の範囲は限られていて、アテネは戦争を原則として防御の措置に制限するというペリクレスの示唆した政策がほぼ守られていた。7年目（B. C. 425）、アテネの巨大な事業家たちが、メッセニアの西海岸のピロスの港に宿泊所を作った。これはスパルタの領土にとって非常に脅威となる存在であり、それが原因の紛争が起こった。8年目（B. C. 424）、スパルタがもう一つの強国テーベと組んで、南北からボエテアに進入してきた。このとき彼らは合流に失敗したので撃退できたが、その戦の中から、ブラシダスというスパルタの傑出した英雄が現れる。ブラシダスの軍隊は、テッサリーを通ってテラスに上り、最後にはアテネの商業の最中心地の一つであるストリャモンのアンフィポリスを制圧した。10年目（B. C. 422）、アンフィポリス奪還のため、アテネの武将クレオンが送られるが、アテネ軍は屈辱的な敗北を喫する。アテネ軍の死者六百人、スパルタが失ったのはたったの七人だった。しかしその死者の中に、クレオンはもちろん、ブラシダスもいた。この戦争は両軍にとって痛手で、スパルタにも勢いがなくなり、この後、ニキアスの平和と呼ばれる期間がわずかながら続く。

　ニキアスの統治のもとのつかの間の平和の間に民主派の政治勢力が再び台頭し、その政治的不決断がアテネのシチリア遠征という暴挙を招く。しかもそれをもたらす中心的人物となったのは、皮肉にも、五歳で父親を亡くした後ペリクレスがその保護者となり、またソクラテスがその最初期の師でもあ

ったアルキビアデスであった。グラントは遠征に至る過程を次のように述べている。

〈アテネとスパルタの間の平和にもかかわらず、ギリシャ全体は抗争があふれていた。ペロポンネソスの国々の多くはスパルタの最近の行動に極端に不満を持っており、そして紀元前421から418年まで、アルキビアデスはペロポンネソス内の反スパルタ同盟を組織することに費やされた。当初は彼の成功が絶大だったが、418年スパルタは敵対者たちをマンテニアの戦いで打ち砕き、覇権をペロポンネソスに再建した。(中略)

紀元前416年、シチリアのエゲスタから使節がやってきて、セリナスの彼らの隣国に対抗する助けを求めた。われわれはたぶん時間の固有の慣習でもなく問題がなくなるので、最初の上告にもとずく境界の明確な問題を捨てるだろう。アテネの人々は積極的な隣国に逆らうエゲスタを援助すべきかどうか、それとも自国の利益の展望の下にシチリアに侵略すべきかどうか、討議していなかった。開戦時においてさえ人々の眼は西方に向けられていた。シチリア、イタリー、カルタゴがギリシャの征服可能な領域として語られた。まさに今アテネは自国への自信に満ちていたが、戦場でスパルタ人の槍と立ち向かうことが出来ないという意識に苦しんでいた。そして今、エゲスタはすべての軍事行動のための金を支払うという架空の約束を差し出した。アテネ人たちの想像力に火が付けられた。ニキアスが、シチリアのような巨大な島をアテネ帝国に付け加えるという実際には不可能な莫大な困難にせき立てたことは軽々しかった。アルキビアデスは遠征にほとんど当てにならない指揮とはっきりしない出世の機会を見た。アテネの人々は彼の企てに従い、戦争のために投票した。

これはペリクレスの政策方針からのはっきりした逸脱であり、そして必然的に致命的なものであった。アテネはそのすべての強さをもって、スパルタに対してかろうじて自国を保つことが出来た。何をしようと願ってアテネはその最上の軍隊のすべてを使い果たすことが出来たのか？「あなたたちは、戦争で、または必要のない危険を冒してあなたたちの帝国を拡大してはなら

ない。私はあなたたちの敵の企みよりあなた方自身の過ちを恐れる。」　この戦争が始まる前、ペリクレスはこのように言ったが、今彼の言葉は十分に正しかった。〉　　　　　　　　　　　　　　(p. 280 L. 16—p. 282 L. 13)

　富裕層の利益を代表し、折りあらば彼らの利益につながる領土の拡大を伺う「寡頭派」(the oligarchical clubs) 党首ニキアスも、エクリジア（市民集会）における大衆の人気をよりどころとする「民主派」(the democratic party) の党首アルキビアデスも、結局、無知な市民の熱狂に促されて、ペリクレスの戒めていた領土拡大のための植民地戦争へと向かってしまうのである。

　グラントはその結果を次のように記述している。
　〈増強は犠牲者たちの数を増大させるだけだった。事実、デモステネスはさらなる精力を攻撃に投じた。彼は夜間に行われるシラクサの反撃行動への精力的な猛攻撃を指揮した。最初は成功だったが、最後には追い返された。デモステネスは、市側の強さとアテネ軍の弱まる状況が目立ってくると、退却を助言する勇気を持った。しかしニキアスは、アテネの民主派の叱責を恐れ、まったく望みはなかったけれど、むしろ留まることを選んだ。さらに危険は日ごとに増大し、そしてついに彼は撤退の考えに承諾を与えた。すべてのことが準備された。すでに船員たちは、月が皆既食の位置になったら船を出す準備を整えていた。ニキアスはすべての事柄において迷信深い信仰心にあふれていた。予言者たちが、神々が明らかに反対している、出発は次の満月まで遅らせなければならない、と宣言した。この過剰に悩む男にとって、宗教的信念は彼の軍事的決断と同じくらいわずかな強固さしかないものだった。切迫した大災害の予想に脅かされて、彼は再び脱出の命令を与えた。それは遅すぎた。それ自体敗北の宣言である逃亡の願いは、シラクサ人たちに攻撃の勇気を与えた。ぼろぼろになり意気消沈した乗組員を乗せたアテネの戦艦は、作戦行動のために十分スペースのある港で戦ったが、敗北させられ、そしてシラクサ人たちは一挙に港の入り口を封鎖する作戦を進めた。

状況は今まったく絶望的なものだった。すべての海岸で港の入り口が封鎖されたに違いない。アテネの船艦はもう一度人が乗せられ、防御線に送られた。岸辺に数千人の見物人たちが殺到する中で、絶望的な戦いが続いた。たとえもし彼らの船艦が良かったとしても、アテネ人の操船術はそのように狭い海上では求められる技量を発揮できなかっただろう。敵の戦艦は戦闘に格別の強さを発揮した。最終的にアテネ人たちは敗北に屈し、彼らの指揮の努力はまったく彼らに戦闘の再開のための元気を与えることは出来なかった。今は陸路によってカマリナの隣接する友好都市に退く以外生き残る望みはなかった。もし試みが一挙に行われていたならば、それはたぶん成功していただろうが、ニキアスは間抜けにも24時間遅らせ、そして軍隊が出発したときにはすべての道路がスパルタの軍隊によって防御されていた。続いて起こることがギリシャ史におけるもっとも悲劇的な場面である。軍隊は、ニキアスとデモステネスの指揮による二つの部隊に分かれてキャンプを出て進軍した。大災難が最初から彼らを出迎えた。彼らは、シラクサの軍隊によって防御されていたので、彼らが向かうつもりの行程から外れて方向転換することを強いられた。これ以降彼らは、抵抗が少ないと見込まれる、または彼らを引き付ける食糧倉庫はどこかという目的もほとんどないままに彷徨った。彼らが騎兵隊や多くのシチリアの軍隊によって苦しめられるすべての時間は中断し、飢えと渇きが彼らを狂わせた。この惨めな退却の六日目、デモステネスの部隊が包囲され、生存の約束の下に6千人が降伏して残るまで、飛び道具によって圧倒された。二日後、ニキアスの部隊が渇きに苦しんでアッシナルス河に自ら飛び込み、飛び道具の絶え間なく飛び交うただ中、渇きを川の水で満たしながら、泥だらけになり血にまみれながら死んだ。ついに、死体が川岸と川の中に折り重なると、ニキアスとわずかな生存者たちが随意に降伏した。アテネの指揮者たちは二人とも殺された。捕虜たちは石切場に押し込まれ、荒天とシラクサの民衆の笑いものになるという苛酷な処置に晒された。十週後、アテネの同盟者たちは奴隷として売られた。しかしアテネ人たち自体は、ただ生命を終わらせるだけの投獄によって彼らの偉大さと彼らの

侵略性を償った。ペリクレスのアテネの高い望みは、アッシナルス河の血の水とシラクサの石切場の中に終わった（B. C. 413）。〉

(p. 284 L. 24―p. 286 L. 32)

　ここにはシチリー遠征の悲惨な結末が生々しく述べられている。アテネ軍を率いたニキアスとデモステネスという二人の将軍も、アテネ軍の兵士たちも、戦死、処刑、もしくは獄死として散り、すべて二度とアテネに戻れなかった。文字通りアテネは愚かな遠征に貴重な戦力を使い果たしたのである。アテネの降伏によって、ペロポネソス戦争が終結するのは、これから９年後の紀元前404年のことである。アテネは軍国主義の独裁国家スパルタによって支配されることになる。

III
芸術の理論

10. カール・グロウス『人間の遊戯』

(Karl Groos, The Play of Man, London: William Heinemann, 1901)

文庫 NO. 853

　本書は、第一部「遊戯の実験」(Playful Experimentation)、第二部「第二の、または社会的指令に関わる衝動の遊戯行動」(The Playful Exercise of Impulses of the Second or Socionomic Order)、第三部「遊戯の理論」(The Theory of Play)で構成されている。さらに第一部が、Ⅰ.「感覚器官の遊戯活動」(Playful Activity of the Sensory Apparatus)、Ⅱ.「運動器官の遊戯的使用」(Playful Use of the Motor Apparatus)、Ⅲ.「高度の精神力の遊戯的使用」(Playful Use of the Higher Mental Powers)に、第二部が、Ⅰ.「闘争遊戯」(Fighting Play)、Ⅱ.「恋愛遊戯」(Love Play)、Ⅲ.「模倣遊戯」(Imitative Play)、Ⅳ.「社会的遊戯」(Social Play)に、第三部が、1.「生理学的観点」(The physiological standpoint)、2.「生物学的観点」(The biological standpoint)、3.「心理学的観点」(The psychological standpoint))、4.「美的観点」(The aesthetic standpoint)、5.「社会学的観点」(The sociological standpoint)、6.「教育学的観点」(The pedagogical standpoint)に、それぞれ分けられている。

　グロウスは、触覚、嗅覚、聴覚などの幼児の「感覚器官」(the sensory apparatus)の発達の観察から始めて、人間が本能的に持っている遊戯本能を考察する。リズム、旋律というものへの関心は音楽や詩歌につながり、ダンスのような激しい「運動器官」(the motor apparatus)のリズミカルな使用は、人間にある種の催眠術のような「陶酔状態」(ecstatic condition)をもたらすことなどを述べているが、その中で興味深い第一点は、彼が第一部、Ⅲ.「高度の精神力の遊戯的使用」の、A.「精神力についての実験」(The Experimentations with the mental powers)の、3.「注意」(Attention)という項目

でおこなっている次のような考察である。

〈私は事前の努力について述べようとしてきたので、注意は、いわゆる精神の機能というよりむしろたぶんその最初期の表れにおける生存競争を助けるための手段と言えるだろう。待ち伏せの本能（私たちはこれを単に獲物を捕る準備としてだけでなく、逃走のための準備としても理解しなければならない）が、私の考えでは、注意の基本的な形態である。事例が多分そうであるように、獲物であるか敵であるかによって呼び起こされるある感覚知覚が、何がやってくるかについて、その器官の緊張によって最高の素速さと目標の正確さで、動物に知らせる。次に、近づく衝撃への電光の素速さの反応で筋肉の緊張と準備をし、、そして第三番目に、うっかりやってしまうようなすべての物音と動きを抑えるように肉体全体の抑制を保つ。高度の動物、特に人間の間では、「理論的」注意は、特別な外部の動きで衝撃を予想する反応であるこの運動の注意から発展した。前者では反応は内部の脳の過程であり、上記で与えられる第二番目の段階は伴っていない。いわば統覚的に待ち伏せしており、対象を奪い征服するのには十分である。検査の能力の特徴ある保持は、このようにして両者とも本能に基づく、運動からの注意のこの部類の由来であることを立証すると思われる。予期はそれ故変動ではなく、むしろ注意の基本的な形態であり、絶えず更新される予測の連続からそれが結果となる以前の現在の対象への集中である。〉 (p. 144 L. 23—p. 145 L. 14)

〈この点で私たちは再び何らかの困難を伴う記憶の過程を取り上げよう。特に音楽や詩で私たちがその連続にとらわれたいと思っているとき、リズミカルな反復の前進させる力は、何がやってくるのかに向けられる注意以外のものではない。なおより強いのは、それらの上演に時間を必要とする芸術作品によって生ずる張り詰めた期待である。この点、真実の芸術はそう多くは、やってくる状況を疑わしいと思わせ、それに張り詰めた集中で待ち受けるような、いかにもこれは無意味な要素である、驚きによって聞き手や読者を獲得することで成り立っていないが、演劇や朗読では私たちは特に連続の価値に頼っているに違いない。これには悲劇の効果だけではなく（O. ハルナ

ックはこの点に関してイプセンの「幽霊」を古典「エディプス」と比較している)、すべての叙事詩の大部分が依拠している。「驚きの満足の貧しさ!」レッシングは大声で言う、「私は、私たちが偉大な芸術家の作品から得る楽しさが大団円を隠すことに起因するという考えとはまったく違う。私は、その上、クライマックスが最初の場面で示され、そこから特別な状況がそのもっとも強い興味を引き出すような作品を作ることで私の能力をしのぐものはないだろう、と信じている。」最終的に私たちは、多くの異なった要因が企てるに違いないものすごい効果のための、その賭け事との関係に注意するという興味深い現象を認めねばならない。リボーはそれについて、「これは激しさを生み出す複雑さである。」と言っている。ゲームにおける興味の緊張は、勝つか負けるか、二つの可能性に依っている。それは一つのことかそれとも他であるかに違いなく、そしてこの事実は私たちの先の例からそれを区別する。勝利の願いは通常、過程に激しさの加わるさらに補助物の性質を帯びた負ける可能性の前景では大きく見える。「賭け事は」ラザルスはまさに言う、「すべての競技者が少数者になるのを期待しながら、富者になるのはわずかで、多くを破滅させる。」　チャンスのゲームはその後さらに消耗的な扱いに接近するだろうから、わたしはここでは単に、注意の努力はこれらの強い効果の一つの根拠であると述べるにとどめる。　　　　(p. 146 L. 15—P. 147 L. 13)

　グロウスはここで、人間の「注意」(Attention)力をもともとは動物の「生存競争」(the struggle for life)のための「待ち伏せの本能」(the instinct of lying in wait)の一形態と捉える。対象が敵であるのか獲物であるのか、刻々移り変わる状況に注意しつつ、生き残るための対処をあらゆる動物はしなければならない。その上でグロウスはその能力の「遊戯的使用」(playful use)の上に、演劇や朗読など、いわゆる時間芸術と呼ばれるものの興味が成り立っていることを指摘している。それ自体、「真実の芸術」(true art)が何らかの「意義」(a significance)を伝えるという点では「無意味な要素」(an insignificant element)ではあるが、観客の興味がもっとも強いのは、「それらの上演に時間を必要とする芸術作品によって生ずる張り詰めた期待」(the tense expectation aroused by artistic productions which require time for their presentation）であると指摘する。サスペンスに引き寄せられる観客心理をグロウスは「待ち伏せの本能」から説明している。レッシングの引用は、彼が創作においていかにこの部分に留意していたかを物語っている。

　興味深い第二の点は、第二部「第二の、または社会的指令に関わる衝動の遊戯行動」のⅠ．「闘争遊戯」の９．「戦いを目撃することと闘争遊戯。悲劇」（Witnessing Fights and Fighting Plays. The Tragic）の次のような記述である。
　〈叙事詩の研究において私たちは頻繁に戦う興奮が動機となっているものに出会う。これは原初的な叙事詩と民話の一群が現在の近代小説に伝えられるほとんどすべての場合であり、そしてたとえば「救世主たち」のように興味へのそうした刺激抜きに叙事詩が作られると、それは取り返しのつかない退屈の非難を受けることになる。戯曲では戦争がきわめて重要である。少し前に無名の著者が、私がまったく同意する演劇の闘争に関する論説を発表した（「演劇の闘争」、『グレンツボーテン』、1897、No. 39）。性格の描写に重きを置くレンツ、オットー・ルーディッグ、後にはガーテルマンのような幾人かの作家は存在したが、アリストテレスの時代以来、演出の理想は劇の着想における卓越性であった。二つの理論が容易に一方的な見解に導く。「演劇において私たちの興味に訴えるのはそのような性格ではなく、争いの中にある性格であり、そして争いを明らかにするのが唯一の劇的演出であり・・・劇の本質は、詩の核心をなす圧倒的な破局に直面することで成り立っており、そしてその絶頂が作家の主たる仕事である。」争いが性格の本質的な特徴を提示する唯一の手段であることを主張するものであろうが、これが議論の余地のないことであることが私に感銘を与える。かくしてウェッツは攻撃的に言う、「もし詩人が主人公を写実的に生き生きと描きたいと望むなら、それには彼の境遇をその性格と対比的にしなければならない。彼は苦境に置かれなければならず、そしてこのようにして彼自体が提示され、そして彼の最高の

深みを明かにする。喜劇も悲劇と同じようにそうした状況を備えている。楽しませる込み入った事柄か、または重大な情熱が一度告げられた場面で、彼らは最終的な結末に向けて追い込まれなければならない。」(W. ウェッツ「現実へと向かう文学と物語との関係」) 洗練された鑑賞家たちにとって、完ぺきな戯曲で、争いが人物の正体を明るみに出す手段であるということを除いてもなお、それらの興味が心理的理由によって深められさえすることは間違いのないことであろう。私にとってより重要な、素朴な観客たちでは、それはまったく他のやり方である。争い自体が彼らにとっての重要な事柄であり、それが人物への理解を生むという事実は、単に闘争をより興味深くするものとして注目するだけである。戯曲によって生ずる楽しさは、競技場の競技、動物の闘争、競争、等々と共通した一つの非常に本質的な特徴を持っていることを、どんな場合でも私たちは断言することが可能である。すなわち、私たちがこころの中で参加しているであろう闘争を観ているということである。

悲劇は厳しい結末、通常猛烈な敗北に追い込まれる競争のもっとも高度の詩的表現である。ここで私たちは再び悲劇であるものと関係する楽しさの問題に出会う。(中略) 山の頂上か船の舳先に立って、近づいてくる嵐を見つめることは気高い楽しさではないのか？ そしていかにさらにもっと高尚なのがやはり悲劇が私たちのうちに目覚めさせる効果の嵐であることか！

この関係の中で闘争遊戯を考察するのに私たちは、すでに過ぎ去ってしまいそしてすでに与えられているいくつかの事例によって説明される事柄で推論される、さらなる点に注目しなければならない。船の上に立ち嵐の威力を熟視する人は（私は彼がそれと戦っていると言うつもりはない）、単なる興奮以上に楽しんでいる。彼の魂は、船の舳先で砕ける渦巻く波、荒れ狂う突風、すべての荒れ狂う要素に参加し、そしてすべてのこの外部の闘争は彼によって内部に模倣され、そして彼はすべての闘争本能を働かせることで歓喜の喜びに満たされる。悲劇についても同様である。感情の嵐の喜びだけでなく、競技の喜びもまた避けられない苦痛であるものを抑える重要な手段である。この関係は他の領域にも認められる一方、その悲劇への適用はこれまでなされて

こなかった。いかにもこの本能は通常狭義にはある種の血に飢えた状態のような、常に悪のつきまとう考えを指して言及される。リボーは以下のように進めて公式化した、「殺人における楽しさ、法の死刑執行における楽しさ、死（殺人、剣闘士の戦闘、そしてその類似のもの）を目撃することにおける楽しさ、ほとばしり出る動物の血を見ること（雄牛や雄鳥の闘い）における楽しさ、暴力と血みどろの通俗劇を目撃することにおける楽しさ、そして最後に、血なまぐさい小説を読み、空想の殺人の試練を追うことにおける楽しさ。」私たちは教養のある観客でさえ、たとえばハムレットが王を短剣で制止するために虎の敏捷さで飛びかかるとき、何らかの殺人の衝動を感じていることを否定できるかは難しい。たとえ私たちが傷害行為のあらゆる多様性におよぶ殺人衝動を考えてさえ、未だ全体として悲劇の理論のこの説明は不完全である。損傷を与える衝動は、私たちが共感する主人公を最終的滅亡に至らしめることはまったく持ってはおらず、（そして私たちはしばしば悲劇における強い犯罪性に共感し）、そしてたとえばリボーによる引用例によれば、私たちを引き付ける闘争の人物より挿話の血みどろさは通常少ない。破壊的狂気ではない戦闘における力の感じは、もっとも際だっている。動物の闘争の観客たちが、戦う片方が殺されるか戦えなくなるまで満足しない理由は、まったく彼らがそのように傷ついていることを喜ぶからではなく、何らかの損傷が行われるまで戦闘が決せられることが出来ないからである。

　それで私たちは破壊的衝動の理論を採用することが出来ないが、それでも私たちはそこから、特に私たちがまったくわずかしか注意して来なかった一点を学ぶことが出来る。私たちは、戦闘遊戯で私たちの満足とは異なる戯曲の登場人物を巻き込む破局にある喜びを得ている。私たちは苦しむ人に共感を覚え、そしてさらに喜びの感情を経験する。危機が遅延している間は、事例は他のすべての闘争遊戯と見分けられないが、どうして私たちは一般的挫折に内部模倣によって味方し、そしてさらに壮大な見せ物を楽しむことが出来るのだろうか？　これへの回答として私は、破局の瞬間がいつも楽しいかどうか私は極度に疑っていると言わなければならない。私は、まったくしば

10．カール・グロウス『人間の遊戯』　137

しば喜びの源泉は正真正銘の悲しみより重要であるというのは不十分であると考えさせられている。この事例では、内部模倣は、観客は極度の緊張によって暗示をかけられ、そして止めることが出来ない状態にあったという理由を主張する。私はたとえば、激しい刺激、巻き込まれる興味の重大さ、等々にもかかわらず、ワレンシュタインが舞台裏で殺人を犯しつつある限りは、誰もが生き生きと喜びの感情は経験しないと考える。美的な熟視のすべての瞬間が混じりけのない喜びで満たされねばならないということが本質ではない。他方では、破局が現実に喜ばれている例が疑いなく存在する。そして私たちはこの上記の説明を認める用意がないのだから、私たちが取る立場から私たちがより満足できる一つを見いだせるかどうか研究しよう。すなわち、戦闘遊戯について厳密に語ることを。一つの例が私の考え方をはっきりさせるだろう。そしてそれは二つの方法で説明されるだろう。「最高の兵士」とライオンとの闘いを見るために集まった観客たちで埋まるローマの競技場に自分自身を思い描いてみよう。そして驚くべき機敏さにもかかわらず男が再三重い負傷を受け、そして最後に気狂いじみた獣によって殺害されることを想像しよう。さらに、観客が味方する内部模倣は、自然とこの男によって占められるので、彼らの喜びはライオンの勝利では歓喜に向かうことが出来ないことを想像しよう。私たちにとってすべての事柄のもっとも目立つ特徴は、観客たちの狂気と残忍さであり、そしてこれらのローマの古い慣習についての近代の記述を読むとこの観は強くなる。野蛮さが疑いなくそこには存在したが、それが彼らの楽しさの根拠だったのだろうか？　私は固唾をのむ数千の観客にとってそうではなかったと考える。それどころか、これらの人々を感動させるのは、私たちにもっとも強くもっとも興奮させる衝動の一つとして知られる、死に向かう戦士たちの勇気と粘り強さへの共感である。最善のそして大部分の観客にとって満足は単に狂気の恐怖を見つめることのうちにはなく、彼らの存在の内なる、または彼ら自身共感する恐怖を越えて勝利をもたらす主人公の敗北の事件における、怖れを知らない無敵の勇気が第一である。キケロのこの一節はいかにこのことを指し示していることか！

「あなた方は厳しい打撃を受けそれを黙って耐える、スパルタの少年たち、オリンピック競技場の若者たち、または競技場の異民族たちを見て、苦痛を感じたときの女のように嘆き悲しむだろうか？　ボクサーたちはリングで打たれても決して嘆かず、そしてどんな負傷を負うか！　あなた方は人生の苦闘の中の一つの苦痛を我慢することが出来ないのだろうか？　どんな戦う人が、平凡な人でさえ、ため息をつくか、うめくか、しおれた顔を見せたか？それらのどれがおとなしく死に委ねられたか？」

　類似の方法で、主人公の外面的破滅は模倣が私たちに関与させる勝利の感情を私たちに目覚めさせると予測されるので、悲劇における不運の光景が喜びを与えるのだ。私が述べてきたように、これは常にというのではなく、むしろ悲劇は全体として喜びを与える一方、極度の瞬間は悲しみであろう、ということである。そしてさらに他の状況では感情の嵐、運命に打ち勝つすべてのこと、等々は内部勝利が存在しないとき満足の感情の要因となるだろう。しかしながらそれは戦闘遊戯の重要な証拠が与えられるときと同じ強さでは決してない。戦う人にとって最高の勝利感は自分の敗北の恐怖を乗り越えた勝利であり、そしてそのような勝利は悲劇的事件に伴う私たちの遊戯的共感によって生ずる。それ故戦闘遊戯は、通常高揚した影響を持っているとされるので、そのような喜びの源泉となる。問題を明らかにするそうした側面は重要な意味以外めったになく、そして私たちの課題は今、いくぶんこのかたちに押しやられる。悲劇は、それが破局に追い込まれるとき、もっとも完全に戦闘を表現する。私たちは習慣的に人間的要素に共感するので、私たちが嘆き悲しみ、そしてその中に巻き込まれる苦しみに喜びを経験するのは、確実な矛盾である。私たちはこの明らかな矛盾を、破局がそれを勝利感に変える内部勝利の基盤となるという仮説によって説明する。フォルケルトの分析が明らかにしたさまざまな高揚させる効果の検証が、私たちの立場が見当違いであることを非常に明らかにする。私たちが、惨めな勝利感における歓喜が、特別な事柄についての怖れを基盤にする時だけ破局が楽しいものとなると見てきたのに対して、彼が悲劇について反対の立場を取ることがも

っとも顕著な点である。高揚感が運命の圧倒的性質にだけ依っているとき、または猶予の瞬間が運命づけられた主人公から奪い取られるとき、最後の苦しさについての私たちの共感の激しさは和らげられる。破局における独立した満足は闘争遊戯の要素が存在するところでだけあたえられ、そしてここに私たちの理論の本質、内部模倣が敗北を勝利に変えるとき、ということが存する。「強力な敵、危険または大災害の脅威、または困難で不安な問題の存在下の勇気と沈着さ、これは悲劇作家がはっきり示すものである。私たちの内なるすべての好戦的なことは悲劇に直面して底抜けのお祭り騒ぎを手にする。」(ニーチェ『偶像のたそがれ』)

闘争遊戯の研究はこのようにして、私たちを乱暴で狂気の表れから悲劇の最高の頂点へと導いた。フォルケルトは、私たちの立場に適応するであろう最高の瞬間の一般的やり方について何と言っているのか。「恐怖や敗北、苦しみや嘆きにおいてさえ、悲劇の登場人物は、もし彼がその芸術の必要条件にもとらなければ、常に偉大らしく見える。人が極度の苦しみ、またはもっとも厳しい試練の前の動揺にひるむとき、もし彼が前もって優れているように見られていたなら、そこには悲劇的効果の極致が成立する。しかし彼を狂気の瞬間で魂の偉大さをはっきり示すように導くなら、彼はそれで、悲観に堕落させられることと、もっとも厳しくもっとも非道の運命の女神の攻撃が少しも彼にはなすことが出来ず、人間精神がそれ自体のうちに、自分の運命の力を切り抜けることが出来る成長と至高の原理を持っているという考えを勇気づけられることの、高揚する印象を生み出す。」(J. フォルケルト『悲劇の美学』、1897)

私は、この悲劇の研究が不十分な感じの満ちたまま進められたこの意見で終える。私の主たる意図は戦闘遊戯の私の考えの範囲を指し示すことである。遊戯についての一般的考えは他の人々によって発展され、そして悲劇における対照的な考えの論述に便利に適用されてきた。悲劇は、すべての他の高度な美的喜びの源泉と同様に、遊戯の領域を越えて拡大する。なぜなら、シラーの言葉の中にそれを簡潔に取り上げられるように、私たちは美のヴェ

ールを通して真実の荘厳なかたちを見つけることが出来るのだから。〉

(p. 246 L. 22—p. 252 L. 32)

　グロウスはここで、人間が本能的に持っている「闘争遊戯」(fighting plays) への関心と「悲劇」(Tragedy) との関係を考察している。人は「動物の闘争」(an animal fight) や「剣闘士の戦闘」(gladiatorial combat) の「ある種の血に飢えたような」(as a sort of bloodthirsteness) 闘いを喜ぶように、悲劇における「破局」(the catastorophe) を喜ぶ。主人公に人間的に「共感する」(sympathize) 一方でその痛ましい「破局」を喜ぶ観客心理は明らかに矛盾している。「素朴な観客たち」(naive spectators) にとっては、「争い自体が彼らにとっての重要な事柄であり」(The conflict itself is the important thing to them)、「教養のある観客でさえ、たとえばハムレットが王を短剣で制止するために虎の敏捷さで飛びかかるとき、何らかの殺人の衝動を感じている」(even the cultured spectator feels something of the murderous impuluse when, for instance , Hamulet springs with the agility of a tiger toward the king to fix him with a dagggger) ことも否定しがたい。その要因を考察しつつグロウスは観客のこの矛盾した感情の持ち方に明確な結論は導きえてはいない。おそらく人間を本来善意の存在であると考えたい彼のこだわりが論の展開をぎくしゃくさせているとも思われるが、彼の模索の過程で引用されるさまざまな考え方はそれぞれに興味深い。

　一つは彼が共感したという『グレンツボーテン』(Grenzboten) 誌に載せられた「演劇において私たちの興味に訴えるのは、そのような性格ではなく、争いの中にある性格であり、そして争いを明らかにするのが唯一の劇的演出である。」(Not character as such, but character in conflict it is which lays claim to our interest in the drama, and only such acting is dramatic as reveals the conflict.) と述べられる「演劇の闘争」(Der dramatische Konflikt) と題する無名の論文の考え方である。彼の考えは行動を通して性格を描くという作劇法にも通じており、続くウエッツの「もし詩人が主人公を写実的に生き生きと描きたいと望むなら、それには彼の境遇を彼の性格と対比的にしなければならない。

10．カール・グロウス『人間の遊戯』　*141*

彼は苦境に置かれなければならず、そしてこのようにして彼自体が提示され、そして彼の最高の深みを明かにする。」(If a poet wishes to portray his hero realistically, then must his environment contrast with his character. He must be put in trying circumstances, and thus be brought out of himself and reveal his utmost depths.) という引用文と共に、グロウスのこの悲劇論の骨子をもっとも簡潔に言い表しているとも言える。

　二つ目は、リボーによる、人間がいかに血なまぐさいことを見ることが好きかを簡潔にまとめた「公式化」(formulate) である。単に「殺人」(murder) や「死」(death) を見る楽しさに始まって、動物や人間などの「闘争」(Fighting) を見る楽しさ、さらには「演劇」(Drama) や「小説」(Romance) などのフィクションにおいてもいかに人間が血を求めているかがきわめて的確に述べられている。

　三つ目は、グロウスは不満足そうであるが、結論部に引用されているフォルケルトの「人が極度の苦しみ、または厳しい試練の前の動揺にひるむとき、・・・そこには悲劇的効果の極致が成立する。しかし彼を狂気の瞬間で魂の偉大さをはっきり示すように導くなら、・・・彼はそれで、高揚する印象を生み出す。」(When a man quails in the hour of extreme suffering or wavers before the severest test , ・・・there is an end of tragic effect. But led him display greatness of soul at the crueial moment , he then makes an elevating impression・・・) という「悲劇論」である。彼の理論は「悲劇」によって観客のこころの中に生み出される「高揚感」(an elevating impression) に着目するものと言える。この「高揚感」は、主人公がこの危機的場面で、このまま「悲観に堕落させられる」(is subverting to pessimism) のか、あるいは「人間精神がそれ自体のうちに、自分の運命の力を切り抜けることが出来る成長と至高の原理を持っているということ」(that the human spirit bears within itself a principle of growth and of supremacy which is able to cope with the might of Fate itself) に気付くことが出来るのか、重大な岐路に立っていることから生ずるものと思われる。悲劇において、心理劇としての内面劇が成立することを

彼は指摘しているのだとも言える。

　本書は、芸術を人生における有用性や有効性からではなく、人間が本来持っている「遊戯的本能」から、芸術の「起源」(source) や「基盤」(foundation) を模索しようとするところに特色がある。ある意味ではそれは芸術についてのもっとも純粋で根源的な問いかけであると言えなくはない。

11. W. マーチン・コンウェイ『芸術の領域』
(W. Martin Conway, The Domain of Art, London : John Murray, 1901)

文庫 NO. 953

　本書は、第一講「芸術家と愛好家」(Artist and Amateur)、第二講「生活の芸術」(The Art of Living)、第三講「芸術批評」(Art-Criticism)、第四講「芸術の実用的価値」(The Practical Value of Art)、第五講「芸術史」(Art-History)、第六講「理想の継承」(The Succession of Ideals) から成っている。

　第一講「芸術家と愛好家」でコンウェイは次のようなエピソードを紹介している。

　〈ラスキンは彼自身の人生の入り口と呼ぶものが何かを見事に記した。彼が両親とシャッフホーゼンに着き、こころの中にあるアルプスを見ているという考えもなく、それらを見ながら歩いていた。「街の西、そしてライン川の上方高く、南西にそれを横切って開ける田園を見渡すようなある種の庭園の散歩道に私たちが至ったとき、落日に向けて引き付けられた。開けた田園の低い起伏が遠く青空まで続く位置で、ウォーススターシャー州のマルバーンかケント州のドーキングからの自分の知っている風景の一つのようにじっと見つめていると、突然、向こうに見た。

　それらに雲のかかることは誰も考えられなかった。それらは水晶のように透明で、純粋の水平線の空にくっきりし、そしてすでに沈みつつある太陽によってばら色に染まっていた。失われたエデンの園の壁画も私たちにはこれ以上に美しくはなかっただろうし、天国に取り囲まれた聖なる死の壁画もそれ以上に荘厳ではなかったであろうというように、私たちがこれまで考えたり夢見たすべてのことを無限に越えている。

　私のような気質の子供にとって、人生へのこれ以上の祝福された入り口を

想像することは、世界のどこにも不可能である。」
　一度美の感情がある人を元気づけたが、範囲を限られ、そして何らかの方法によって、彼は次の時、よりよい類似の経験を、それから類似の少ない経験を楽しむ。彼の喜びは経験のすべての部門に広がり、そしてこのようにして彼は芸術の一つの形式を受け入れるようになるだろう。そこから彼の喜びがおそらく他の形式へと広がるので、短時間で、単にペリシテ人であった人が芸術の熱狂者に変えられるだろう。私はそうした変化が自分自身の性質にいかに生じたかを叙述した晩年のグラント・アレン氏をよく思い出す。彼は自然について探求するすべてのことに興味を持つが、芸術の美に盲目な、単に科学の人であった。彼が言う芸術は彼にとって単に馬鹿げたものであり、それについて語ることは、(実際にそれがしばしばそうであるように) 美的な無駄口であった。しかしある日、彼がイタリーで休暇を取っているとき、彼を雨止みのためにフィレンツェのウフィッツ美術館に追い立てるということが起こった。彼は、入場するときの自分の感情は、そのような場所で感覚的な人々がそれらに何の興味を見いだすことが出来るのか、不思議に思う感覚であった、と述べている。彼は画廊の中をまったく目的なしにぶらつき、そして数分のうちに、ある絵の前に立ちそれを楽しんでいる自分を見いだした。彼は、それが誰によって、何時、何のために、どのような状況で描かれたのか、それについてさらに知るためにカタログを購入した。それから彼は、その大家とそれと同時代の幾人かの作品を見上げて、同じ画家による他の絵を捜し出した。退屈の兆候が彼に訪れるかなり前に、美術館は閉館し、彼は街へ出た。「何と言っても」彼は独白した、「芸術はまったくおもしろい。」そして彼は彼の人生の残りを芸術に捧げた。〉　　　(p. 14 L. 9—p. 16 L. 5)
　コンウェイはここで、二人の批評家の美との運命的な出会いというべきものを述べている。ラスキンの場合は、幼くして経験した自然の美の玄妙な奥深さとの出会いであり、グラント・アレンの場合は、逆に十分に成長してからの、芸術作品の持つ美との出会いである。いずれの場合も偶然の恩寵か啓示のように芸術との関わり方を決定的なものにした。

コンウェイは同じ第一講で、美について次のように述べている。
〈芸術は、題材の中にではなく、題材に向かう芸術家の姿勢の中に存する。もっとも一般的な題材はたぶん純粋な喜びの基盤だろう。肉店につるされた牛の屠殺体のレンブラントの絵画がある。題材はたぶん薄っぺらな思想家には下品に思われるだろうが、そうではない。レンブラントは牛を、死んだ肉、または料理して食べるものとしては考えていなかった。それは彼の題材ではなかった。彼はターナーが落日の色彩を考えたであろうように、そのものの色彩を考えていたのであった。それは彼の芸術の題材であったこの色彩の豊かさの中に彼が見いだした美、そして彼が最高の技能を持って尽くした美、であった。ある人はたぶん、牛の内面にレンブラントによって見いだされた題材の高尚さに達することなく、聖母マリアと天使たちで画布を塗るだろう。見る力をもたらすものの中に、眼が観て取り、そしてこころが悟る。
　見る力は培うことができ、そして喜びの力は試みようと望む誰でも浄化され高尚になる。人よ、自分が発見した美が何であるか、神のおかげですべての男たちが楽しむことのできる女性美の他の、どんな種類の美が自分に訴えかけるのか、素直に正直に悟れ。自分の内なる喜びの火花を発見して、それが自分の存在全体に燃え上がるまで、それを抱きしめ養育せよ。美的偽善、特にそれによって人々が実際に好きではないものを好きだと、楽しんでいないものを楽しんでいると、自分自身信じているように欺く、もっとも微妙な種類のことを避けよ。スターンが「トリストラム　シャンデイ」の中で言っているよに、「この偽善的世界でうわべだけで語られるすべての偽善的言葉に関しては、偽善者の偽善的言葉が最悪だろうが、芸術批評の偽善的言葉はもっとも悩ますものである。」〉　　　　　　　　　(p. 25 L. 20—p. 26 L. 24)
　コンウェイはここで、レンブラントの、肉屋の店頭につるされた牛の屠殺体の絵を例に、美について説明しているが、要点は冒頭部の一文に要約されていると言える。「芸術は題材の中にではなく、題材に向かう芸術家の姿勢の中に存する。」(Art resides, not in the subject, but in the artist's attitude towards

his subject) 彼がここで言っているのは、美は芸術家の題材に向かう「姿勢」(the atitude) つまり何を狙いにしているかにあるということであろう。そしてこの絵におけるレンブラントの「狙い」は、「この色彩の豊かさの中に彼が見いだした美」(the beauty that he saw in this richness of colour) であった、と続けられている。

そして後半部分は、画家のそうした「姿勢」、つまりは「美」(the beauty) を、鑑賞者はどのように理解すればよいのか、と展開する。「見る力をもたらすものの中に」(in a thing that which it brings with it the power of seeing)、「眼が観て取り、そしてこころが悟る」(The eye sees and the mind perceives) ということであり、その「見る力」(the power of seeing) は難しいけれども「培うことができ」(can be cultivated)、芸術批評家にとってそれこそが必須であるというのが主意である。

また、コンウェイは第二講「生活の芸術」では次のように述べている。
〈このようにして、風景画の庭造りが大規模に18世紀のイギリスに、農業の改良された方式の直接の結果として導入された。自分たちの州の名家たちの栄光となるもっともすばらしい庭園は、ほとんどの場合この時期の産物である。庭園はそれ以前では荒廃した土地、または単なる放牧地として存在した。それらが美として意図的に感銘を受け入れたのは18世紀、それも主としてその後半のことであった。すばらしい風景画の庭を一つ造るのには百年から二百年を要する。今日の私たちの好運は、この種の私たちの祖先の作品が完成に達しつつある時期に生きていることである。私たちが美の存在に非常に恩恵を受けている過去の偉大な造園師たちは、ほとんど忘れられているけれど、名前があまねく知れわたる同じ時代の画家たちと同じくらいの芸術的名声に値する。芸術の愛好家を驚かせるのは、美しい風景画の庭が造られた地方の土地が、無風流に設計されたもの以上の商業的価値を実質的に持たないことである。人々は互いに競い合って競売室に転がり込み、レイノルズやゲインズバロの絵に、わずか1フィート平方で数千ポンドの値を付ける

が、彼らは同じ時代に同等の芸術性をもって設計された地方の土地の購入では、しばしばまれな美というより、ほとんどどこにも存在する程度の重要さの資格と考える。もし問題の土地が発展する街のとなりになるという機会が生じても、誰も、絵画や彫刻がわずか傷つけられても恐怖で泣き叫ぶであろう時のようには、安普請の建築家たちによるその破壊を防ぐために手を挙げようとはしないだろう。もし偶然郊外の庭園の破壊を防ぐために世論を目覚めさせることが出来るとすれば、それは一枚の風景画としての庭園の美しさという理由からではなく、肺臓または運動場としての空き地と衛生的価値という理由からである。より小さくもっとも美しい庭が、あたかもその美が価値のないことであるかのように、都市の拡張によってあらゆる手段で無情に破壊されてきた。この国と他の国の美術遺産を評価し比較すると、イギリスの地方の庭園と庭は、イタリーの絵画とフランスの大聖堂に該当すると認めるに値する

　イギリスの社会生活は私たちの地方の邸宅で独特の快適な発達を遂げた。これについてはまた、私たちは18世紀の私たちの先祖たちに感謝しなければならない。彼らは地方の邸宅を建て改善し、その庭園や庭を設計しただけでなく、生活の芸術をその中に優雅に考案し、そうした生活に通ずるすべての芸術やスポーツを後援した。たとえば、イギリスの家の壁は、農業の復興以前には絵が飾られていなかった。十八世紀はイギリスに、単にイタリーやオランダからすばらしい絵画や他の芸術作品の流れを流入させただけではなかった。それはこの田舎を、美しい物事の前例のない宝庫に変え、第一級の国内の絵画の流派を作りだした。レイノルズとゲインズバロは決して活躍と呼ばれるには至らなかったが、その絵画や肖像画の需要が、農業が富ました人たちの階級によって生まれた。レイノルズが肖像を描いた人々の名簿は、実質的にまさに偉大な経済の大変革と評すべきものを主宰した階級を指し示している。十七世紀のオランダにおけるように十八世紀のイギリスにおいて、地球が賢明に労働者に向けて応じた恵みが、イギリスに自然の美への新たな愛を目覚めさせたのである。イギリスの風景芸術はその速まる感情に反応し

て起こった。最初、人々はまさに彼らが自分の肖像画を求めるように、彼らの土地の絵を求めたが、最近の新しい芸術はより広範囲となり、最終的にターナーとコンスタブルの手で、全体が予想外の発展を遂げた。〉

(p. 32 L. 8―P. 34 L. 23)

コンウェイはここで、18世紀のイギリスの地方の地主階級の興隆と、それとともに起こった地方における美しい「風景画の庭造り」(Landscape-gardening) の芸術的価値と、その結果として普及したイギリス独自の風景画について述べている。「イギリスの地方の庭園と庭」(our country parks and gardens) は、芸術的価値がイタリーの絵画やフランスの大聖堂に匹敵するのにそれが顧みられず、都市開発とともに安易に失われつつあることを惜しんでいる。

レイノルズ、ゲインズバロ、ターナー等のイギリスの風景画が、「地方の邸宅」(country houses) の住人たちが、自分の肖像画で室内を飾るように、「自分たちの土地の絵」(pictures of their places) で飾ることで普及した、というのは興味深い指摘である。

コンウェイは第三講「芸術批評」で次のように述べている。

〈最初に芸術家に影響があり、その後は長い間、一般大衆、つまり私たちのために書かれてきた芸術批評を考察しよう。

過去のすべての時代から私たちに伝えられてきた芸術作品の調査は、どんな個々の時代でも芸術家たちの想像力に影響を与える美は、多かれ少なかれ一つの種類または特性、私たちがその時代の芸術的理想と呼ぶものであることを明らかにする。おそらくその特性を言葉で定義することは難しいが、美術史の研究者の個々は、事実を直接に理解し、たとえば、古代エジプト的理想、ギリシャ的理想、またはジョット派の理想というように、多かれ少なかれ意味するもののはっきりした概念を手に入れている。理想が発展し、全盛を極め、そして衰え、それから同じ場所で他の理想が起こるのは、緩やかな程度によるのみである。どの時代の芸術家たちも成就したことのすべては、

自分自身の流儀の中で、その時代の美の理想にかたちを与えたものである。偉大な芸術家たちはその発展または変革を目指して、それに新しい方向または羅針盤を与える。卑小な人々は、力強い表現性の少ない誠実な他の単なる何らかの模倣として、それらの跡をついて行く。しかしながらフィディアスでも、ミケランジェロでも、レンブラントでも、ヴェラスケスでも、まったく新しい美の理想を思いつき表現した偉大な芸術家は存在しなかった。もっとも偉大な人たちはもっとも卑小な人たちと同様に、先輩たちの双肩の上に立ち、その時代に属し、そこから自分自身のインスピレーションを引き出し、そしてその理想を表現した。しかしながらたぶん彼らは、天分の少ない同時代人以上に、強力に自分自身が属する時代の人々に反応し、その思想を深く考え、それらを高貴に表現し、それらを十分に楽しんだろう。〉

(p. 54 L. 28—p. 56 L. 5)

コンウェイはここで、各時代それぞれに固有の「その時代の芸術的理想」(the Arstistic Ideal of that day) のあることを指摘している。そして偉大な芸術家もそうでない芸術家もその与えられた時代に拘束された中で創作活動に励んでおり、その結果が「芸術史」(Art-history) を形成すると考えるのである。

コンウェイは第四講「芸術の実用的価値」では次のように述べている。
〈誤りは流行の誤りである。現代における流行の絶え間ない変わりやすさは趣味の普及を妨害している。すべての国に漸次広まるであろう一定の流行の兆候が起こるか起こらないうちに、意識的意図的努力によって流行が変えられ、新しいものに取り替わる。実際、世界で金持ちが求める究極のことは、住まうにせよ、家具を整えるにせよ、着飾るにせよ、多数と同じ流行で行うことであった。完全に純粋な本能によって中流と貧しい階層は、彼らがそれらについて知る最善のことを真似ようと努力するが、彼らは流行の本質的な質の理解を学ぶための時間が与えられていない。彼らのその表面的模倣は、芽のうちに摘み取られる。金持ちは新しいものに急きたてられ続け、そ

してこのようにして、衣装、家内装飾、そしてすべての生活の芸術的備品の万華鏡的変化の連続を通り過ぎる。

　敵は流行ではなく、流行の変わりやすさである。世界には流行があるのではなく、優勢な流行が存在する。それは衣装だけではなくすべての芸術に適用される。それは生活の芸術を支配し、そして何時の時代にも支配するに違いない。世界は決してそれから逃れることが出来ない。思慮のない人々は時々流行のない社会を弁護するが、時代の衣装が流行抜きに似たものになったことが想像できるだろうか。各個人は、他の誰の衣装とも似ていないものを作ろうと企てて、彼または彼女自身の衣装をデザインした。もし各個人が完成した独創的芸術家であったなら、結果はすばらしかっただろうが、世界は、決してそれをなしえなかったし、また決して独創的芸術家の住民たちから成り立つことはないだろう。衣装のデザインの一般的図案が彼らに強いられ、そして彼らが有するすべての自由が色彩の細部とかたちのちょっとした要素の選択にあるにもかかわらず、今日、ほとんどの人々がいかに悪く着こなしているかを見てご覧なさい。選択の範囲の狭さの中で、それらは個人のデザインの無能さをはっきり見せるのに十分な自由を与えている。もしその無能さが行動のさらに広い範囲にわたるなら、それは同様に悪い結果を生じただろう。国々は、個人に委ねる選択の自由がなかったとき、よく着飾れた。さまざまな場所と人々の立派な衣装は、ほとんどあらゆる細部が明確に固定されている種類のものだったので、人は他の人のように装わされた。

　私たちは流行を免れることはないだろう。それは芸術において、政治と道徳における世論と連動している。それは秩序の基礎的本能の表現である。国民的な良い趣味を促進するために流行を廃止する必要はないが、その調整を手に入れ、それによい趣味の奉仕者を付与し、それを一般的改良の手段として用いる必要がある。流行が支配されている、または私たちが芸術家階級によって「整えられている」というような国々では、立派な国民的趣味が生まれた。今日の流行は小売商人たち、商業階層の支配下にある。私が言いたいのは、結果が商業にとって悪いのである。商業の固有の機能は、人々が求

める商品を分配することであり、人々が求めるようになるであろうことを決定することではない。しかしながら、商業の組織が今日行おうと努力し、そして行うことに膨大な範囲で成功しているのはそれである。製造業者たち、小売り業者たち、絵入りの新聞雑誌、劇場はわずかな月ごとに新しい趣味を大衆に強要することで互いに結びついている。すべての可能な力が流行を変えるべく持ち込まれる。人々が頻繁な頻度で新しい種類の事柄を求めなくなるであろうことが小売り商人の恐怖である。このようにして長持ちするものは作られなくなり、耐えられるような流行はなくなる。あたかも新しさが美の一部であったかのように、特別な美徳が目新しさに結びつけられる。歴史はあらゆる立派な流行が、時には比較的素早いが実際には常に緩やかな、少なくとも一または二世代にわたる、成長の結果であったことを示している。しかしながら今日、新しい流行が年ごとに導入され、それらは一年の季節が戻るごとに私たちのところにやってくる。新しい流行は美に値し、旧い流行は醜さに値すると見なされる。そのような状況下で国民的流行を生み出すことがどうして可能だろうか？〉 (p. 95 L. 26―p. 98 L. 16)

　コンウェイはここで、「流行」(Fashion) について述べているが、繰り返されているのは、社会における「流行」の不可避性である。「住まう」(be housed) にせよ、「着飾る」(be dressed) にせよ、人は多数の人と同じにしたい欲望を持っている。問題は、劣悪な「流行」がなぜ生まれるかにあり、彼がその原因として指摘するのは、性急な頻度で意図的に「流行」が生み出される状況であり、その背後に介在する「小売り商人たち、商業階層の支配」(the dominion of the commercial class, the tradesmen) である。コンウェイはそうした支配を脱却した、「国民的な良い趣味の促進」(to promote national good taste) を訴えている。

IV
結婚と家族の理論

12. シャルル・レトルノー「結婚と家族の進化」

(Charles. Letourneau, The Evolution of Marriage and of the Family, London : Walter Scot)　　　　　　　　　　　　文庫 NO. 926

　本書は、1章「結婚の生物学的起源」(The Biological Origin of Marriage)、2章「動物間における結婚と家族」(Marriage and the Family amangst Animals)、3章「乱交」(Promiscuity)、4章「性的関係のいくつかの風変わりな形態」(Some Singular Forms of Sexual Association)、5章「一妻多夫制」(Polyandry)、6章「略奪による結婚」(Marriage by Capture)、7章「購入と奴隷による結婚」(Marriage by Purchase amd by Servitude)、8章「原始的一夫多妻制」(Primitive Polygamy)、9章「文明人たちの一夫多妻制」(Polygamy of Civilised Peaple)、10章「売春と妻妾制」(Prostitution and Concubinage)、11章「原始的一夫一妻制」(Primitive Monogamy)、12章「ヘブライ人とアーリア人の一夫一妻制」(Hebrew and Aryan Monogamy)、13章「不義」(Adultery)、14章「絶縁と離婚」(Repudiation and Divorce)、15章「寡婦とレビレート婚」(Widowhood and the Levilate)、16章「オーストラリアとアメリカにおける氏族」(The Family Clan in Australia and America)、17章「氏族とその進化」(The family Clan and its Evolution)、18章「母系家族」(The Maternal Family)、19章「文明国における家族」(The Family in Civilised Countries)、20章「結婚と家族の過去、現在、そして未来」(Marriage and the Family in the Past, the present, and the Future) から成っている。

　章題全体からも伺える通り、さまざまな地域の結婚と家族の発展の過程を、その原初的形態から、きわめて詳しく、かつ体系的に考察している。

　1章「結婚の生物学的起源」のⅢ「発情と愛」(Rut and Love) で、レトルノーは次のように述べている。

〈発情のそれぞれの期間は動物たちにとっては一種の思春期である。毛髪、羽毛、鱗などは、しばしば後には消えてしまう豊かな色合いを帯びる。時たまオスには特別な一時的生成物が現れ、そして敵対者と戦うときの臨時の武器として、またはメスを誘惑する装飾として、彼を助ける。それは一定の種の間で性的結合が成就されるための正真正銘の狂気を伴っている。そのようなわけでギュンター博士は数回にわたって、ヒキガエルのメスがオスたちの抱擁によって窒息させられて死んでいるのを見つけている。スパランツァーニは、その行為から彼らの注意をそらすことなしに、交尾中のオスのカエルとヒキガエルの太ももを切断できた。

さらに私たちの特別な興味を引く動物類であるほ乳類でも、暴力性は少ないけれども類似の現象が生ずる。さて、この例で私たちは性愛の憤怒が繁殖力のある場所を確保するための充血現象と密接に結びついていることを知っている。オスとメスの両者でそこがふくらみ、後者において卵子の着床の紛れのない過程を引き起こす。私たちは、ほ乳類の特性としてオスは、メスの月経期間がほ乳類のメスの発情の親密現象と本質的に一致し、子宮の充血にも、またはそれの、さらにはグラーフ卵胞の膨張と破裂に連動しているという不文律に服従させられているということを忘れてはならない。それは端的に言えば卵子の生成である。私はこれらの事実を強調したくはないが、方法的にそれらを思い起こすのは正しい、なぜならそれらは、結婚も家族も存在しなくても、性的誘惑の存在理由なのだから。

もし私たちが物事の根本に戻って考えようとすれば、私たちは人間の愛は本質的に知的存在における発情であることが分かる。それは、まさに発情が動物の生命力を過剰に興奮させるように人間のすべての生命力を高める。もしそれから極端に異なっていると見えるなら、これは単に、他のすべてを越えた原初的欲求である人間の生殖欲求が、高度に発達した神経中枢からの照射を受けて、目覚め、そして動揺のうちに動物には知られないまったくの精神生活になっているためである。

自然科学者にとって、自己中心癖から利他主義へと進化するこの生殖の爆

発的成長について驚きはまったくない。私たちはしかしながら、それが生物学では少し知られていても、多くの哲学者たちや有名な文学者たちにとって平易な問題には思われないことをよく知っている。後に流行となる遅まきの形而上学者ショーペンハーウェルは自然を擬人化した人物と見なす古代の固定化した学説を採用して、それを根拠もなくまったく深い駆け引きの着想と信じた。彼によれば、彼女が個々の人たちを愛で夢中にさせ、かくして彼らにそれを疑わせることもなく、種の保存の主たる利益である自己犠牲に彼らを急きたてる、というのが既定の結論である。〉　　　（p. 8 L. 14—p. 9 L. 25）

　レトルノーはここで、動物の「発情期」(period of rut) について述べているが、それを「ある種の思春期」(a sort of puberty) と断定している。彼が動物の「発情期」を人間の「思春期」にたとえるのは、彼がこれらの動物の行動に人間にも共通する「愛」(Love) の根拠を想定しているからだといえるだろう。彼が「発情期」の特徴として指摘するのは、「一定の種の間で性的結合が成就されるための正真正銘の狂気」(a Veritable frenzy that the sexual union is accomplished among certain species) の存在である。オスたちによって窒息死させられることもあるヒキガエルの例、太ももを切断されても交尾を続けるヒキガエルの例がその「狂気」を物語っている。

　彼が続けて言及しているのは、「発情」の生理的機構とその「人間の愛」(human love) への適用である。人間の場合、「発情」の「性愛の憤怒」(erotic fury) が「自己中心癖から利他主義へと進化する生殖の爆発的成長」(procreative explosion, which evolves altruism out of egotism) につながる可能性のあることを示唆している。

　同じ1章の IV「動物の愛」(Loves of Animals) で、レトルノーは次のようにも述べている。

〈よく知られた神秘論者の本の中に「愛は死と同じくらい強い」と賛美する格言が見受けられる。この表現は誇張ではなく、私たちは、それを見くびっているが、愛は死より強いとさえ言えるだろう。これはたぶん人間より動

物についてより真実であり、そして理性的な意志が弱まり、分別のある予測が欲求の激しさを阻止できないのに応じてすべてより明らかになる。昆虫の多くにとって愛することと死ぬことはほとんど同義であり、しかも彼らは彼らを駆り立てる恋の狂気に抵抗する努力をまったくしない。しかし彼らの性的経験がいかに短かろうとも、媚態の法則という表現で考えられるであろう一つの事実がそれらの多くに関して非常に一般的に観察された。知能の低い種の多数は、メスは最初恋の抱擁に屈服するのを拒絶する。この有効な実行は、オスの欲求を刺激し、彼のうちに潜在または眠っている機能を目覚めさせるというその成果を不変にするための選択から生じたと、十分言えるだろう。たとえば、蝶の一生がどんなに短くても、その交尾は予備行為ぬきには成就されない。オスはすべての時間メスに求愛し、そして蝶にとっては数時間が数年である。

　私たちはメスたちの媚態が脊椎動物の間ではさらに一般的であることが容易に想像できる。愛の季節が来ると、華やかな色彩で極度に装飾した多くのオスの魚たちはメスのまわりで、ひれを広げ跳んで突進して、誘惑の大演習を実行し、精一杯のつかの間の美しさを見せる。

　魚たちの間に私たちはすでに、少なくともダーウィンが闘争の法則と名付けた媚態の法則と同じくらい一般的な他の性的法則を観察し始めている。オスたちはメスたちのためにお互いに争い、ライバルがメスたちを手に入れる前に勝利しなければならない。かくして、メスのとげ魚たちが非常に穏やかである間に、オスたちは戦闘的な気質となり、彼らの名誉のために猛烈な戦士として戦う。同じ方法で、産卵期間中下あごがかぎ状になるまで長くなるオスの鮭は、お互いの間で不断に戦い続ける。

　さらに上位の動物王国になると、さらなる頻繁さとさらなる野蛮さがオスにおいて二つの欲求となる。美しさを見せる欲求と、ライバルを遠ざける欲求である。〉　　　　　　　　　　　　　　　(p. 10 L. 8―p. 11 L. 10)

　レトルノーはここで、先ず動物のメスがオスに示す媚態について言及している。彼は昆虫の多くに一般的に観察される一つの事実として「媚態の法

則」(the law of coquetry) を指摘しているが、続く段落で、「メスたちの媚態が脊椎動物の間ではさらに一般的である」(the coquetry of females is more common amongst vertebrates) ことが想像できる、と述べていることから、彼がこの法則を広く動物一般に認めていたことが伺える。

　また彼が、同じように一般的な「性的法則」(sexual law) として動物界に認めているのが、動物のオスの「美しく見せる欲求」(the desire of appering beautiful) と「ライバルを遠ざける欲求」(that of driving away rivals) の基となる、「闘争の法則」(the law of battle) である。このためオスは戦士となってメスのために戦い続けることとなる。

　2章「動物間における結婚と家族」は、レトルノー自身が章頭に内容の簡単な要約を付しているのでそれを引用しよう。
　〈Ⅰ．種の保存。——保存の二つの偉大な過程——動物の家族におけるオスとメスの異なる役割。
　Ⅱ．動物間における結婚と子供たちの養育。——劣った種における子供たちの自暴自棄——勝れた軟体動物は自分たちの卵を護る——蜘蛛の自分たちの卵と子供たちへの心遣い——昆虫たちの本能的洞察——その起源——幼虫たちは先祖の形態である——鳥たちにおける家族の本能——鳥たちにおける一夫一妻制の頻度。
　Ⅲ．動物間における家族。——卵を抱いた鳥たちの興奮——ある鳥たちの父性愛の欠如——家族本能はある種において非常に発達した——若者たちの愛のはかない性質——動物間における乱交、一夫多妻制、そして一夫一妻制——社交的な動物たちの群れ——一夫多妻制の猿たち——一夫一妻制の猿たち——一般的所見。〉　　　　　　　　　　　(P. 20 L. 2—L. 15)
　一見して分かるのは、レトルノーが「結婚」と「家族」を「種の保存」(The preservation of species) のための、言い換えれば「子育て」(the rearing of the young) のために必要な機構と考えていることである。その上で彼は動物における結婚と家族のあり方に人間におけるあり方を模索しているといえ

る。そして「動物間における乱交、一夫多妻制、そして一夫一妻制」(Promiscuity, polygamy, and monogamy among animals)という部分には、彼の考える望ましい結婚のあり方の階梯が表されていると思われる。

そして3章「乱交」以降で、人間社会における結婚と家族のあり方が歴史的に原始的な形態から進歩したものへと、取り上げられるのである。

4章「性的関係のいくつかの風変わりな形態」についても、章頭のレトルノーによる要約を引用しよう。

〈I．原始的性的不道徳。——貞淑さの起源——野蛮人における貞淑さの欠如——マレーシアとボッチマン族における妻の貸与——エスキモー、アメリカインディアン、ポリネシア人における貞淑さの欠如——ポリネシアにおける夫の権利——妻の貸与または交換——ポリネシアにおける少女の性的訓練——アレオワの社会——自然状態における男性——ニューカレドニア、南北アメリカ、アジア人、古代ギリシャローマにおける不自然な愛——クレタの若者の集団誘拐。

II．結婚のいくつかの風変わりな形態。——原始的結婚の卑猥さ——人為的に作られた近親相姦の恐怖——さまざまな種族における近親相姦——人為的な処女陵辱——アメリカインディアン、オトミ族、ソンタル族、タタール族、セイロンにおける実験婚——モロッコのユダヤ人とタピヤ族の一時婚——自由婚——アラブにおける部分婚と期間婚——野蛮な国々における結婚とそのもっとも強い権利——野蛮な卑猥さと文明の腐敗。〉

(p. 56 L. 2—L. 17)

レトルノーは、さまざまな地域で実際に行われてきた男女関係と結婚の野蛮な風習を列挙している。

6章「略奪による結婚」のIII「略奪の儀式の意味」(Signification of the Ceremonial of Capture)で、レトルノーは次のように述べている。

〈原始的結婚に関する興味深い本の著者であるマクレナン氏と、彼以後の

多くの社会学者たちは、野蛮な社会における性的結合または関係は一般に女性の暴力的な略奪によって遂げられ、次第にその略奪が友好的なものとなり、そしてついには古い慣習が単に儀式的な形式として維持される、平和的な異族間結婚となった、と結論づけている。

　ある程度の地域ではこのようになることがかなり可能であったかもしれないが、私たちはこの中に、必然的な普遍的進化を見るべく注意しなければならない。確かに野蛮な群れや部族は絶え間なく生存競争を続けている小グループの隣人や敵の女性たちや少女たちを当たり前に連れ去る。彼らは他のあらゆるものを奪うようにそれらの女性たちを奪い、その捕虜たちにすべての労働の奴隷の望まない役割を押しつけた。原始的な男の野蛮さにあって略奪された女性の運命はもっとも苛酷とならざるを得ず、そして部族の女性はそれを訴えないのが当たり前であった。このようにして理由のあるなしにかかわらず、オーストラリア人は自分が略奪した妻を地面に押し倒し、槍で彼女の手足を突くなどした。一人の友人も頼ることの出来ない社会に暴力的に連れてこられた捕虜のよそ者は、この悪い扱いに明らかにさらに断念させられ、そしてほとんど常に抵抗もなくそれに服従させられる。しかし私たちはこれを異族間結婚の十分な説明として認めてはならない。そのすべての野蛮さで原始的な強姦に慣れたオーストラリア人は、単純な交換で自分が切望する女性を手に入れることが出来ないと、それだけに頼った。

　ここに確かに女性略奪への大きな誘惑が存在する。男はそれによって奴隷国家のほとんどで規則となっている彼女のために彼女の両親に支払う代価を免れたが、行動は危険と多かれ少なかれ危険な報復抜きには達せられないので、それを企てる前に彼は躊躇うのである。

　私たちは強姦を結婚と混同しないように気をつけなければならない。野蛮な男たちでもまた文明の男たちでさえも特別の区別はない。たぶん野蛮な略奪の危険と不自由さでさえ、同意の代償で少女を男に譲り渡すことによる平和な協定の原始的な婚姻上の交換という考えを思いつかせた。原則的にこの商業的処置が夫に暴力的な略奪によって手に入れられるという絶大な権利を

残したが、実際にはこれらの権利は、このように友好的なやり方で譲り渡された女性が自分の種族の人たちから完全に見捨てられたのではなかったので、必然的に和らげられた。

このようにしてポリネシア人たち、または少なくともニュージーランドでは、妻を殺した夫は、たとえ彼女を購入したのであったとしても、もし妻に不義の罪がなかったとすれば、彼女の関係者たちの復讐を受けた。〉

(p. 102 L. 12―p. 103 L. 24)

レトルノーはここでマクレナン氏らの、「略奪婚」(Marriage by Capture) はついには「平和的な異族婚」(in a peaceful exogamy) となった、という説を引用しつつ、その実態を考察しているが、結局それが「危険と多かれ少なかれの危険な報復」(risk and reprisals more or less dangerous) を伴うので、金銭的な解決へと向かい、そしてさらに改善されていく過程を示唆している。

レトルノーは7章「購入と奴隷による結婚」のⅢ「購入による結婚」(Marriage by Purechace) で次のように述べている。

〈原始ギリシャでは、娘は贈与によるか、または功績によって与えられるかして、父親のものとなった。父親はそれがよいと思えば自分の娘と結婚できたし、息子がないときは、意向によっては彼女を彼女の世襲財産とともに他人に手放すことが出来た。

ローマではまた、娘は父親の財産であり、そして皇帝アントニヌスの時代まで父親は、夫が三年不在だと彼女と再婚する権利を持っていた。購入による結婚は間違いなく婚姻上の契約の原始的形態であった。実際に十人の証人の陪席で行われる荘厳で宗教的な結びつきであるコンファレチオはローマ貴族の結婚式であった。ユズ、または一年の同棲生活後の自由な結びつきの奉納はポリネシア人の結婚とひどく似ている。しかしユズを継承したものであり、そして確かにコンファレチオに先行するもっとも一般的な婚姻の形態は、コエンプチオ、購入による結婚だった。

購入は、それが純粋に象徴的となる時代に終わり、妻はなにがしかの金を

正式に彼女に支払った夫に引き渡されるが、儀式は雄弁でなくはなく、大体は、他の場所と同じくローマの女性は、両親によって売買できる財産、物品と考えられていたことをはっきり証明している。アテネとローマでは、結婚した女性の地位の従属性が減ずると、贈答金婚をでっち上げる金に対する金以外のことがなされることがなくなった。そしてそれ故にローマの作家たちが幅広く記し、私たちが今日人生から容易に学ぶことの出来る他の不便さが生じた。しかし当分私はそれらについては語るまい。すべての地球上、すべての時代とすべての民族において、購入による結婚が幅広く行われていたことが立証された、といえば十分である。

　さて、購入による結婚の慣習は道徳的および社会的観点から非常にはっきりし、そして非常に重要な意味を持っていた。それは強い女性蔑視と、女性の家財、家畜、そして一般の物品との完全な同化を暗に示している。この点についてローマ法は、軍事法と財産法との間に本質的な違いを示せていないので、曖昧さを脱していない。女性については物品に関するように、所有かまたは使用の、一年続く所有権が与えられた。物品に適用されると、この所有がユズカピオン（使用権の獲得）と呼ばれ、女性に適用されると、それはユズと呼ばれた。用語間の違いはわずかであり、事実の間に違いはない。実際に妻と子供、特に女の子供は、男によって所有される最初の財産であり、それが野蛮人の心に所有の味さえ植えつけており、そして物品の使用と濫用への欲求はまったく彼の慈悲心に任せられていた。ローマではこれが市民法によって、妻については夫の支配権となり、財産については所有者の使用権となった。しかしこの濫用と使用（これもまた濫用と等しいのがほとんど常だった）は、男を腐敗させ、そして社会の起源から今日に至るまで、平等と正義の観念、特に女性の身分に関係することに手に負えない頑固さを与えるのに寄与するところ少なくなかった。〉　　　　　　　　　(p. 120 L. 4―P. 121 L. 22)

　レトルノーはここで、原始ギリシャおよびローマでは、娘は父親の所有物であったこと、従って父親は娘を金銭で譲ることが出来たこと、そしてそこに「購入による結婚」が広く成立したが、それが結婚が儀式化した後にも、

夫となる男性が結婚の見返りに花嫁の父親に金品を贈る「贈答金婚」(the dowry marriage)のようなかたちで、制度的に存続したことを述べている。興味深いのは、ローマ法における「ユズ」(usus)という権利で、物品の「使用権の獲得」(usucapion)が女性に適用されていたことである。

女性を物品と同じく「購入」(purchace)でき、購入した男性に「使用権」(usus)を与える結婚制度が、女性の身分についての社会の理解をゆがめたことをレトルノーは指摘している。

レトルノーは8章「原始一夫多妻制」のⅠ．「オセアニア、アフリカ、そしてアメリカの一夫多妻制」(Polygamy in Oceania, Africa , and America)で次のように述べている。

〈奴隷制も家族生活もニューカレドニアには未だ存在しない。しかしながら、農業はすでにそこでは実用化されており、これが男たち、特に首長たちが免れたい苛酷な労働を必要とした。その時、彼らのなくてはならない奴隷的な労働を提供したのが一夫多妻制である。それはまさに奴隷制の代わりである。したがって男たちは皆、いかに自分にとってわずかな重要性であっても、自分が耕作する土地の広さと、またこの世界でどうしても作りたい数量に応じて、女性たちの数を手に入れる。私たちはこの奴隷的な一夫多妻制を多くの他の国々、ニューカレドニア人と似ているフィージー人たちの間に多数見いだせるだろうが、フィージーでは一夫多妻制はすでに発展し、複雑なものになっていた。(中略)

この制度はすでにフィージー島のメラネシア人たちの間で実施されており、そこでは広大な土地に住む首長たちが何とかして3〜400人の女性を手に入れた。彼女らの多くは主人に対する召使いであると同時に軍人または客人に配備される妾という地位だけが与えられた。子供たちが相続する妻というのはまったくまれであった。彼女たちは首長たちの娘たちであり、その境遇は、妾たちより程度は少なかったけれども、非常に低かった。彼女たちは一夫多妻制の苦難以外の自分自身を断念しただけでなく、奇妙な義務に従わ

された。それは夫のために選りすぐりの妾を育てるという義務である。この事実は好奇心をそそり、そして語る労に値する。「花嫁は、下級階層の人々から注意深く選ばれた、まだ子供だが美しくなることが約束される若い少女を手に入れる。処女は夫に定められている。彼女は少女をもっとも優しい心遣いで育て、そして少女が結婚できる年頃になると、女王は、決められた日に彼女の着物を脱がせ、注意深く洗い、さらに香油を髪に注ぎ、花の冠を彼女にかぶせ、こうして裸にした彼女を夫のもとに導き、少女を夫に贈呈して、無言で退く。」(モールノー『西インド諸島、等々への調査』) 私たちには極端のように思われるが、この絶対的な忍従は野蛮人たちの間ではまったく自然であった。 (p. 123 L. 28―p. 124 L. 36)

レトルノーはここで、農業に「奴隷的な労働」(servile labour) を提供するために行われていた一夫多妻制について述べている。妻たちは実質首長の「奴隷」(slave) であると同時に「妾」(concubine) であるという苛酷な身分が押しつけられ、その上、正妻となる女性には、若い新たな妾を調達するという奇妙な役割が与えられていたことを指摘している。少数の首長たちがそれぞれ数百人の女性たちを独占したのだから、いわゆる「家族生活」(domesticity) は成立しないことになる。

レトルノーは9章「文明人の一夫多妻制」のⅡ.「アラブの一夫多妻制」(Arab Polygamy) で次のように述べている。

〈さて、イスラム教は完全な一夫多妻の制度のただ中に生まれた。その創始者は他のことの制定を夢見ることさえ出来なかった。一夫多妻制は従って、忠実な、そして根本的に原始的な本能に合致するような人の間に神の正義によって制定され、それが回教国家に、マホメットの時代から今日に至るまで存続してきた。社会学的観点からこれは、一夫多妻という制度をその発展の全過程を通じて研究し判断する機会を私たちに与えてくれるという理由で、もっとも興味深い事実である。

先ず、コーランに耳を傾けよう。私たちはそこからアラブの法律家たちと

当時のアラブの慣習について意見を聞けるだろう。

　第一に、コーランは女性たちの劣等性を高らかに宣言し、当然のように彼女たちの服従を正当化しているが、この服従はすべての一夫多妻制の国々で重要である。この点について予言者の言葉に曖昧さはまったくない。「男たちは神が彼らに女たちより上の地位を与えた素質という理由で女たちより勝っており、そしてそれはなぜかといえば、男たちは自分たちの財産を女たちへの贈答金に使うからである。徳のある女たちは素直で従順である。彼女たちは夫の留守中は、神が彼女らに損なわないよう命じたことを用心深く守る。汝は汝に従順ならざる怖れのあるときは改めるべし。汝、ベットを分かつべし。汝、彼女らを打つべし。しかし彼女らが汝に再び従うならば即座に、彼女らとの争いの原因を探してはならない。神は慈悲深く偉大である。」

　この引用句は表現力豊かである。それは冒頭神の正義によって男の優秀性を、それから購入による結婚を、そして最後に、妻を野蛮に扱う夫の自由を、神に捧げている。

　コーランに見いだせる一夫多妻制の制限は非常にわずかである。「おまえたちの父親たちが妻にした女たちとは結婚してはならない。それは、すでに過去となったものを除いては、罪であり忌まわしい行為である。」

　ここにあるのは懐旧の効果ではない！　私たちはこのことから、マホメットの時代に遡って、息子たちが、アフリカ黒人の専制国家のわずかな数の例に今なお残るように、父親のハーレムを引き継いだと結論するだろう。

　コーランはまた、戦争による略奪や夫の宗教的背信行為などの場合に蓄えられた他人の女性財産を重視せよと命令する。「おまえたちは、奴隷としておまえたちが権利を所有している女たちを除いて、結婚した自由女性を妻にすることは禁じられている。これは神の法である。」「オー、信者たちよ！信仰する女たちが避難者としておまえたちのところへやってくるときには、彼女らに試みよ。そしてもしおまえたちが彼女らが真の信仰者であると知ったなら、不信心者の夫のもとへ彼女らを送り返さなくてよいが、彼らが贈答金として支払ったものを彼女らの夫たちに返せ。」コーランでは金銭の重

視は女性に対する以上にすでに絶大である。妻は金で買われなければならない。「金で妻を手に入れることがおまえたちに許されており、そしておまえたちは、放蕩を避けて、徳のあるやり方で、彼女たちを養うだろう。汝が同棲する女には汝が約束した贈答金を与えよ」　　　(p. 140 L. 12—P. 141 L. 28)

　レトルノーはここで、アラブにおける「一夫多妻制」がコーランが制度的に認めるものであったこと、そしてその婚姻が原則的に「贈答金」(dowries) による「購入」(purchase) によったものであったことを述べている。コーランが「神の正義」(divine right) によって男に対する「女性たちの劣等性」(the inferiority of women) を宣言し、「当然のように彼女たちの服従を正当化している」(naturally justifies their subjection) こと、「息子たちが父親のハーレムを引き継いだ」(the sons inherited the harem of their father) こと、また、妻たちが戦争によって略奪した奴隷の中から選ばれることを、コーランが薦めていたことが指摘されている。

　レトルノーは11章「原始的一夫一妻制」のⅠ．「下等な種族の一夫一妻制」(The Monogamy of Inferior Races) で次のように述べている。
　〈性的婚姻的結びつきの下等な形態について研究し続けてきたが、ここで私たちに残されているのは、すべてもしくはすべてに近い偉大な文明社会が少なくとも外見上、法制度による採用によってたどり着いた、それらのもっとも高度なものの一つである一夫一妻制を研究することである。
　一夫一妻制の採用に導いた最大の要因についての第一は、野蛮な生活の災難によって煩わされることがもはやなくなるとすぐの、出産の性的均衡である。男性と女性を巧みに同数に構成された社会では、疑いなくより権力のある金持ちが最強者の権利によって数人の女性たちを独占するだろうが、そうするうちに彼らは共同体を害し、そして世論はその実行に反対するものとなる。このようにして、ダヤク族の首長たちはその権威を失い、それを禁ずる法律はなかったけれども、一夫多妻を好き勝手にやると自分たちの影響力が減ずるのを知ったのである。

法的一夫一妻制に導くのに大きく寄与したまったく強力な他の要因は、個人の相続財産の制度である。L. モーガンはこれが一夫一妻制結婚の単独の起源であると言及するのをためらわなかった。いかにも、多かれ少なかれ開化したすべての社会では、世襲財産への欲求が急速に主たる重要性を持った。多かれ少なかれ利益と、それらの利益を守る不安の問題の正当な規則が、すべて成文化された法典の堅固な基盤を構成する。さて、ほとんどあらゆるところで世襲財産は、時には父系、時には母系と、親子関係にしたがって継承されるが、子供たちの親であることが父系でも母系でもすべて同じなのは一夫一妻制におけるだけである。　　　　(p. 171 L. 19―p. 172 L. 22)

　レトルノーは結婚および家族の進歩の終着点として「一夫一妻制」を想定するのであるが、彼はここでそこへと移行させる要因を二つ指摘している。一つは「出産の性的均衡」(the sexual equilibrium of births) であり、それが均衡すると、女性たちを一人の男が独占することは世論の支持が得られなくなるという理由である。第二が、「個人の相続財産の制度」(the institution of individual and hereditary property) で、「世襲財産」(the heritage) が混乱なく子どもたちに引き継がれるのに適した制度が一夫一妻制であった。子供たちに引き継がれる財産が社会に蓄えられるようになったことがその要因であったともいえよう。

　レトルノーは12章「ヘブライ人とアーリア人の一夫一妻制」のⅡ．「ヘブライ人の結婚」(Hebrew Marriage) で、次のように述べている。
　〈ヘブライ人たちは少なくとも一般的慣習で一夫一妻制を採用するセム人たちの間で孤立していたように思われる。そのうえ、聖書は私たちに妻妾制度は神が選んだ人々に禁じられていなかった、と告げている。父親によって金持ちの男に売られる娘の話の中で、「出エジプト記」はこの点に関して十分明白に述べている。「もしも彼女が彼女と婚約した主人を拒もうとしたら、それで彼は、彼女を彼の支配力の及ばないない異国に売ることで彼女に償わせるだろう。そしてもしも彼が彼女を自分の息子と婚約させていたとした

ら、彼は娘たちの態度次第で彼女を扱うだろう。しかしもしも彼が息子のためにもう一人の妻と彼女の食べ物、彼女の衣服、そして彼女の結婚の義務を手に入れるなら、彼は威厳を損なうことはないだろう。」「創世記」は実に私たちにこう告げている、「男は父親と母親のもとを離れ、そして妻に執着するだろう。そして彼ら二人は新たな一つとなるだろう。」　だがこの有名な一節は、一夫一妻制の永続的な結婚よりむしろ暴力的な愛を指し示しているように思われる。

　疑いなくユダヤ女性の服従は、カバイル人におけるように極端ではなかった。しかしながらそれは非常に強大なものであった。彼女が成年に達すると結婚に彼女の同意が必要であったのは事実であるが、彼女の夫に売られることではすべて同じだった。それでも私たちは、彼女が所有権を認めていたこと、そして夫の財産が妻の財産と彼女の結婚贈答金の保証であったことに言及しなければならないが、それでもなお夫は妻を厳格な従属関係で支配した。「〔旧約〕箴言」の最後の徳のある女性の歌は、聖なる本と呼ばれる信望によって未だに催眠をかけられているすべての人たちによって、ユダヤ人の妻の気高い肖像として一般的に引用される。しかしながらそれらの名高い詩句を先入観のないこころで読むと、忙しくてどん欲な、勤勉な召使いの肖像以上のものは見いだしがたい。「彼女は羊毛と亜麻を探し求め、そして両手を使って意欲的に働く。・・・彼女はまだ夜のうちに起き、そして肉を家内の者と、一部を彼女の召使いたちに与える。彼女は畑を熟知し、そしてそれを買い、自らの手で葡萄畑を育てる。彼女は強い腰を持ち、そして腕を鍛える。・・・彼女の灯火は夜でも消えない。・・・彼女は無為のパンは食べない。」私たちは、彼女は多額の金を得ることになったけれども、「箴言」に従うユダヤ人の夫の理想であったと思われるこの妻は、彼女を買ったこの主人の気まぐれ以外の他の理由もなく、気の向くままに離縁されたことが、後の方で分かるだろう。最後に、そしてこれがさらにもっとひどいのだが、彼女はいつも、結婚の瞬間彼女が処女であったことが手元の布で証明できるように強制されており、そしてこれが存在の苦痛のもとの投石となった。聖典に

耳を傾けよう。「もし男が妻をめとり、彼女のもとへゆき、そして彼女を嫌いになったら・・・」そして離縁の口実を探すと、彼は恥ずかしい犯罪を彼女のせいにして言う、「私はこの女をめとり、そして彼女のもとにやってくると、彼女が処女ではないのを発見した、・・・彼女の父親と母親に彼女を連れて市の入り口のニワトコの木に娘の処女の証拠を示させよう。」これらの証拠はどんな種類のものなのか？　次の一節が私たちに告げている、「市のニワトコの木の前で彼らに布を広げさせよう。そしてその市のニワトコの木にその男を捕らえさせ懲らしめさせて、それからニワトコの木に彼に銀貨百を科させ、そしてそれらを娘の父親に伝える。・・・しかしもしこのことが事実で、処女の証拠が娘に見いだされなかったら、彼らに娘を家のドアの外に連れ出させ、そして市の男たちに、彼女に彼女が死に至る投石をさせた。なぜなら彼女は父親の家で尻軽女を演ずるという愚かさをイスラエルで働いたのだから、汝らは汝らの中から邪悪を追い払わなければならない、というのが理由である。」　もし私たちが前述のことに、レビレート婚の法律によって、子供のない未亡人は望むと望まないとに関わらず、彼女の義理の弟にあてがわれたということを付け加えるなら、私たちはヘブライ法の下に結婚した女性のやりきれない境遇について啓発させられるだろう。〉

(p. 189 L. 16―P. 191 L. 6)

　レトルノーはここで、「ヘブライの一夫一妻制」が一夫一妻制といいながら「妻妾制」(concubinage) を認めるものであったこと、娘の結婚が物品同様に「財産」(the property) として「売買」(purchase) されるものであったこと、また、ユダヤ女性の理想として「『〔旧約〕箴言』の最後の徳のある女性の歌」(The song of the virtuous woman at the end of Proverbs) に歌われる女性の実態は、「勤勉な召使いの肖像」(the portrait of a laborious servant) 以外のものではないことを述べている。そして最後に、もっともひどい扱いとして指摘するのが、妻の「処女性」(the virginity) に関する厳格な強制である。処女が証明されない場合には、「死に至る投石」(with stones that she die) の罰則まであり、それが夫の離婚の口実になる可能性もあったことをレトルノーは

12．シャルル・レトルノー「結婚と家族の進化」　169

示唆している。

　レトルノーは同じ11章のⅣ.「古代ギリシャにおける結婚」(Marriage in Ancient Greece) で次のように述べている。

　〈原始ギリシャにおける女性の地位はほとんど良くなかった。男性に投げかけられる「女性」という言葉はもっとも軽蔑的な侮辱である、と「イリアッド」が述べている一方、私たちは少女が父親に渡される贈答もしくは奉仕によって、夫によって購入されたこと、手短に言えば、夫はその子供たちが彼を相続しないというただ一つの条件で、家庭内妻妾を持ってもよかったということを知っている。「オディッセイ」の最初の歌唱部におけるテレマコスの厳しい母への呼びかけも、夫の不在中、その妻は卑屈に息子たちに服従していたことを証明する。「汝の部屋に行け。汝の仕事につけ。糸車に向え。亜麻布を織れ。汝の召使いたちが仕事をしているのを見張れ。発言は男たち、そして特にここの主人である私のものである。」よく仕込まれた女性らしいペネロープは、「息子の賢人ぶった演説をこころの中で我慢しながら」、おとなしく無言で従う。

　もっと後の時代になると、徳のある女性はジネセウムという彼女の両親か、もしくは彼女の夫によって認められた友達だけしか訪問できない施設に閉じ込められた。彼女はお祝いの行事にさえ参加できなかった。しかし、彼女が結婚した家に半幽閉状態の間、その夫は、ヘティラという、アテネ市民が婚姻法で結婚が認められず、そして良い生まれでないか、アテネ生まれではない外国女性のもとへ、気の趣くままひんぱんに訪れ求愛することができた。

　アテネの原始的結婚が女性の好みまたは優先権についてほとんど配慮がなく男性によって規制されていたことは明白である。スパルタではすべての結婚に関する規制にリクルゴスを奮い立たせる厳格で熱心な愛国心の感情が存在した。結婚の義務は兵役のように法律で定められていた。若い男たちは裸の若い少女たちの体操の訓練を手伝うことによってそれに引きつけられた。

「これが結婚への動機であった。そしてプラトンの表現を用いれば、前提条件から幾何学的結論が引き出されるように、愛の誘惑によって彼らを必ず引き付けた。」(「リクルゴス」)人口のもっとも重要な利益において、愛が若い男たちに強制されたが、それは多産のためであった。若い結婚したカップルは妊娠するまで、秘密裏以外会うことが許されなかった。彼女が子供を身ごもるために若い妻をハンサムな若い男に貸し与える年寄りの夫は称賛に値した。

今日でも、特にフランスでは、貧しい若い男たちが金持ちの年取った女性たちと結婚することはひどく珍しくはない。ソロンはアテネにおけるこの婚姻上の売春を許さなかった。プルタークは言う、「山ウズラが女性への奉仕によって肥ると彼らが言うように、肥っている金持ちの年取った女性の家に若い男を見つけた検閲官は、夫を求めている若い少女の誰かのもとに彼を立ち退かせただろう。」　スパルタのリクルゴスは社会の禁止令で独身者たちに冷酷な措置をとるまで推し進めた。先ず第一に、彼らは裸の処女たちの訓練を見ることが許されなかった。そして行政長官たちは彼らに、冬に市場広場のまわりを裸で行進することと、彼ら自体を禁ずる歌を歌うことを命じた。・・・彼らはまた若者が年配者に払う名誉と尊敬を奪われた。

若いギリシャの少女は、中国やインドの女性以上に自分個人を処理することが出来なかった。彼女は父親によって、父親が出来ない場合は同じ血縁の兄によって、兄が出来ない場合は、父方の祖父によって結婚させられた。父親の跡取りである兄たちの妹たちを結婚させる権限は、最初の結婚によって消滅すらしなかった。家族の父は、生前娘を結婚させるか、または彼女のように家財や財産と同化された彼女の母親と同様、意志によって遺贈する権力を持っていた。「私の父、デモステネスは十四タラントの財産を七歳の私と、五歳の私の妹と、私たちの母に遺贈した。死の瞬間、彼が私たちに何をしたいかを尋ねると、彼はすべての物をこのアフォバスと彼の甥のデモフォンテスに遺贈した。彼は私の妹をデモフォンテスと結婚させ、そして直ちに二タラントを与えた。」「同じ方法で、」デモステネスは再び言う、「死ぬ時パシオ

ンは妻をフォーミオンに遺贈した。」娘や妻は法律によって身分的に一つの物体であることが起きても差し支えなかった。このようにして、男の跡取りの居ない娘は、たとえ彼女の死後であったとしても、彼女の代わりに相続した親類に所属した。

　もし同じ程度の相続権の親類が何人か居た場合、娘はそれらの最年長者と結婚することになっていた。さらになお、彼女はこの場合、もし前もって、父親の権威で彼女が婚約していたとすれば、その夫と別れることが強制された。ギリシャでは女性の独立性を保護する、もしくは得るためには、女性は自分が呼び起こすことの出来る性と愛の誘惑以外の他の手段をまったく持たなかった。女性は早くからこれらの防御兵器を用いていた、ということが、アリストテレスが、男を妻に引きとめる慣習である、結婚の優しさと女性の横暴の過剰から若い男たちを護ることを自分の義務と考えていたことからもわかる。エジプトで起こったようにギリシャでもついに、金銭が女性をさらに効果的に保護する、また時には、婚姻上の争いの場で女性に有利な立場を与えることにすらなった。エジプトを知ったソロンは、結婚した女性の絶対的な貧しさを布告することから始めた。「彼が欲得ずくもしくは打算的考え抜きに結婚しようとし、そして結婚を金銭によってではなく愛と友情によって固めようとしたので、花嫁はわずか三着の洋服しか持って来ておらず、そしてある家族はわずかの貯えしか持っていない。」しかしこの原初的な立法は少女の両親の情愛、女性自身の自立の欲求、そして最終的には夫のどん欲さの結びついた行動に対して抗うことが出来ず、かくして贈答金婚の実施が一般的となった。この贈答金は結婚の前の公開の行為によって認定された。保証と拘束が贈答金と結婚の条件を確約することによって与えられた。贈答金が夫の財産で保証され、そして結婚の解消で妻に戻された。女性が贈答金の盾の背後に保護されることが出来ると、彼女は非常に尊重され、そして時にはそれが自分の番になると権力を恣にすることさえあった。アリストファーネス、メナンドロス、ルキアノス、等々は、高慢で途方もなく浪費する金持ちの女への厳しい批評を止めどなく吐露している。〉

(p. 194 L. 7—p. 197 L. 11)

　レトルノーはここで、古代ギリシャでは一夫一妻制のもと、女性を購入でき、妻とは別に「家庭内妻妾」(domesutic concubines) を持てたこと、女性の身分は認められず、妻は夫へだけではなくその留守中は、息子への「卑屈な服従」(humbly submissive) が強いられたこと、女性は結婚すると、「ジネセウム」(the gyneseum) というところへ半幽閉状態に置かれたこと（「徳のある女性は」(the virtuous woman) と限定しているのは、もしそれを破る女性はふしだらとされたのであろう）、女性たちは自分自身の結婚を決めることは出来ず、結婚させる権限は、父親、兄、父方の祖父というように移され、「家財や財産と同化され」(was assimilated to chattels or property)、自由に遺贈されたこと、ソロンによる女性の地位改善の試みはあったが、結局それは「贈答金婚の実施」(the practice of dowry) になったこと、その結果「贈答金の盾」(the shield of dowry) のもとで、「途方もなく浪費する金持ちの女」(extravagant rich woman) の出現につながったこと、などを指摘している。

　レトルノーはまた、同じ章のⅥ.「野蛮な結婚とキリスト教の結婚」(Barbarrous Marriage and Christian Marriage) で次のように述べている。
　〈私はすべての人種の結婚についてのこの手短な概説が不完全になりすぎるのを避けるために、ギリシャローマ世界以外の野蛮な結婚について少し述べよう。
　多かれ少なかれ一夫一妻制の古代ヨーロッパの野蛮人たちは、わずかに他と異なっていた。彼らの結婚はすべての人種およびすべての時代の人々のそれと似通っていたが、主たる特徴は女性の服従である。
　野蛮人の女性たちは夫と一緒に食べることも飲むことも出来ず、そして名前で呼ばれることも決してなかった、とプルタークは言っている。タキトウスの語るところによれば、一夫一妻制の多かったドイツ人たちの間では、妻は金で買われた。そして購入金はモルゲンガーベ（朝の贈り物）またはオスクル（接吻）の名のもとにファースト・キッス代として花嫁に与えられる贈答

金になった。

　重大な理由のあるときだけ取り消せるドイツの婚約は、法的持ち主になることが期待される少女の販売であった点で、ローマのそれとひどく似通っていた。少女の結婚には、彼女の父親、または彼女の最も近い親類の承諾が必要であった。購入された未亡人の場合では、彼女は彼女の死んだ夫の親類に所属しており、彼らの許可なしには再び結婚することは出来なかった。中世の封建制度は女性を解放しないことに用心深く、そして立派な領主の館法が「すべての夫は、自分の妻が命令に従おうとしないとき、または彼女が自分をののしるか反論するときには、それを適度に行い、その結果死には至らないという規定で、妻を打つことが出来る。」と語って以来、女性は未成年者かそれ以下にとどまっていた。一般にサクソン族、ブルグント族、ゲルマン族の間では、未亡人は息子が十五歳に達するまで最年長の息子の支配に拘束された。

　中世の女性は、不貞を犯した夫が彼女の息子に助けを命じる権利さえ持っていたということに驚かされる。しかしながら九、十世紀のイギリスのサクソン族の間では、まったく例外的な前進が起こった。若い少女が自分自身で結婚でき、意のままには離縁されず、自分自身の財産と鍵と、彼女を重んずることを止めた夫の罰則法を持っていた。この進歩はまったく地域的で、そしてキリスト教の影響とはまったく独立して、自発的に行われた。

(p. 204 L. 7―p. 205 L. 15)

　レトルノーはここで、ギリシャローマ世界以外のヨーロッパ諸民族の結婚について、主たる特徴が「女性の服従」(the subjection of woman) にあったことを具体的に述べている。そのうえで彼は、九、十世紀のイギリスのサクソン族の間で、キリスト教とは関係なく、「まったく例外的な前進」(an advance that was quite exceptional) が起こったことを付け加えている。

　レトルノーは第20章「結婚と家族の過去、現在、そして未来」のⅠ．「過去」で、次のように述べている。

〈結婚と家族の第一の要因は純粋に生物学的である。それは力強い生殖の本能であり、種の継承期間の状態であり、そして無意識の分裂によってそれら自体を増殖する原形質単細胞と根本の組織体の必然的な同時発生の始まりである。組織体と機能のおだやかな分化によって、進化的な選択の法則に従ってさまざまな動物の種類が創られてきた。そしてそれらが分化した性と意識神経中枢が与えられると、生殖は繁殖の重要な機能を果たすためにオスとメスを結合へと駆り立てる暴君的な欲求となる。

この点に関して人間は厳密に他の動物たちと類似しており、そして人間についても動物についてと同様に、すべての愛の陶酔はその主たる原理として異なる性について二つの細胞を生み出す選択の好みを持っていた。これまでは単に生物学であるが、それは、優性動物の間では、生殖欲求の満足後も長続きするペアリングとして社会学的現象となり、そして人間の結婚の、またはむしろ人類における性的結びつき、つまり、乱交、一夫多妻制、そしてさらには一夫一妻制の、概略いくつかの形態を作り出した。私たちの先駆者であり私たちのもっとも原始的な祖先である半人半猿たちは、ほとんど進歩していない人種の間に大量にまだ残存している極端にひどい慣習を持っていたに違いない。〉 (p. 342 L. 17—L. 41)

〈その真価がまだすべて認められたとはいえない注目すべき著書(「古代社会」)で、ルイス・モーガンは家族の進歩に五段階あることを認めている。第一段階は血縁の家族であり、それは言うならば、集団の兄弟と姉妹の結婚を基盤としていた。第二段階は、数人の兄弟が妹ではない彼らの妻たちの共同の夫である。第三段階は、男と女が結ばれるが、独占的な同棲ではなく互いに離婚の機能を伴っていた。第四段階は、それでユダヤ人の羊飼いの家族となる、一人の男が数人の女と結婚するものであるが、この家長的形態は一般的ではなかった。第五段階で、やっと、一人の男と一人の女の独占的な同棲によって特徴付けられる、もっとも近代的な文明社会の家族が出現する。この分類を文字通りに受け取りすぎるのではなく、多様性と例外の余地を残して、私たちはここで、人類における家族の進化をかなりよく表す五段階を

手に入れた。
　このおだやかに変化している道徳の方向は明白である。すべてが共同利益である氏族から、他の家族や他の個人の利益と可能な限り区別される彼ら自身の利益を所有する家族と個人へ、それは共産主義から多かれ少なかれ広範囲の個人主義への進歩である。一人一人が以前は共同で所有した利益の可能な限り大きな分け前を自分自身のために得ようと努めてきた。男たちの一人一人が、財産、妻、そして子供たちに関してよりいっそう独占的な権利を手に入れようと目指してきた。霊的なものより経済的なこれらの欲望からようやく家長的家族、一夫一妻制、そして家族の財産権、そして後には個人の財産権へと、進歩させてきた。家族の制度と財産権の制度が一緒に進歩してきた。しかしこの変化は極端に遅い速度で遂げられてきた。長い期間にわたって新しい制度は、たとえば危険にあった人を助けたり強盗によって略奪された村の援助を促進する法的命令、手厚いもてなしの万民の義務、等々、個人の拘束をなお強いる、氏族に維持されてきたある種の権利、ある種の命令、ある種の規制のうちの旧いものの痕跡にうんざりさせられてきた。〉

(p. 347 L. 1—L. 38)

　レトルノーは、第19章までさまざまな民族、そして各時代にわたってきわめて微細に実証的に「結婚と家族」について考察を続けてきたが、この引用部分には、彼のこの問題についてのグランドデザインが示されているといえる。引用文の前半部では、「結婚と家族の第一の要因」(the prime cause of marriage and the family) が「純粋に生物学的」(is purely biological) であること、「性の分化」(with separate sexes) とともに、「生殖」(procreation) は、「オスとメスを結合へと駆り立てる暴君的欲求」(a tyrannic needs, driving males and females to unite) となったこと、この点で人間も他の動物と変わりがないことが指摘されている。しかし人間が他の動物と異なるのは、「「生殖欲求の満足後も長続きするペアリング」(in pairing which endure after the satisfaction of procreative needs) を模索するようになることであり、それがさまざまな男女の結びつきの形態を作りだした。

後半部は、ルイス・モーガンがその著書「古代社会」(Lewis Morgan, Ancient Societes) で指摘する「家族の進歩の五段階」(five stages in the evolution of family) を手がかりに、その進歩の方向が、「すべてが共同利益である氏族」(the clan, where all is solidarity) 社会から、「彼ら自身の利益を所有する家族と個人」(the family and the individual, having their own interests) 社会へ、「共産主義」(a communism) から「個人主義」(individualism) への進歩であると指摘している。興味深いのは、「家族の制度と財産権の制度が一緒に進歩してきた」(the resime of the family and that of property have evolved in company) という指摘である。

　レトルノーは同じ第20章のⅢ．「未来」(The Future) で次のように述べている。
　〈一夫一妻制の結婚が存続し続けるだろう。それが最後に来たものであり、そしてもっとも価値あるもので、そのうえ両性のバランスがそれをほとんど不可欠にしているからであるが、それはよりいっそう平等になり、そして法的束縛はよりいっそう少なくなるだろう。この点で私の考えがもっとも著名な社会学者であるハーバート・スペンサーと一致しているのは喜ばしい。しかしながら彼はこれらの微妙な点に関して特に大胆ではない。「原始的な段階では」彼は言う、「恒久的な一夫一妻制が発展しつつあった一方で、はじめは売買という行為であった法の名のもとでの結びつきが結婚の本質的な部分と見なされ、そして愛情の名のもとでの結びつきは本質的なものではなかった。今日では法の名のもとでの結びつきがもっとも重要と考えられ、そして愛情による結びつきの重要さは少ないようである。愛情による結びつきがもっとも重要と考えられる時がやってくるだろう。そして法の名のもとの結びつきの重要さはもっとも少なくなり、そして男性たちは、愛情による結びつきが消滅した婚姻関係の非難に堪えることになるだろう。」(「社会学」第2巻) モンテーニュはかつて書いた、「私たちは、それを消滅させるすべての手段を持ち去ることによって、私たちの結婚の絆をより強く出来ると考えて

いたが、私たちが強制を強めることは、私たちの決意と愛情の絆をひどく弱め減ずることになる。」(「エッセイ」第2巻)

　それ故に、遅かれ早かれ未来には、すでにジェノバ、ベルギー、ルーマニア、等々のヨーロッパの国々では離婚が、そしてイタリアでは別居の例があるように、望めば簡単な相互の合意によって自由に解消できる、自由な契約による、一夫一妻の結びつきの制度が始められるであろうことも見込まれる。未来のこれらの離婚では共同体は単に、子供たちの運命と教育というその重大な利益を保護するための調停役となるだろう。しかし結婚を理解し実行する仕方のこの進歩は、緩やかに行われるだろう。なぜなら、それは世論の進歩とまったく連動すると推測され、そのうえそれは必然の結果として社会組織の難しい修正を必要とするからである。結婚の自由な制度と私たちの現実の家族形態の崩壊は、国または地域が多くの事例ですでに子供たちの保護者と教育者の役割を引き受ける状態にあってのみ可能であるが、それらがこれらの重要な機能を引き受けることが出来ないうちは、それに当面要求されるかなりの額の資金がなければならない。私たちの現在の制度では、しかしながらたぶん欠陥があるであろう家族が、依然として子供のためのもっとも安全でほとんど唯一の庇護の構成要素であり、そして私たちは、より大きくよりよいものを構築する前に、この庇護の破壊を考えることは出来ない。

　これらのような過激な変革は、政治的変革にならって、単に考え方の転換によって、即座に明白に行われることは出来ない。私たちの結婚の、家族の、そして財産の現実の形態の突然の破壊を恐れたりまたは願ったりすることぐらい途方もないことはないが、すべてこれらがよちよち歩きしつつあるのは疑いない。聖俗非常に多くのモラリストたちの警鐘と悲嘆はそれ故に、いくつかの根拠がないわけではない。

　社会は常に進歩してきたが、この進歩の早さは急激になりつつある。それはある種、経過する時間の二乗に比例している。私は私たちの子孫の目のうちに、祖先が私たちの目のうちにあるように私たちが慣例の奴隷と映るであろうことを恐れる。

進歩の偉大な法則の側にしっかり与しない人々にとって、未来は恐怖に満ちている。進歩の使徒は常に過去の信徒の抵抗に打ち勝たねばならなかったし、未来は常にかくあった。遠い昔から、あるダヤク族は、繊維に垂直に斧で幹を叩き切ることによって木を切り倒すことを習わしとしていた。ある日、ある改革者たちがヨーロッパ人の方法であるV字の切り方を提案した。慣習に従って奮い立ったダヤク族の保守派たちはこれに激怒し、罰金によって改革者たちを罰した。それにもかかわらず私は、新しい方法が実際に勝利し、それが有利な立場となったことを疑わない。しかしながらこの出来事が大小を問わず、すべての変革の歴史の小さな模型である。〉

(p. 357 L. 33—p. 359 L. 30)

レトルノーはここで、「一夫一妻制の結婚が存続し続けるであろう」(Monogamic marriage will continue to subsist) こと、ただしそれは、男女が「その中でよりいっそう平等」(more and more equality in it) になり、「法的束縛はよりいっそう少なくなる」(less and less of legal restraint) であろうことを指摘している。この中で「法的束縛」(legal restraint) が減じるという推測の理由は、彼が引用する「私たちが強制を強めることは、私たちの決意と愛情の絆をひどく弛め減ずることになる」(the more we have tightened the constraint, so much the more have we relaxed and detracted from the bond of will and affection) というモンテーニュの言葉に端的に表されているといえよう。

そのうえで彼は、「望べば簡単な相互の合意によって自由に解消できる、自由な契約による、一夫一妻の結びつきの制度」(the resime of monogamic unions, freely contracted, and, at need, freely dissolved by simple mutual consent) の可能性に言及しているが、そのためには、現在の制度で家族が担っている「子供たちの保護者と教育者の役割」(the role of guardian and educator of children) を代わって引き受けるものが、「国または地域」(the State or the district) に必要であることを指摘している。

13. シャルル・レトルノー「財産、その起源と発達」

(Charles Letourneau, Prpperty : Its Origin and Development, London : Walter Scott, 1892)　　　　　　　　　　　文庫 NO. 927

　本書は、原始的な部族における財産制を扱う第一部と、文明が発祥したと考えられる民族における財産制を扱う第二部とに分けられている。各章題は、第一部が、1章「動物界の財産」(Property amongst Animals)、2章「原始遊牧民と部族間の財産」(Property amongst Primitive Hordes and Tribes)、3章「共和制部族間の財産」(Property amongst Republican Tribes)、4章「君主制の部族間の財産」(Property amongst Monarchic Tribes)、5章「君主制の部族間の財産（続き）」(Property amongst Monarchic Tribes—Continued—)、6章「君主制の部族間の財産（続き）」(Prpperty anongst Monarchic Tribes—Continued—)、7章「マレーシアにおける共有財産」(Collective Property in Malaysia)、8章「巨大な未開の君主制における財産」(Property in Great Barbarous Monarchies)、9章「古代エジプトとアビシニアにおける財産」(Property in Ancient Egypt and in Abyssinia)、10章「中国、日本、そしてインドシナ諸国における財産」(Property in China, Japan, and the Indo-Chinese)、第二部が、11章「ベルベル人の間の財産」(Property amongst the Berbers)、12章「セム族間の財産」(Property amongst Semites)、13章「アジアのアーリア人たちの間の財産」(Property amongst the Arayans of Asia)、14章「古代ギリシャにおける財産」(Property in Ancient Greece)、15章「古代ローマにおける財産」(Property in Ancient Rome)、16章「未開のヨーロッパにおける財産」(Property in Barbarous Europe)、となっている。

　この中で1章「動物界の財産」は、前掲の著書同様、「財産」が人類にとって必須のものであることを生物学的に例証しようとするものであるが、内

容はⅠ．「財産の本能」(The Instinct of Property)、Ⅱ．「動物界の財産」(Property amongst Animals)、Ⅲ．「すみかの財産」(Property in Dwellings)、Ⅳ．「アリとハチの社会財産」(Social Property of Ants and Bees)、Ⅴ．「略奪と嫉妬」(Robbery and Jealousy)、となっている。

　この中で興味深いのは、(Ⅱ)でレトルノーが指摘する「財産の二つの主たる形態」(two principal form of property) である。彼によれば、動物には、貯えられた「食料」(provisions)という「財産」の他に、「多くの動物たちにとって知られ、そして彼らによって求められ守られたいくぶん高度な種類の財産、すなわち、土地という財産がある。」(there is a somewhat higher kind of property known to many animals ,and desired and defended by them : landed property to wit.)　彼が指摘するのは動物界における「ある確かなテリトリー」(a certain ascertained territory)　の存在である。彼はこれについて、「今やこの与えられるテリトリーの所有のこの欲求は、人間社会における土地に関する財産の最初の起源の重要な基盤である。」(Now this claim to the possession of a given territory is the very foundation, the first origin of property in the soil amongst human societies.) と指摘している。

　また、(Ⅲ)は、熊、キツネ、ウサギなどが巣に持ち込む餌を指しており、(Ⅳ)は、人間社会における「共有財産」(the collective property)を意味している。また(Ⅴ)は、財産を巡る争いがいかに根深いものであるかを示唆している。

　レトルノーは2章「原始遊牧民と部族の財産」のⅢ．「オーストラリアにおける財産」(Property in Austraria)で次のように述べている。
　〈私はこれまで、オーストラリアの氏族に共同の制度が広まったおかげで、血縁の人々それぞれが生存の権利を持ったことを述べてきたが、この権利の行使は自由に任されたわけではなく、厳格に制限され規定されていた。
　多くの成文法に取り囲まれた文明人たちは一般的に、野蛮な社会では各人は自分たちの気まぐれ以外にどんな規則も持たなかったと信じがちである。

社会の階梯の非常に低い段階に止まる種族の間ではそうしたことが見受けられることもあろう。たとえばフィージー人たちの間ではほとんど完全な無政府状態が存在したが、部族制度はすぐにすべてが変えられて制定された。それで解放された自由を楽しむことからほど遠い個人は、世代から世代へと伝統的に伝えられた、厳格に強制的な慣習の集合体によって束縛された。これらの慣習が生活のあらゆる行動を処理し、私たちのもっとも完成された法律がそれを用いるのを軽べつするようなことさえもしばしば起こった。

しかしながらこれらの伝統的な規則の束縛は、危険なしには違反できないものとなり、そして時には最終的に私たちには理解できないと思われる半本能的な道徳的傾向となった。エミュの法とそのオーストラリア人の善悪の観念への影響を検証せよ。

生存の権利へのすべての関わりにおいてオーストラリアの規制は詳細に至るまで明確であった。伴う利益が最高度に慣習となっていた。

オーストラリア人は牧夫でも農夫でもなく、それ故にオーストラリアの氏族の生存は、狩猟または漁猟、植物の採集またはゴムの樹液の採取の運不運に依拠していた。そのうえ、オーストラリア人はこの点で多くの動物種より劣っており、将来への備えに関してまったく貧困であった。

一般的に未来の時のために食料を備えるかまたは護るというもっとも基本の考えのないことがこの国に思い浮かぶ。長いその時代、明日のことを気遣うことなく彼らはたらふく食べ、そして飢饉や止めどない飢饉がひとたび蔓延すれば、彼らは荒廃し、残されるすべてを故意に破壊しさえする。

オーストラリアでは将来への備えの例はまれで、またまったく個人的である。イギリス人の旅行者カニンガムはしかしながら、彼と同行した原住民に保証された未来の欲求への備えがいかに女性の双肩にかかっているか発見したことを詳しく語っている。

生存の権利に戻ろう。オーストラリアの氏族に存在した硬直した規則は、食料が入手される方法と、消費者間の血縁関係の階級の両者から生まれた。もしたとえばマオリ族間で、人がカンガルーを二人の部族の仲間の手伝いで

殺すと、カンガルーの重要な部分である後ろ脚の一つと尾は助っ人の一人の権利に属し、一方、残りの後ろ脚と一方の臀部はもう一人の助っ人のものになる。捕らえた動物の残りは主たる猟師に割り当てられるが、慣習は彼がしなければならない利用法を詳細に規定しており、そしてこの例で、血縁関係から生ずる権利が働き始める。

　オーストラリアにおける男たちと女たちの職業は、極端に異なっており、そして当然彼らはまたすべてのことを規制する伝統的な慣習によって固定されていた。「男は」マオリ族の原住民は言った、「狩猟をし、魚を銛で突き、闘い、そして時を過ごす。」その意味は、その他のすべてが女の仕事であるということである。かくして女性は小屋を建て、炊事をし、野菜と食べられる貝を採集し、革袋を縫い、もちろん子供たちを養い、火を灯し、それを補給し、そしてそのうえ、オーストラリア人たちにとって火をおこすのは面倒な課題だったので、常に薪を増やして貯える。しかしオーストラリアの女性がこんなにも忙しくしているにもかかわらず、氏族の制度は彼女らをまったく奴隷と分つ存在にすることを妨害した。彼女らの親族はいつも彼女らを彼らにとってある程度所属物、彼らのものと考え、そして彼らの血縁関係の結果として生じる権利を彼女らの責任として要求し、そしてこれらの権利は、食料を共同で捕る非常に重要な仕事で重く考慮されるべきこととなる。このようにして、先に引用した例では、主たる猟師は結局、彼自身の取り分としてカンガルーの前の四半部、頭と首を分配し、他の部分、あばら骨肉かまたはフィレ肉は彼の義父に渡さなければならず、残りは彼自身の父親によって判断されるが、父親と義父は順番に彼らのそれぞれの家族の構成員たちに肉の最終的分け前を行わなければならない。

　もし殺されたのが野生の熊であると、獲物は縦に二つの部分に分けられ、その右部分は男の親族に、そして左部分は女の親族に判断が委ねられる。猟師自身の分け前は頭部とレバーだけであり、そのうえ彼は、この頭部の一部を妻に与え、そして彼女はそれを得ると二つの耳を再び自分の妹に譲り渡す。

13. シャルル・レトルノー「財産、その起源と発達」

もし大きな狩りの代わりに、たとえば魚が問題になる場合、規則はより明確で、そして一般的にそれらはより親族が基盤とされる。もし男が中くらいの魚を銛で突くと、しっぽの部分が彼の所有となり、残りの部分は彼の妻のものになる。もし意に反して小さい魚の獲物が捕れると、たとえば六匹のウナギでは、その四匹が大きく二匹が小さいなら、分配はこのように行われる。男、彼の妻、彼の父系の叔父夫婦がそれぞれ大きいウナギ一匹の権利を持ち、最後のものが年長と年少の兄弟に戻される。残った二匹の小さいウナギの一匹は母親の兄弟の子供たちに、そして残りが、状況が許すなら、漁夫の結婚した娘とその夫に定められる。
　私たちは多くの野蛮人の間のこの過度の規制を再び確認してみよう。もしオーストラリアで食べ物に関わるすべてに特にそれが細かいとすれば、これは、悪い土地で物資が乏しくそして飢饉が頻繁であるという理由からである。同じ関連で、いかにこの粗野で原始的な共産制が個人を束縛しているか、それがなんと極微の細部で規制するのを適切と考えているかに注目することが重要である。〉　　　　　　　　　　　(p. 30 L. 4―p. 32 L. 33)
　レトルノーはここで、「オーストラリア氏族」(Austranian clans) の「共同の制度」(the communal system) における、過度の「これらの伝統的な規則の束縛」(cramping these taradifional rules) について述べている。それらは貧しく厳しい経済環境の中で、「血縁関係のそれぞれの成員」(each member of the kindred) の「生存の権利」(a right to subsistence) を維持するためにやむなく持ち込まれた制度であるとはいえ、獲物の分け前の細部まで規定する細密さは、彼が結論部に述べているように、いかにも厳しく「粗野で原始的な共産制が個人を束縛している」(rude and primitive communism fetters the individual) と言わざるを得ない。
　また、ここで言及されている「エミュの法」(the Law of Emu) については、レトルノーはこの著書の中で特にはその内容に触れていないが、オーストラリアの部族の間では、各氏族 (gens) それぞれが男も女も、それぞれ結婚できる相手の家系 (descent) が慣習的に定められていた。たとえばカミラロイ

族（the Kamilaroi）では各氏族は動物の記号でⅠ．1．イグアナ（Iguana）、2．カンガルー（Kangaroo）、3．袋ネズミ（Opossum）、Ⅱ．4．エミュ（Emu）、5．袋アナグマ（Bandicoot）、6．黒蛇（Blacksnake）、と新旧で二つに区分けされる六つの氏族があり、またさらに、家系（descent）が父系で1．イパイ（Ippai）、2．クンボ（Kumbo）、3．ムライ（Murri）、4．クバイ（Kubbi）、母系で1．イパタ（Ippata）、2．ブタ（Buta）、3．マタ（Mata）、4．カポタ（Kapota）、と八つあった。そして、たとえばエミュ氏族のブタ（Emu-Buta）であれば、ムライ（Murri）と結婚せねばならず、そして彼女の子供はエミュ氏族のイパイとイパタであるから、子供のそのイパタ（Emu-Ippata）はクバイ（Kubbi）と結婚しなければならなかった、というように細かく定められていた。おそらく同じ血族同士の通婚を避けるねらいがあったと思われるが、いずれにしても部族の女性たちは細かいしきたりによって、結婚さえも厳格に割り振られていた、その「婚姻の慣習法」（the law of marriage）を指していると思われる。

レトルノーは3章「共和制部族間の財産」のⅣ．「原始的結束と利他主義」（Primitive Solidarity and Altruism）で次のように述べている。
〈前史考古学によってさらに強化された高度に合理的な帰納の継続によって、私たちは、人間社会はいつでもどこでも無政府状態の群れに始まり、後にいまだオーストラリアに残り、そして前世紀を通じて北アメリカにおいて研究が可能であった、平等な部族の組織となる、と信ずるようになっている。
これら二つの社会的段階の期間、制度は多かれ少なかれ共産的で、財産は大部分が共有である。そうする他はなかった。ほとんど獣以上ではない原始人は、待ち伏せする敵や彼を襲う危険の前ではまだか弱く、そして無防備である。すべてのことが集団に強制を必要とさせる。無政府状態の群では相互扶助はいまだ不規則で自然発生的であるが、よく構築された共和制の部族ではそれは規則的で時には非常に精緻である。

すべての人類の種族が経てきたこれらの段階の期間は、きわめて重要であったに違いない。二世紀にわたってフィージー人たちの社会的知的状態は目立った改善はされず、そして一般に、より原始的な社会ではその進歩がより遅い。今日、ヨーロッパの国々の他では、固定と不動はごく普通のことである。従って百万年もの間私たちの前史時代の祖先たちは小さいグループで、原始的だが厳密に社会的に住んでいたことは確かである。さて、どんな種類の生命もそれが十分に長く存続するためには、相互関係のモラルの形成か、それとも反道徳の本能かを決意させるために、人間のこころを動かすことが出来なくてはならない。それ故に、私たちの祖先たちが経てきた社会の結束のこの長い期間に、私たちは私たちの利他的な博愛本能の至純さの恩恵を受けていたこともあり得よう。私たちはすでにティエラ・デル・フエゴの野蛮な住人たちの間に、これらの本能の存在を突き止めた。フィージー人は鯨の腐敗した死体から歯で塊を引き裂くときは獣のように、オオカミかハゲタカのように行動するが、引き離した肉片を隣人に手渡すときはすでに人間のように行動している。似たような方法で、アメリカインディアンは、各人が他の人々を必要としたので、同じ氏族のメンバーと運命をともにした。

　これら遠く隔たった年月以来、個人主義は私が指摘せねばならないであろういくつかの段階を経て、ゆるやかに大きく進歩してきた。今日、私たちがプラトンのよく整備された国の中に、社会の全員がそのメンバー各々の喜びと悲しみを感じなければならないとあるのを読むとき、私たちがフランス議会が同じ理念を取り上げ、「メンバーの一人が傷つけられるときは社会全体が被る」と宣言するのを理解するとき、私たちは、まさにこれらの広い博愛的感情は私たちの個人的慣習と合致しないという理由で、驚きと感嘆で満たされる。しかし私たちが崇高であるものを見いだすこれらの社会の結束の理念は、アメリカインディアンにまったく簡潔に見られよう。彼らの氏族、彼らの部族では、各人がその隣人を頼り当てにする。仲間を弱体化させるという理由で、一人の戦士の損失は彼らにとって無限の悲しみの原因と思われた。後継者たちを見つけ出すことがアメリカインディアンの首長たちに教え

込まれた。高い犠牲を払って勝ち取られた勝利はそれを成し遂げた人を恥ずべき者とした。疑いなく他の人々が皆殺しにされるに違いなくても、自分たちの親族はどんな犠牲を払ってでも守られねばならない。アメリカインディアンの利己心は、アメリカインディアンの財産同様に共有であった。

(p. 55 L. 31—p. 57 L. 10)

　レトルノーはここで、人間社会は一般的に、「無政府状態の群れ」(the anarchic horde) に始まり、「平等な部族の組織」(the organisation of the equal tribe) となること、その結束の過程の中で、社会の存続には、その成員間の「相互関係のモラルの形成」(the formation of correlative moral) が必須であることを指摘している。社会の長い形成期間を通じて、成員各自が、動物的な「反道徳の本能」(immmoral instincts) を脱して、「私たちの利他的な博愛の本能」(our altruistic humanirian instincts) を身につけること、つまり「利他的な博愛」精神をいわば第二の「本能」にすることが社会の「結束」(Solidarity) のために重要であると述べている。

　レトルノーは4章「君主制部族における財産」のⅥ.「個人財産の起源」(Genesis of Private Property) で次のように述べている。
　〈私たちは先ず一つの主たる事実、つまり、社会的政治的変化は、財産制度において続いて起こる変化の目に見えない結果に過ぎないことに思い当たる。共和制部族の段階の期間、社会的平等と共有財産制度は、厳しい結束が集団存続の条件であったことと、さらにそれまでは蓄積されたり交換できる価値が存在しなかったという二つの理由で存在した。これらの価値が存在し平等が消滅するようになると間もなく、金持ちと貧乏人、つまり貴族階級と奴隷階級が存在した。というのは政治的権力が密接に富と結びつき、実際に、端的にその社会的表現であったからである。どんな種類のものが個人の専有できるこれら最初期の価値だったのだろうか？
　ひどく昔ではなく、民族誌が聖書と古典的な古代の遺物に限られる時代、人はいつでもどこでも、狩人によって始め、次に羊飼い、それから農耕者に

なった、と自信を持って仮定できる。現在はこの段階をもはや認めることができない。疑いなく最初の人間の群れは主として狩猟または漁猟によって生活していたが、彼らは同時に果実を食べる人たちであり、そして進んで食べられる植物界の物質、ナッツ、ベリー、根菜、等々を活用した。彼らは役立つことを見つけたいくつかの植物の種をまくことによって自然を見習うことができるようになるのに、大きな知的努力を必要としなかった。これらの試みは最初非常に小さな規模で行われ、非常に小さな重要性がそれらに置かれ、男たちは主として猟師と兵士であり続け、農業の試みは女性たちの世話と苦労に委ねられた。ある地域で動物が飼育されたが、この進歩は一定で一般的ではなく、羊飼いの段階はすべての人類に決して一般的ではなかった。こうした動物の飼育は一般的に非常に後のことである。

　最初、唯一の交換可能な価値は子供と女たちであった。彼らが交換されたのは、ひんぱんに襲った移住の必要のためである。しかし奴隷たちは重要な蓄財として認められる最初期の資本を構成し、そして、困難でつらい仕事、特に農業の仕事が行われるのに必要とされると、奴隷の制度だけが発達した。これ以前には、人々はむしろ殺すことを選び、そして往々征服した人々を食べたが、農業がある程度重要なものになると、奴隷労働が女性たちの労働と結びついた。それから農業活動はより大規模のものとなり、そして蓄財と交渉可能な新しい資本がその成果だった。これ以後、権力者であることがすなわち、土地と上記のすべて、掃除をし、種をまき、そして刈り取るための女たちと奴隷たちの「働き手」を所有する、というように金持ちとなった。この瞬間から、社会の階級制度は個人の自己本位という堅固な基盤を持った。社会は金持ちと貧乏人に分離し、そして急速に、金持ちは主な所有者である一人の首長に服従することによって貴族となった。横領に横領が続き、この最後は、時に半神格者に分離して終わった。自分自身ぬきんでた領地を持っており、以前から共同体によって求められていたと思うようになると、彼はすぐに普通の人たちを高慢な軽蔑で扱った。

　この時から先、競争しあう部族間の不和はもう単に存続のための争いだけ

ではなくなり、その目的はしばしば金持ちとなること、交換できる価値である奴隷を略奪することであった。隣人たちの略奪は権力と富の大きな源泉であった。同じ時期に、最初母系で、それから父系となった家族は、原始的氏族の入り組んだ関係から解放され、そして通例不正に取得された資本は、母から息子へ、叔父から甥へ、最終的に父から息子へと相続された。ゆえに世襲の階級制度が生じ、そして個人は自分の私的利益を共同体の利益からさらにさらに分離した。経済学者たちにとって大切であるというありふれた立場に従うと、個人財産の最初の起源は個人の労働であった。民俗学的社会学は、それとは逆に、重要な度合いの私有財産は暴力と横領にその起源を持っていたということを証言する無数の証拠を提示する。死を免れた捕虜は最初もっとも重要な種類の財産であり、そして最初期の農業労働は、自発的とはほど遠く、女性たちと奴隷たちによって行われた。私たちがこれまでの章で見てきたように疑いなく、私的財産の心理的起源である最初の着想は、彼らの主人によって形づくられ、そして主人とともに埋葬されるか火葬された武器と用具の製造の個人的労働の成果であったが、この着想が急速に拡大し、そして非常に早期にそれは実際に、彼らの専有の起源となるものは何でも、彼自身の利益に個人的に当たるか保有される、すべての物品と、すべての存在に及んだ。〉 (p. 89 L. 32―p. 91 L. 32)

　レトルノーはここで、「君主制部族」(the monachic tribes) が成立していく過程と、それに伴って世襲される「私有財産」(Private Property) が形成される過程を考察している。「共有財産制」(common property) の「共和制部族」(the repubrican tribes) が、「私有財産制」(the institution of private property) の「君主制部族」に移行していく契機として彼が重視するのは、「農業」(agriculture) の導入である。農業がそれを行う労働力を必要とし、それが少数の権力者のもとに富を集約していく過程と、それに伴ってその地位が世襲されるようになっていく過程を考察している。彼はここで、「個人財産の最初の起源は個人の労働であった」(the first origin of private property was individual work) とも指摘しているが、その主意は、「重要な蓄財として認められる最

初期の資本」（the earliest capital admitting of important accumulation）が、「女性たちと奴隷たち」（women and slaves）の「働き手」（"hands"）であったということにあると思われる。

　レトルノーは6章「君主制の部族間の財産（続き）」のⅠ.「赤道付近のアフリカの弱小国」（Petty States of Equatorial Africa）で次のように述べている。
　〈カムラシの隣国であるウガンダの大ムテサのハーレムは非常に多く抱えていたので、三、四人の女たちを毎日屠殺場に渡すことによって、そしてさらには、彼のさまざまな愛人たちに一度に百人ぐらい女性の入浴を科すことによって、その数を少なくした。これらの高官たちに向かって拒絶するのは不可能であり、そして彼らの一人が彼女たちにこう言う通りだった、「私たちはおまえたちを妻にするのも、または彼らの召使いにするのも思いのままだ。」王室ハーレムのこれらの女たちはある場合には襲撃で連れ去られた捕虜であり、ある場合は支配者の良い恩恵を得ようとした父親たちによって、へつらって差し出された美少女たちであった。
　私たちはこれまでに、黒人アフリカでは家族の父権が無限のものであることを見てきた。父親はもし彼らの叔父が彼の特権に反対しなければ、子供たちの争えない所有者であった。こうして彼は子供たちを売ることができ、そしてそうすることを躊躇わない。当然の結果として、初期の幼児期が過ぎると、父と息子は下級動物の多くにおけると同様、一般的に敵同士となる。これは西アフリカと同じく東アフリカでも事実である。しかしもし父親が子供たちの所有者であり、そのうえ首長でもあると、彼は子供たちに関するのと同じ権利で、家臣たちの生命と財産を思いのままにしたいと考える。ウガンダではこの権利は彼が望む人に委任できた。いくぶんこの王の特権に嫉妬深いムテサ王はそれを少ない人たちだけに認可したが、これらのお気に入りの者たちはそれで、か弱い年頃のどんな子供たちも誘拐できる資格を与える葡萄の葉の輪を自由に受け、そしてすべての王の家臣たちに、誰も誘拐に抵抗してはならないと、警告した。

この法的独占権はいつも子供たちに限られるわけではなく、それはしばしば彼らの両親たちにもおよんだ。このようにしてグレート・レークのワキリマ族の間で支配者は、彼がふさわしいと思うままに、大人の家臣であろうとなかろうと売買するだろう。多くのアフリカの小国王たちのように、彼は生と死の権力をふるい、そして人々の絶対的な所有者として、当然のように彼らが専有する土地も支配する。王はほとんどいつも貴族の頂点にあって、そして彼が許可しない限り誰も所有することができない。サコトでは自分自身私的使用の土地を所有したい者は誰でも、最初に君主の許可を得なければならなかった。これが得られた後にだけ、彼は解放されて自分の奴隷たちによって種をまかれる土地を持つことが許される。
　ワキリマ族の間では、もし首長が彼の利益のために土地の一部が開放されるように承諾してくれると、これは必要とされることのすべてである。主要な男たちや女たちは彼の意のままである。彼らは何が彼を喜ばせるであろうかということを必死に学び、そしてわずかなヒントで、自分がうまく決めてもらえた土地を耕し始める。作業は急いで進められ、労働者たちは互いに打ち勝つべく努力し、そしてこの聖なる土地に草の葉一枚残すようなことを犯した者は誰でも去勢牛一頭の罰金によって罰せられた。
　すべての事例で支配者は断固として彼の小さな王国の土地の独占権を主張し、そして外部者は誰一人通行料を払うことなしにはそこに踏み入ることができない。「これらの人々は」バートンは言う、「南で広まっている考え、つまり、財産を妨げない限りは誰しも神の土地に無料で入る権利を持っているという考えを持っていない。もしゆすりについて何らかのためらいがあるなら、異議者に提出される最初の質問は、これはあなたの土地か、それとも私の土地か？　ということであろう。」熱帯アフリカの奥地を旅行するのに主たる障害となるのがこの要求である。それはいたるところで探検家を妨害し、多くの商品の梱包を運ぶために彼の後に続く隊商の移動を彼に制限し、そしてしばしば彼の旅行の終了を長引かせ彼を破産させる。しかし独裁者の権力がいかに法外であろうとも、彼は結局彼の家臣たちに必要とされてお

り、そしてそれ故に、黙許で専有物を持つことを彼らに優雅に許した。この制限を条件に、中央アフリカには、武器、装飾品、薬品などの物品が作られる他に、三つの主たる種類の財産が存在する。それは耕作地の産物、肉牛、そして奴隷たちである。独裁的な首長の承諾によって、これらの価値は通常個人の所有権のもとに所有され、そして少数の種族集団とわずかしか固められていない君主権力では、期待される個人資産の権利はさらに多い。換言すれば、共同体を構成する個人が少ないと、彼よりむしろ彼ら自身で、彼らのほとんどにとってより重要なのは個人所有を重んずることだと思っていることを打ち消してしまう。〉　　　　　　　　　　(p. 93 L. 36―p. 95 L. 38)

　レトルノーはここでアフリカの弱小国における独裁者の絶大な権力について考察している。家族の父親が家庭内に持つ「父権」(the rights of the father) と同じ権利で、「首長」(the chief) は、「家臣たちの生命と財産を思いのままに」(at pleasure of his subjects' life and property) でき、子供たち同様、家臣さえも「売買する」(trafic) ことができた。そのうえ彼らは土地についても「法的独占権」(regal proprietary right) を持っており、誰もその許可なしには土地を利用することができなかった。「耕作地の産物、肉牛、そして奴隷たち」(the produce of cultivated land, cattle and slaves) という「三つの主たる種類の財産」(three principal sorts of property) についても、「個人の所有権」(individual ownership) は、「独裁的な首長の承諾」(consent of the despotic chief) にかかっていた。そうした独裁権のもとに、首長と家臣からなるピラミッド構造が築かれていたことが伺える。最後の「換言すれば」に続く一文は、個人が重んじられない社会では、大多数がこころの中では財産の個人所有を望んでいるのにもかかわらず、全体としてそれを否定してしまう状況を指摘していると思われる。

　レトルノーは8章「巨大な未開の君主制における財産」のIV.「古代ペルーの財産」(Property of Ancient Peru) で次のように述べている。
　〈ペルーの人民は、千人の住民の行政上の区画に分類され、そして各々責

任のある頭がついて、500、100、50、10という小さな区画に細分化された。すべての大きな区画は統治者としてのインカの膨大な家族のメンバーの誰かを持っていた。帝国の領地は三つの部分に分けられ、一つは太陽、つまり、公共の礼拝と聖職者たちののために、二番目は、インカとその巨大な家族のために、三番目が人民のためにであったが、もちろん、人民は彼ら自身の持ち分と同じく彼らの上司の持ち分を耕さねばならなかった。太陽の土地が第一に世話され、それから、これらの土地は、病人や年老いた人、未亡人、孤児、過激な労役に従事する兵士、要するに何らかの理由で彼ら自身独立して自分たちのために働くことができないであろうすべての人々の扶養に奉納される。これは、それぞれの労働者が自分に割り当てられた土地と思い、自分自身のために働いたかもしれないが、また、彼の隣人たちを助けるための一般的責務としても行われた。最後に、すべての中で突出した土地の所有者である支配者インカの領地が来る。

　王権の魅力的な利益のための強制労働をさせるために、それに公共の儀式の外観を与えることが企てられた。夜明けに、男たち、女たち、子供たち、すべての人民がいくつかの高台または塔から互いに呼び合い、そして全員、祭りの衣服ともっとも高価な装飾品をつけて、急いでやってくる。群衆はインカの強大な行為を祝う賛歌をコーラスで歌いながら労働をし、そしてすべての務めは喜びの熱狂で装われていた。

　インカの地所は、その非常に膨大な親族の欲求とそしてまた政府の欲求を満たすために、元首の華やかさを維持し続けるのに供された。太陽のものと呼ばれる地所の収益は、寺院の維持、聖職者の維持、そして礼拝の豪華な儀式に捧げられた。耕作されている領地の残りは、膨大な行政上の配分によって、人民に平等の分け前で個々に分割された。結婚もまた強制的に厳格に規制される行政上の行為だった。地区は、新しく結婚したカップルの各々に、住居と彼らの生活の維持に十分な小地所を引き受けた。生まれてくるかもしれない子供たちは、毎年配分が改訂され、各家族の分け前はその成員の数に応じて増加したり減少したので、両親たちの負担とはならなかった。各子供

たちにとって追加分は両親に支給されたが、娘は息子の分の半分だった。反対に減少した家族は、減じた分に応じて新たに彼らに認められた。同じ方法が役人の場合にも行われ、唯一異なるのは、彼らの取り分が彼らの役所の重要さに応じて多くなることだった。

　工業労働は行政命令によって、父系統治の油断のない監視の下に、似たやり方で行われた。木綿と毛織物材料の製造がペルーの主たる産業であった。後者はラマの飼育によっており、そのすべての群れが太陽とインカの財産だった。これらの群れは非常に数が多く、そして高原の寒い気候のもとに飼われていた。もちろん命令された牧夫たちは、季節に応じて牧草地から牧草地へと動物たちとともに移動した。毎年大量の数のラマが市場、または宗教的祭祀の生け贄のために、首都に運ばれた。これらの目的のために用いられたのはオスだけだった。指図でラマは毛を刈り取られ、そして毛が先ず共同倉庫に集められ、その後役人たちが必要とするだけ多くの各家庭に分配した。この毛は女性たちによって紡がれ織られて、そして最後に、山の住人たちの暖かい衣服に作られた。市街では、王権によって公式に供給される木綿が、ラマ・ウールに取って代わった。　　　　　　　　(p. 136 L. 19—p. 138 L. 10)

　レトルノーはここで、原始氏族制の「父系統治」(a paternal goverment) の痕跡を色濃く遺しながら、巨大な独裁国となった南米古代ペルーの巧妙な統治システムを考察している。土地の所有が高度に制度化され、表向き、「病人や年老いた人、未亡人、孤児の扶養」(the maintenance of the sick and aged, of widows, orphans) など、弱者への心配りや、また、「地所」(the estates) の一部を家族個々に割り当てることによって、あたかも人民がインカ王国の家族の成員であるかのように装いながら、莫大な利益を「支配者であるインカ」(the Inca, the ruier) の一族が独占しているのである。

　レトルノーは同じ8章のⅥ．「ペルー共産制の社会学的重要性」(Sociological Import of Peruvian Communism) で次のように述べている。

　〈利益は莫大で明らかである。ペルーのような社会では誰も悲惨ではなく、

誰もが見捨てられてはいない。統治の神の配慮はすべてのことを予見し規制していた。この階級かそれともあの階級かという出生の事実だけが個人の運命を決める。もし彼が高貴なら、彼はある種の学寮で育てられ、そこで彼に分け前が必ず落ちるに違いない政府の職務への準備をするだろう。もし彼が平民であるなら、国は彼に彼が生まれた一年目から扶養の保証を申し出、そして同時に何らかの工業または農業の手仕事を彼に課す。彼は決して仕事を辞めてなならず、備蓄を不足させてはならない。おだやかな範囲で国の配慮は、この間の彼の内容を規定する、公共に役立つ労働に彼の体力を要求する。これらの命令で強制される労働が成し遂げられると、彼が持つであろう子どもたちの数に応じて増減される範囲の無料の土地まで許される。そのうえ、彼は法で定められた年齢で公式に行政的に結婚させられるだろう。このように規制された社会には、マルサス学説が疑問なく存在するだろう。人が増大し繁殖するところはどこでも、経済的理由がその多産を抑えることができない。出生率はしたがって法外となり、人口上昇の波を次から次へと生みだし、そして間もなく彼らの生まれた土地の内部は過密状態となって、彼らはまばらな人口の隣国へとあふれ出す。無為は数え切れない。国がそれを黙ってみていることであり、それは犯罪である。人々は共同のつらい仕事に協力していつも行動しなければならない。しかし全能の神の国は道理にかなった国であり、その労働は各人の強さにつり合っており、そして弱さまたは老齢が傷ついたり疲れ果てた労働者を襲うと、その手は彼を助け彼の欲求を満たすために施される。その先見の明のある慎重さは、この偉大な社会的義務の達成を確保するための資源を十分に蓄積した。

　これらは利益であり、そしてそれらは偉大である。ここで欠点に目を向けよう。

　この種の社会の極端な悪徳、つまり、個人の自主性の全廃という一つの要因からすべてが生ずる。彼らのよく意図されているが、先の見通せない用心深さで、帝国の建設者たちは最終的に社会組織についての行動を規制した。彼らは物事がより良く、または他の方法でさえできることを認めたり同意し

たりしなかった。その結果進歩は、完全に不可能である場合以外、ひどく妨害された。通常それは、皆が未知の入り口を絶え間なく叩き、往々にしてそれらを押さえ込んだ、無茶で実りのない、数千もの個人の試みの結果である。人間の心は、あらかじめ定められた職務のためにその成員のもっとも輝かしい活動を要求する社会では、そうした冒険のための時間はほとんど持っていない。そしてその共産制の存続した数世紀の間、ペルー文明は、あたかも凍っていたかのように取り残されていたと思われる。しかしそれは劣った民族のうちに生じ、それはまったく野蛮な部族を征服しなければならず、そしてそれは、すべて取り除かれて、発展の比較的に高い度合いに達することに、注目しなければならない。残忍なスペインの征服がなければ、それは、疑いなく、前共産制の段階がおそらく生じたであろうメキシコにおいて、封建制度が繁栄する最初の場所にふさわしい進歩をきっとしただろう。

　今日のヨーロッパ人たち、少なくとも彼らの中のより進歩した人たちにとって、独裁的な慈善制度はきっと我慢ならなく思われるペルーのそれと似ている。もし私たちの周囲に目を向ければ、いまだ私たちは、私たちと同時代の人たちの多くが、彼らがすっかり見捨てられていながら、インカ王国の平民たちのそれらより骨の折れる職務の奴隷に、強制的にしばしばさせられていることがすぐ分かるだろう。私は一般的判断はこの著書の巻末に取っておくことにし、ここでは単に、ペルーの狭く硬直した共産制の熱烈な是認は避けて、生存の欲求である共同体の根本的な欲求に与えた途方もない利益がよく認められることだけを述べよう。もし人間が天使と獣の両者であり、それで天使の翼が広げられるということなら、獣が餓えの支配から守られるであろうことが絶対に必要である。　　　　　　　　　　（P. 141 L. 6—p. 142 L. 39）

　レトルノーはここで、「ペルーの共産制」(Peruvian Communism) の功罪についての考察をしている。ペルーの制度は、あたかも「統治の神の配慮」(the ruling providence) のように、身分に応じて個人の職業から結婚まで、その生活すべてを定め、一方で、生まれてくる子供たちの養育を含めて、生活を保障する。いわゆる高福祉が実現されている一方で、この高度に「このよ

うに規制された社会では」(in a society thus ordered)、「マルサス学説」(Malthusianism)が免れないと彼は指摘する。補足すると、「マルサス学説」とは、食糧の増産は増加率に限度があるのに、人口の増殖は莫大な増加率になり得るので、戦争、疫病、飢饉などが人口を減少させるか、人口の増加が抑制されない限り、食糧不足になるという、イギリスの経済学者マルサス (1766—1834) の学説である。つまりこの社会は人口増加と食糧不足の問題を抱えていると指摘している。

　レトルノーがはっきり「欠点」(the drawbacks) として指摘するのは、後段の「個人の自主性の全廃」(the abolition of all individual initiative) である。つまり彼の指摘は、「個人の自主性」抜きには個人の創意が生かされず、また、「あらかじめ定められた職務」(some pre-determinded function) への専念を求められる社会では、冒険が行われず、従って、「その共産制の存続した数世紀の間、ペルー文明は、あたかも凍っていたかのように取り残されていたと思われる。」(during the centuries of its communial existence, Peruvian civiisation seem to have remained as if congealed.)

　しかし彼が、他方でこの「前共産制の段階」(a previous communial phase) を絶賛はしないが、「生存の欲求である共同体の根本的な欲求に与えた途方もない利益がよく認められる」(it is well to recognise the tremendous advantage of providing for the primodial want of the community, its need of subsistence) と評価するのは、それが社会の進歩の重要な一階梯と位置づけているからだと思われる。

　レトルノーは9章「古代エジプトとアビシニアにおける財産」のⅠ．「古代エジプトにおける財産」(Property in Ancient Egypt) で次のように述べている。

　〈エジプトの社会構造は彼らが建てた巨大なピラミッドに匹敵するだろう。政策の主要な基盤が軍人と司祭階級を強制労働によって支え養う奴隷的大衆である一方、組織の頂点では半神の名士がすべての残りの人たちに威張り散

らし、「太陽のようにエジプトの上に自分の顔を輝かせる。」誰もこの君主のいる前で立つことはなく、エジプトの肖像画は司祭たちも陛下の前ではひれ伏すことを示している。彼の死は国民の大災害であり、聖牛アピスの死のように、七十日間の国民の喪に服させる。この君主制の国民は絶対的に彼のなすがままである。ディオドロスが書くところによれば、セソストリス、またはセオオシスの父親は、彼の息子と同じ日に生まれた国中のすべての男の子どもたちを集めることができ、そして彼らを自分の相続人のために準備する、忠実な軍隊を編成するために育てた。アメノフィスが、トーラーの石切場に送られることになる、肉体的欠点に悩む八千人ものエジプト人たちの大規模な選択の実行に困難がなかったことは、なおさら意味深い事実である。

　この種の社会では、個人の自由について考慮されることはまったくない。統治者たちがすべてのことを予見し規制した。国民たちはまったく子どもたちのように指導され、管理され、そして罰せられた。主たる関心事である財産の仕組みは、上から、そしてもちろん、公平さに非常にいい加減な熱意で決められる。しかしもっとも多くの絶対的な専制君主たちには、ある種の必然が強行され、それ故にすべての野蛮な国家には、ある奇妙な類似がある。

　エジプトにおける土地は、ペルーにおけるように、三つの部分に分けられていた。第一のそして最大のものは、司祭たちの学寮に充てられ、そしてその歳入は生け贄の費用、そして聖職階級とその従属者たちの入り用に吸い込まれた。土地の二番目の部分は王家の財産であり、その産物が宮廷と戦争の費用を支払った。三番目の最後の領地は軍人たち、将校たちと兵士たちに属した。もし私たちがディオドロスを信ずるなら、それが彼らの愛国心に堅固な基盤を与えるのに役立っていた。実際彼は非常に正確に、戦うごたごたに値する、国に何もできない人々に国民の安全を預ける不合理を観察している。ヘロドトスの証言によれば、エジプトの軍人の各々は、12エーカーの土地を自分の権利として所有した。そのうえ、軍人と司祭の領地は両者とも徴税から免れた。〉　　　　　　　　　　　　(p. 144 L. 10—p. 145 L. 14)

〈そのうえ奴隷たちは、エジプトが数える三種類の労働市民たちである、

牧夫、耕作人、職人というように固有に呼ばれ、厳密に世襲の従属階級と組合に分類された。固定が規則であり、変化は恐怖と関連した。各個人は自分が生まれたところで死に、ずっと彼らの両親の社会的身分と職業でなければならなかった。たとえば建築工のように、同じ職業を一つの家族が二十五世代継いだことを証拠立てる家系樹が、エジプト人の墓に発見されている。農業労働者たちは王、司祭たちまたは軍人たちの土地を借りることによって生計を立てた。遊牧の牧夫たちは疑いなくセム族であり、そしてそれは非常に蔑視されるものだった。職人たちは出生によって法律で、彼らが手工芸によって生活することが強制された。彼らの労働は奴隷的に厳しい規制下にあったので、自由は彼らのもっとも大きな欲求だった。古文書は織工たちについて私たちに、「彼らは日の目を見るためにはドア一番にケーキの賄賂を贈らねばならず」、「もし織物の指示された量を製造するのをたった一日間違えると、湿地の蓮のように縛られる。」「彼らは」、より意味深いことには、「女性より悲惨である。」と告げている。それらは「魚卵以上に悪臭を放つ」鍛冶屋、「労働で腕が疲れ切って、かろうじて指を使うことのできる」石工、「自分の皮膚をかじって、死にかけている魚の健康を保っている」靴職人、を描いている。そのうえ、通常の税金の他に、ペルーにおけると同様、命令と強制労働によって実行される膨大な共同労働、たとえば、水路と水槽の掘削、堤防と水門の建設、等々があった。
　このような制度の下で特権階級は金持ちに生まれるが、自分たちのゆりかごに富を見いだせない人々は、それを手に入れることは難しい。土地を買うのは不可能である。土地は譲渡できない。ある地区ではそれは共同でそして定期的に配分されて耕作されすらした。肉牛と工業生産物だけは蓄積され交換されることができたが、これには重大な障害がなくはない。たとえば肉牛に関するすべての事柄は厳格で、しばしば宗教的な規制下にあった。
(p. 146 L. 3—p. 147 L. 3)
　レトルノーはここで、「巨大なピラミッドに匹敵する」(be compared to the huge pyramids) エジプトの権力構造について考察している。「強制労働」(en-

forced labour）によってひたすら国の基盤を支える「奴隷的大衆」（a servile mass）と、組織の頂点で絶大な権力をふるう「半神の名士」（a semi-divine personage）。これらの「絶対的な専制君主たち」（absolute despots）には、「ある種の必然」（certain necessities）と「ある奇妙な類似」（some curious similarities）がある、とレトルノーは指摘しているが、その主意はこれらの国々に共通して存在した「労働市民たち」（lavouring citizens）であろう。彼らは「牧夫、耕作人、職工」（herdsmen, cultivators, and artizans）というように「世襲の従属階級」（hereditary subcastes）に分類され、出生によって「ずっと彼らの両親の社会的身分と職業でなければならなかった。」（must keep to the social position and occupation of his parents）

またこの権力構造の根底として彼が指摘するのが、土地の絶対的な国家管理体制である。「土地」（the soil）の売買と譲渡の禁止が、彼らを一定の身分に縛り付けることにつながっている。

レトルノーは14章「古代ギリシャにおける財産」のⅤ．「アテネの財産の濫用」（The Abuses of Property at Athens）で次のように述べている。

〈少数の人の手に富が集中することから生ずる財産の悪習は、ソロンの時代、彼らが彼の改革を要求するまで、害悪を叫ばれ続けていた。しかしもし改革者自身信じられることであるなら、彼によって苦心して構築された法的防壁が個人のどん欲さが獲物をあさる氾濫を久しくないうちに制限することが受け入れられたに違いない。ソロンの詩は嘆かわしい暴露に満ちている。彼が気前の良すぎる錯覚をこころに抱き続けていたこと、人間の性質の有害な側面に関する彼の知識がしかしながら乏しかったこと、彼が個人的影響を過度に考慮に入れていたこと、端的に言えば、彼が惨めに失敗したことを、これ以上素直に告白することは誰にとっても難しいだろう。「金持ちの野心は限界を知らない。いちばん金持ちがまださらに増やそうと願う。誰がこの飽くことのないどん欲さを静めることができるのだろう！・・・彼らは神に捧げられる財産にも公共の財宝にも敬意を払わない。彼らは聖なる正義の法

を無視してすべてをぶんどる。・・・私は私の法律によってすべての市民たちに公平な権力を与えた。私は何も持ち去らなかったし、いまだ誰にも何も加えなかった。私は弱者を害することを謹んで、もっとも金持ちやもっとも権力のある者と戦った。私は一方に他方より多く与えることもなく、両方に同じ強さの二重の盾で偉大さと慎ましさを守った。私の助言は無視された。今日彼らはそれによって罰せられている。」不満を訴えるのはアテネの立法者一人だけではない。すべてのギリシャ文学を通じて悲嘆の合唱である。「金持ちは」アルカイオスは言う、「偉大な男であり、まったく価値のない惨めな人、さもしい男である。」アナクレオンは叫ぶ——

「　愛は家柄を少しも気にかけず、
　　自分が笑いを得ることに賢く、
　　黄金だけを求めた。
　　千もの災厄がふりかかり、
　　いにしえのよき日々に、
　　誰が最初の金の奴隷だったのか。
　　彼は私たちの兄弟たち、父親たち、
　　そして母親たちについて私たちを強奪し、
　　彼は世界を血で覆うが、
　　ああ、すべての中で極悪なのは、
　　彼がわれわれ貧しい恋人たちの死因であることだ。」

そしてエウリピデスが言う、「ああ、愛しの黄金！　愛があなたたちを死へとかき立てる胚珠が地球から生まれた。・・・地球、海、すべてのものを消滅させる戦争の神があなたに続き従う。」ミディアスに対する演説でデモステネスが詩人たちの合唱に加わる、「あなた方、アテネ人に告げたい！　私たち他の市民たちは金持ちと同じ権利と特権を享受していない。何たることだ！　私たちはそれらを享受していない。」そして実際にこの出来事で、偉大な演説者は司会を務めており、彼の考えが攻撃されたのにも関わらず、彼の敵である金持ちのミディアスに対する裁きを手に入れることができなか

13．シャルル・レトルノー「財産、その起源と発達」　201

った。しかしそれらは私たちの目前に迫る悲しい事実を単に述べているだけなので、結局常識的なこれらすべての引用より、ギリシャの歴史をざっと見渡すことの方が価値あるだろう。

　ソロン以後、アテネ人家族の経済機構は中国のそれと密接に類似した。遺産は男の子どもたち間で分けられてよく、そして父親の家は優先的協定によって最年長のものとなる。しかしこのときから、私有財産は有利で迷惑なものとして確立された。金への強い欲望によって過熱した競争が、そのおきまりの結果であった。ソロンは富に限界を設けることに対して、それは労働から生ずるものと規定して宣言したが、「労働」によるという意味が何であるかを厳密に定義することは容易ではない。私たちが見てきたように古代人たちは、利子で貸し付けることと高利貸しを区別せず、そしてすべての古代社会で貸し金の利率が法外だった。哲学者と詩人たちによって烙印を押された高利貸しは、それにも関わらずギリシャ中でそのやり方を押し広め、そして海上貿易の助けによって金融寡占がそこから生じた。アジスⅢ世の時代にラコニアは百人の人たちの財産だった。アリストテレスによれば、住民は金持ちと貧乏人の非常に不平等な数の二つの階級に分かれて存在し、すべての富の存在がわずかな個人の手に集められた。ギリシャのどこでも富豪階級が支配権を握り、そして突然、それ以前に非常に猛烈に先鋭的であったギリシャ的愛国心が消えた。彼らの富の保護が支配階級の主たる心配事となり、彼らはほとんどいつも外国の侵略者たちに協力した。ペロポネソス戦争の間、民衆はアテネの側についたが、金持ちはスパルタの側だった。同様に、マケドニアの侵略の間、「楽天家たち」である金持ちは、マケドニアのフィリップ王の味方をした。最終的に、後にローマの軍隊が現れたとき、貴族たちは再び侵略者たちと妥協した。〉　　　　　　　　　(p. 246 L. 25―p. 248 L. 37)

　レトルノーはここで、子どもたちへの相続を含めて個人の「私有財産」(private property) が認められたアテネにおける、「財産の濫用」(the abuses of property) の問題を取り上げている。「私有財産」の野放図な容認が富の極端な偏在を招き、金持ちは、「飽くことのないどん欲さ」(insatiable greed) でさ

らなる「過熱した競争」(competition, overstimulated) に走る。哲学者と詩人たちによって非難を浴びつつ、「高利貸し」(usury) が横行し、ギリシャ南部の「ラコニア」(Laconia) 地方は一時「百人の人たちの財産だった」(was the property one hundred persons) とその寡占ぶりを指摘している。その結果金持ちである支配階級の関心事が、「彼らの富の保護」(the preservation of their wealth) となり、それがギリシャ国民またはアテネ市民の結束を損なう要因となって、結局、ギリシャを亡国に導くに至った、とレトルノーは述べている。

　レトルノーは同じ14章「古代ギリシャにおける財産」のⅥ．「ギリシャにおける共有財産」(Communal Property in Greece) で次のように述べている。
　〈単に十分に既定の事実に触れるのでなければ、帰納によるか、または始まりに遠く遡るかすること抜きには、共有制の遺風と理論はギリシャの歴史と文学には求められないものである。先ず第一に、リクルゴスによって共有制の方向に改革されたスパルタの例が引用されなければならない。財産の通常の進歩と配分はラケダイモンの市民たちの間で極端に不平等に進められた。「ある人たちはひどく貧乏で一インチの土地も持たず、そしてほんのわずかしかいない人たちはひどく金持ちで、すべてを所有した。」リクルゴスは土地を共同使用に戻すよう市民たちを説得し、ラコニアを一区画が各家族に渡るように30,000に等分した。各地所は悪い収穫の年で、大麦が男70、女12で、82メディミニ以上、それにワインとさまざまな農作物を産出した。現在メディミニは1.5ブッシェルと等しい。プルタークは、リクルゴスが自分の前に広がる収穫時の田園地帯の方を見て、ラコニアが兄弟たちの間で分割相続されたと思えたときの、財産の新しい共産制の制定の後に感じた喜びを告げている。しかしそのような改革が可能であるためには、共産制の理念と慣習をすでに吹き込まれた人々を扱うことが必要である。現代の近代国家とは相容れないリクルゴスを想像するのは難しいことであろうし、スパルタの立法者が、すべての記憶が失われていない分配の慣習へただ立ち戻りつつあ

ったことは、かなり確かである。

　スパルタで同時に、そして易々と制定された共同の食卓の制度は、原始氏族の共産生活の復活と見られるだろう。これらの食事は彼ら自身が募集し各々自分たちのホールに集めた、15人の小さなグループによって始められた。各会食仲間は、毎月共同の貯えに、1メディミニの小麦粉、28パイントのワイン（太陰月の各日に1パイントずつ）、5ポンドのチーズ、2.5ポンドのイチジク、それに「それによっていくらかの余裕を手に入れる」なにがしかの金を納める割り当てで、寄付する責任があった。この食事の一員になることは厳格に強制された。「個人でどん欲な動物のように肥ること」は絶対的に禁じられた。共同の食卓はほとんどすべての人たちによって抵抗された。それは金持ちを怒らせ、アルカンダーという名の若い不平家によってたたきのめされる視線がリクルゴスに負わされた。しかし彼らは好むと好まざるとに関わらずそれに服従せねばならず、そして王たち自身も無理に従わされた。このようにして、アジス王がアテネに対する勝利の遠征から帰還したとき、彼は妻と自宅で夕食を取る許可を得ることができず、そして次の日、慣例の捧げ物の申し出を無視してすっかり憤慨された彼はポレマルカスによって罰金を宣告された。

　しかしそれらはクレタ人たちのものの模倣だったので、これらの共産的な制度はスパルタ固有ではなかった。後者は、共同消費に個人的に貢献する家族たちの上層の人たちの女性共有制度における会食仲間たちの集団で組織される共同の食事となった。これらの食事を準備する世話は三人または四人の公共の奴隷の助けによって、女性に委ねられた。若者たちと子どもたちは共同の食事が提供されたが、より少ない分が与えられた。これらの場合敬意が個人的長所に示され、そして食事の準備を指揮した女性はもっともおいしい一口を選び、それらを戦争における勇気や議会における賢明さで名高い客たちに出す原因となった。

　ラケダイモンで30,000の新しい分配は住民の必要に長くは十分とならなかったであろうが、4、5世紀の間の征服が新しい分け前の分配を許した。そ

れ故に、誰もが多くは不平を言わず、逆に人々は、スパルタのもてあました金が同時に幸福さと快活さ以外の贅沢な策略を追放したので、疑いなく質素な生活を手に入れた。「彼らが戦争に従事させられない時間がダンス、祝宴、狩猟、または運動や談話の会合のうちに過ぎた。」〉（p. 249 L. 28―p. 251 L. 22）

「ラコニア」（Laconia）というのは前の引用文で、「百人の人たちの財産だった」と一部の人たちによる財産の寡占ぶりが指摘されたスパルタ領内の一地方である。レトルノーは、リクルゴス（Lycurgus）がここで行った「財産の新しい共産制」（the new communistic order of things）の政策を取り上げている。財産の極端な偏在を見るに見かねて思い切ってとられた政策と思われるが、その改革の一部をなす「共同の食卓の制度」（the institution of common tables）が凱旋の将軍である「アジス王」（King Agis）にまで厳格に適用されたのは、さすがに全体主義国家スパルタを思わせる。レトルノーはリクルゴスの改革が、富の寡占によってもたらされた弊害の是正に一定の効果のあったことを指摘している。

レトルノーはまた同じ章のⅦ.「ギリシャにおける財産の進化」（Evolulution of Property in Greece）で、次のように述べている。

〈ギリシャの歴史の最初期から私たちは金持ちたちと貧困との、近代用語で資本家と労働者との間の争いを見てきた。前者によって後者に働く圧迫がソロンとリクルゴスの改革の必要性と可能性を生んだ。アテネでは悪はすでに非常に巨大になっており、個人主義的感覚が非常に進化していたので、立法者は、借金の縮小または免除、釣り合いのある税率、金持ちが費用のかかる公職を引き受けることの強制、所有地の譲渡への介入、等々のような緩和策に集中しなければならなかった。彼は遺産の権利をあえて廃止することはしなかった。まだ原始文明の状態にまったく近いスパルタでは、リクルゴスが共同の分配と共同の食卓で完全な集団的制度に戻すことができた。財産のこの状態についてスパルタは、その政治的偉大さ、その強さ、そして結局はその優勢さのおかげを受けていた。しかし私たちは、ひとたび行政長官エピ

タデュスが遺産の権利を与えると、直ちに金銭的不公平、産業的無産階級、非相続間における愛国感情の破壊、等々が起こったことを知っている。むなしくアジスとクレオメネスは後に犠牲的に自ら財産の古い制度に戻す努力をした。

　株式業、高利貸し、そして金融投機が蔓延し、実態社会が二つの敵対的階級、増やすことが絶えざる心配である資本の莫大な部分を支配している少数と、金持ちの貴族階級に必然的な敵意を持つ無産階級の大衆とに分割された、一種のギリシャのイギリスである商業と産業の海洋都市アテネは、特に悪かった。その結果は知られている。人格は不道徳になり、古代の英雄的な先祖伝来の美徳は姿を消し、支配階級は市の利益を自分たちの強力な資金源とした。予期せぬ場面でフィリップがやってきた。退化したアテネを服従させるべくいつもフィリップはやってくる。それからアレキサンダーの征服の華々しい閃光に至って政治的な専制政治が続き、そして結局、栄光のギリシャは単なるローマの一州となった。

　この歴史の至るところに、一つの有益な意見以上の原因の連鎖と自然に示唆される意味が存在する。次の章で扱うローマにおける財産の研究は自然と他のことを示唆するだろう。〉　　　　　　　　　(p. 254 L. 4―p. 255 L. 6)

　「フィリップ」(Philip)というのは次第に力を増してきてギリシャを脅かすことになる、先の引用文でも触れられた「マケドニア」(Macedonia)王である。「アレキサンダーの征服」(Alexander's conquest)はマケドニアの大王アレキサンダー (B. C. 356-323) によって行われたエジプトにいたる大征服を指している。いずれにしてもレトルノーはここで、ギリシャが財産問題に対して適切な対処ができなかったことが、ローマの属州に至る一つの要因になったことを述べている。

　レトルノーは15章「古代ローマにおける財産」のⅡ．「十二表法」(The Law of the Twelve Tables) で、次のように述べている。

　〈すべての他の人々と同じように、初期のローマ人たちは長い間、伝統的

な慣習法であるマレーのアダット法以外のいかなる法律もなしに生活していた。紀元前450年頃、ローマの元老院は大いなる熱意に燃えて、ギリシャに人を派遣して、ソロン法を研究し、後に成文法を作成することを委託した。それからこの法律は受託させるために三つの階級に提案され、そして法の効力を得た。この事実によってローマの法律は非宗教的で革新的なものにさえなった。それはもはや宗教と同じ拘束の不変の教えの集積とは見なされなかった。しかし伝統によって硬直した原始的社会では、変化は極端な困難によってのみ遂げられる。したがって十二表法は非常に長い期間にわたって、ローマ人たちに影響力を持った。

　ソロンのアテネでは、私有財産の権利が認められたが、実際には土地財産は主として家族に属するものであった。突出した所有者として家族の父親が見なされるのは、ローマではさらにいっそうであった。古代ローマが話題になるときはいつでも、私たち著述家の目をくらませる法律と規則の膨大量のために、ローマの家長は一種の威厳のある名士となった。彼は単に、家長が野蛮な社会において自分たちに横取りした法外な権利を、自分の家族全体のために維持する些細な独裁者に過ぎなかった。ローマの父親は家族の財産についてだけでなく、妻、子どもたち、奴隷たち、そこに住むすべての人たちの所有者だった。他の著作で私は妻が支配される結婚の支配権について述べた。息子たちは彼らの母親と同じく奴隷の権利のローマの家族の一部に過ぎなかった。彼らは家財であった。第Ⅳ表は父親に、子どもたちが共和国のもっとも高い役職を与えられたときでさえ、監獄に送り込んだり、むち打ったり、鎖につないで荒仕事をさせたり、売るか殺すかする権利を認めていた（第2条）。しかしながら同じ表の第3条は、息子が三度売られると、父系の家父長権から自由になれることを定めていた。ローマの家族では息子は人格をまったく持たなかった。もし解放されると、彼は家族への帰属が終わり、そして廃嫡となる。一方逆に、養子にされた息子は血縁による息子のすべての権利を手に入れた。息子が第三者に損害を与える不正を行っても、彼はそれに奴隷以上の責任はない。自分の子どもの代わりをするのは所有者の父親

であるが、彼は所有権において損害を与えた息子を奴隷にすることによって、行われた損害を償う権利を持っていた。私がすでに述べてきたように、この父系の家長権さえローマに固有のものではない。皇帝アントニヌスの下でガイウスがガラテヤにそれを発見し、そして私たちは非常に多くの種族の間にそれと出会っている。ローマの独創性はそれを成文化したことであった。

　家財として所有されているローマの息子たちと奴隷たちは自分自身は何も所有していなかった。彼らはしかしながら、倹約の結果の偶然の利益で作られたある程度の財産は自分で持つことが許されていた。黙認されるこの財産はペキュリウム（peculium 私有財産）と呼ばれ、そしてこの名前はその後父系の権威から自由なすべての獲得物に拡大された。それには兵士たちの階級的ペキュリウムがあり、市の職員たちの準階級的ペキュリウムがあった。階級的ペキュリウムは、不動産の強奪物は国家に帰したので、主として敵から奪った動産によって形成された。公共に供されるのはこれら同じ征服された土地だった。征服された王の地所は優先的に没収され、そして彼らの森と牧草地は共同のものとなった。王の地所の耕地は宝庫のために売られるか、または欲しい市民たちに割り当てられた。ずっと以前に、皇帝アッピアは、元老院は国に所属する利益もなく荒れた土地の開拓を引き受ける人たちへの所有を認める、と言った。これは所有財産と呼ばれるものであり、また占有者は宝庫に期間使用料を支払った。セルビウス・トゥリウスは敵から奪ったいくらかの土地を平民たち、追放者たち、亡命者たちに与えた。彼は彼らの財産権と市における生存権を認めたのである。これは古代の家族的共同体への重大な打撃であった、なぜなら財産の権利は父親に帰属されていたのに、後にこれが十二表法によって承認されるのだから。十二表法の発布から、それ故に不動産の私有財産が確立された。市民それぞれが自分の土地を売る権利と、そしてまた遺贈する権利を持った。土地が分割され独占されることが出来るようになった。

　これ以後、富の不平等がより著しいものとなり、そして同時に貸し主は彼

の債務者とその所有物への法外な要求が許された。このことで十二表法はかつて制定されたもっとも容赦のないものである。条文は言う、もし三十日の法的猶予後に債務者が支払えないか、どんな保証も見いだせなかったなら、「貸し主は彼を自分の家に連れて行き、しようと思えば、重さが15ポンドを越えない革紐または足かせで彼を拘束するだろう。」(第Ⅲ表、3条)

「もしそうしようとして貸し主が彼に、毎日1ポンドまたはそれ以上の小麦粉を許すことがなかったら、彼(債務者)は自分自身の費用で生活が自由になるであろうこと。」(6条)

「三番目の市の日後、彼ら(貸し主たち)は彼らの間で分割して彼に分配するだろうこと。もし彼らが多少削除できたら、それを彼らに課してはならない。」 貸し主は況んやまた、支払い不能の債務者を死刑にすることも、または外国人に売ることも差し支えなかった。このことは、ローマ市民はローマの聖なる土地について商うことは出来なかったので、9条を越えている。支払い不能の債務者は貸し主の手に引き渡され(追加法)、実際に彼は奴隷になった。貸し主は支払いが終わるまで当然彼を働かせることができた。最終的に、保証は連帯して責任があり、そして貸し主は債務者と彼の保釈金の間で選ぶことができた。

これらの乱暴な実施から私たちは今、差し押さえ、拘留、丸ごとの差し押さえという比喩的表現の現在の法律用語を引き出せるが、ローマでは長い間文字通りに理解された。このような慣習はしかしながら古代ローマに固有のものではなかった。ほとんどすべての国で、文明の低い段階の間、支払い不能の債務者は、貸し主の財産となることによって、奴隷にされるだろうし、またどこでも主人は自分の奴隷たちの生死の権力を持っていた。そしてこのようなことは未開の人々の間だけではなく、異民族の間にすらあった。たとえばカビル族の間では、貸し主は時には売り払うために支払い不能の債務者の息子を奪う。他のところでは私たちは聖書に、予言者エリシャに何を語りかけるべきかを女性に教える次の一節を見いだせる。「あなたの下僕である私の夫が死にました。そしてあなたはあなたの下僕が領主様を恐れていたこ

とをご存じです。そして債権者が私の二人の息子を奴隷にするために彼のところに連れにやって参りました。」　再びこの点で、古代ローマは単に、法として実施される以前の野蛮な慣習に法の力を与えたに過ぎない。〉

(p. 259 L. 33—p. 263 L. 6)

　レトルノーはここで、ローマにおける最初の成文法である「十二表法」を取り上げている。ギリシャの「ソロン法」(the laws of Solon) に学んだこの法律が従ってギリシャ同様に、財産に関して「家父長」(the fathers of families) である父親に絶対的な権利を認め、父親は「家族の財産についてだけでなく、妻、子どもたち、奴隷たち、そこに住むすべての人たちの所有者だった」(was proprietor not only of the family estate, but of all those who lived on it — wife, children, and slaves) こと、また、このローマ法で「不動産の私有財産が確立された」(private property in immovables was established) こと、その結果、「富の不平等がより著しいものとなり」(the ineqality of wealth became more pronounced)、金銭を巡る「貸し主＝債権者」(the creditor) と「借り手＝債務者」(the deptor) に関して、「借り手」に厳しい条文が出来たこと、を指摘している。そうした中でレトルノーが再三強調するのは、この法律が各地にすでに存在していた「慣習法」(traditional custom) を「成文法」(a written code) にしたに過ぎないという点である。

V
思想一般

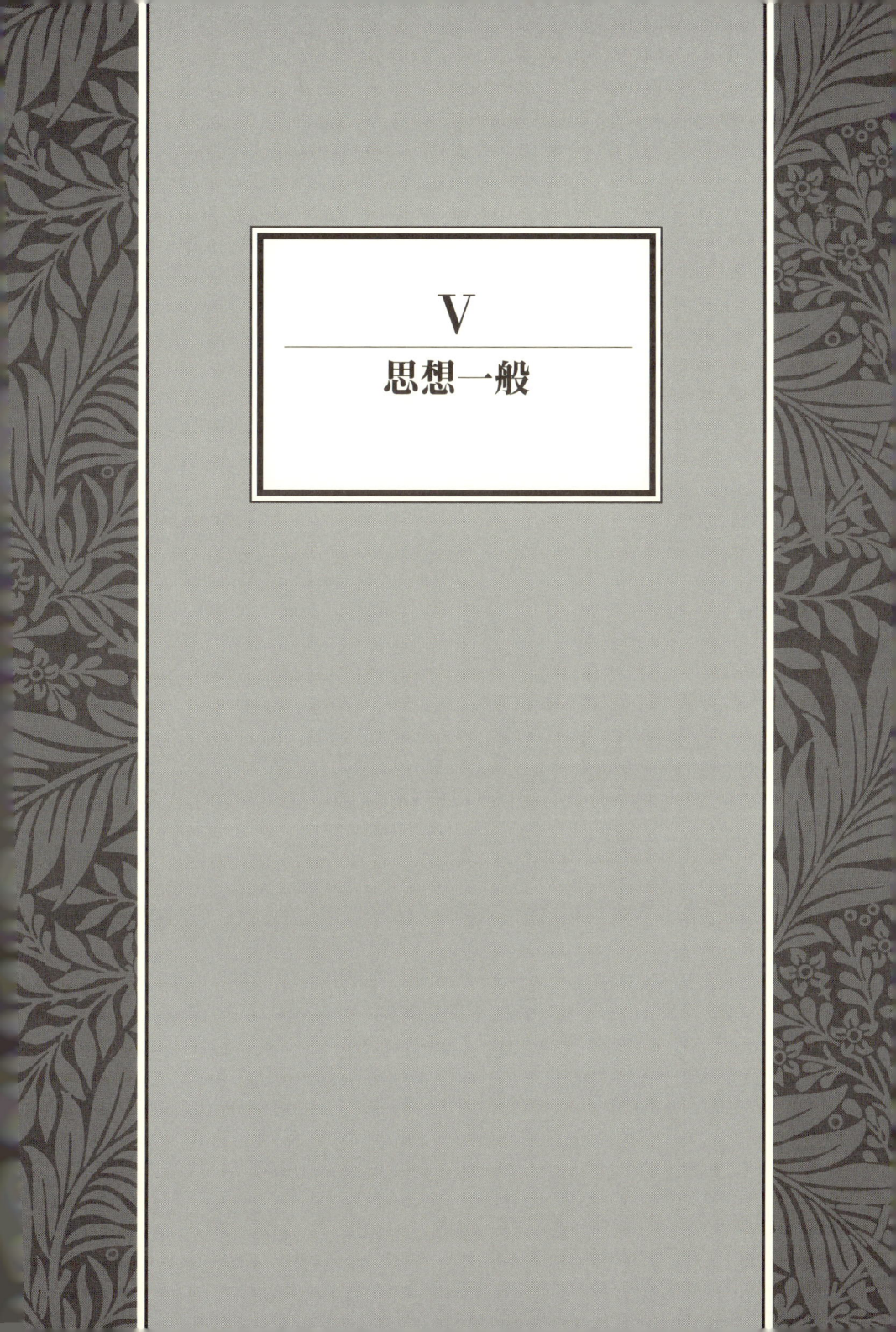

14. ヘンリー　シジウィック「倫理学の方法」

(Henry Sidgwick, The Methods of Ethics, London : Macmillan and Co., 1901)　　　　　　　　　　　　　　　　　文庫 NO. 900

　本書は倫理学を総括的に扱う第一部と、各論の第二部「利己主義」(Egoism)、第三部「直観主義」(Intuitionism)、第四部「功利主義」(Utilitarianism) からなっている。各部の内容を挙げると、第一部が、1章「序章」(Introduction)、2章「倫理学の政治との関係」(The Relations of Ethics to Politics)、3章「倫理的判断」(Ethtical Judgments)、4章「快楽と欲求」(Pleasure and Desire)、5章「自由意志」(Free Will)、6章「倫理学の原理と方法」(Ethtical Principles and Methods)、7章「利己主義と自己愛」(Egoism and Self-Love)、8章「直観主義」(Intuitionism)、9章「善」(Good)、第二部が、1章「利己主義の原理と方法」(The Principle and Method of Egoism)、2章「経験的な快楽主義」(Empirical Hedonism)、3章「経験的な快楽主義（続き）」(Empirical Hedonism (continued))、4章「客観的な快楽主義と常識」(Objective Hedonism and Common Sense)、5章「幸福と義務」(Happiness and Duty)、6章「推論的な快楽主義」(Deductive Hedonism)、第三部が、1章「直観主義」(Intuitionism)、2章「美徳と義務」(Virtue and Duty)、3章「知的な美徳」(The Intellectual Virtues)、4章「慈善行為」(Benevolence)、5章「正義」(Justice)、6章「法と契約」(Laws and Promises)、7章「義務の分類　真実」(Clasification of Duties Truth)、8章「他の社会的義務と美徳」(Other Social Duties and Virtues)、9章「自己注視の美徳」(Self-Regarding Virtues)、10章「勇気、謙虚さ、等々」(Courage, Humility, etc.)、11章「常識の道徳の批評」(Review of the Morality of Common Sense)、12章「道徳的判断の対象と見なされる行為の動機または芽生え」(Motives or Springs of Action Considered as Subjects of Moral Judgment)、13章「哲学的直観主義」(Philosophical Intuitionism)、

14章「究極の善」(Ultimate Good)、第四部が、1章「功利主義の意味」(The Meaning of Utilitarianism)、2章「功利主義の証明」(The Proof of Utilitarianism)、3章「功利主義の常識の道徳との関係」(The Relation of Utilitarianism to the Morality of Common Sense)、4章「功利主義の方法」(The Method of Utilitarianism)、5章「功利主義の方法（続き）」(The Method of Utilitarianism (continued))となっている。

シジウィックは第一部1章「序論」で次のように述べている。
〈未だに一般的な道徳の考え方は、もっとも重要な部分ではないにもかかわらず、義務または思慮深さの美徳を普遍的な義務または美徳の唯一の部分と明確に見なしている。一般的な道徳の考えは、個々の事例に関する通常の判断で、心の奥の重要性が考慮されない本質抜きの拘束と見なされる傾向の、たとえば正義や、敬虔さ、誠実さといった他の基礎的規則を認め教え込む。そして倫理学の直観主義的考えの通常の形態では、そのような規則の「断言的」規定が哲学的反省の結果としてはっきりと明確に主張されており、行為における美徳の理解は、少なくとも言及される美徳の限りでは、そのような規則への厳密で逸脱のない適合が一貫して主張されている。

他方で、道徳の規則のような人々が互いに規定するすべてのふるまいの規則は、部分的には無意識的であるが、実際には人類の、または感覚的生き物のすべての集合体の、普遍的幸福への手段として規定される、ということが多くの功利主義者たちによって主張されており、そして新しく作られるであろうそのような規則はしかしながら、それらの遵守が普遍的幸福へと導くものである限りのみ妥当とされる、というのが功利主義の思想家たちによって、なおいっそう幅広く主張されている。この主張はこの後注意深く考察するつもりである。私はここでは、もし万人の幸福を目指す義務がこうして、その従属した適用としてすべての他の義務を含められるようになるならば、私たちは、個人の私的な幸福ではない、今日における唯一の普遍的幸福を明確に規定する、究極の目的としての幸福の概念に再び導かれるように思われ

る、ということだけを指摘したい。そしてこれは、私自身が功利主義の原理について採る見解である。〉　　　　　　　　(p. 7 L. 37―p. 8 L. 27)

　シジウィックはここで従来の「直観主義」(Intuitionism) の倫理学と対比させながら、彼の倫理学が立脚する「功利主義」(Utilitarianism) の倫理学の特色について概説している。従来の「倫理学の直観主義的考え方」(the Intuitional view of Ethics) では、「たとえば正義や、敬虔さ、誠実さなど」(e. g. those of Justice, Good Faith, Veracity) の規則を「『断言的な』規定」(the "categorical" prescription) として厳密に定めているが、「功利主義」の立場では、「道徳の規則」(moral rules) のような「ふるまいの規則」(the rules of conduct) にはそのような規定は適切ではなく、すべての人々の「普遍的幸福への手段として」(as means to the general happiness) 規定されるべきである、というのがその主旨である。「功利主義」たるゆえんは、「幸福」こそが「人類の、または感覚的生き物のすべての集合体の」(of mankind, or of the whole aggregate of sentient beings)「究極の目的」(an ultimate end) であるという判断に基づいている。

　そのうえでシジウィックはさらに次のように述べている。
　〈そして「幸福が私たち生き物の究極の目的である」と主張する人々の間に私たちは、ねらいが究極的に理にかなうものが誰の幸福かという考えの根本的違いが見いだされるように思われる。なぜなら、ある人たちにとって「行動の瞬間の個人の側での行為の不変に適切な目的は、人生の終わりのあの瞬間から人が判断するもっとも偉大な幸福である」と思われるが、それに反して他の人たちは、理性のある考えが本質的に普遍的であり、たとえどれだけそれを平等に可能にしたとしても、究極的で最高の目的としてどんな個人の幸福も他の幸福以上に得ることを道理にかなうとすることはできないので、普遍的幸福は政治学と同様に、「道徳の分野における、善と悪との真の基準」でなければならない、と主張する。もちろん二者の中間の目的を採用することは可能であり、また、たとえば家族、国家、民族のような人類のあ

る範囲の部分の幸福を目指すことは、そのような範囲は独断的とは思われるが、たぶん、万民の幸福を目指すか、またはそれ自体は二次的に守るかのもっとも実際的なやり方を除いては、それ自体を理にかなうものとして存続し続けることはほとんどないだろう。

　この問題は優秀さまたは完ぺきさとは別のことに関わっていると思われる。一見、まったく同じ二者択一自体が与えられているが、目指される優秀さは個人かあるいは万人かのいずれかが得ると思われる。そして状況は、彼自身の犠牲によって他の人たちの優秀さをよりよく促進出来ると人が考える見込みがなくはない、と考えられる。しかし、少なくとも道徳的優秀さが関わる限り、優秀さを究極の目的と理解して、そのような犠牲を是認する道徳家は決していなかった。この促進が両立できるか、または彼自身における美徳の完全な実現をむしろ意味する場合を除いて、他の人たちの美徳の促進を個人に指図した人は決して誰もいなかった。それ故これまで、人類の共同体の優秀さと完ぺきさを目指すことと、個人の優秀さと完ぺきさを究極的な目的として獲得することを正しいふるまいを決める方法とすることを、区別する必要がなかったと思われる。そして美徳は一般的に人間の優秀さのもっとも価値ある要素であり、そして理性的選択の二者択一としてそれと比較できる他のどんな要素より望ましい要素と考えられたので、人間本来の完ぺきさまたは優秀さを究極的な目的と考えるどんな方法も、重要な様相はほとんどの部分が直観主義的考えと私が呼ぶものを基盤とすることで一致するだろう。だから私はそれをこの後者の特別な形態として扱うことを決めたのである。幸福を究極の目的とする二つの方法は、利己的と万人の快楽主義を見分けるのに便利だろう。そしてそれが後者であるなら、ベンサムと彼の崇拝者たちによって教えられるように、それは私が常に語をこの意味に限定する「功利主義」の用語の下により一般的に理解される。利己的快楽主義については単独の完全に適当な用語を見つけ出すことがいくぶん難しい。私はこれをしばしば単に利己主義と名付けるが、時にはそれをエピキューリズムと名付ける方が都合がよいだろう。なぜならこの名は固有の歴史的体系をより適

切には表すが、私がそれを用いようと望む、より広義の意味でそれは一般的に用いられるようになってきているからである。〉　　(p. 10 L. 1―p. 11 L. 33)

　この部分については、漱石が〔Ⅴ―2〕「Ethcs」と題するメモで次のように記している。

$$
\text{O aim} \begin{cases} \text{perfecton or execellence—intuitonalism ノ中ニ属ス。} \\ \quad\quad\quad\text{p.11 Sidgwick〔The Methods of Ethics〕} \\ \text{happiness} \begin{cases} \text{individual—egoism, epicurean} \\ \text{universal—utilitarianism} \end{cases} \end{cases}
$$

　漱石のメモはここに述べられていることの概要をきわめて端的にまとめていると言えよう。到達すべき究極の人生の「目的」(aim) を「完ぺきさか優秀さ」(perfection or execellence) と「幸福」(happiness) とに分け、前者を「直観主義」(intuitonalism) に属するものとしたうえで、後者をさらに二つに分け、「幸福が私たち生き物の究極の目的である」(happiness is our being's end and aim) としつつ、シジウィックがこだわりを見せているのはその目指される「幸福」が「誰の幸福」(to whose happines) かという問題である。「万人の」(universal) 幸福を目指すのが、「万人の快楽主義」(Universalistic Hedonism) であり、「功利主義」(Utilitarianism) の立場である一方、目指すのが「個人の」(individual) 幸福だけであるなら、「利己的快楽主義」(Egoistic Hedonism) であり、それは内容によって適宜、単なる「利己主義」(Egoism) か、「エピキューリズム」(Epicureanism) と名付けられる、とする。エピキューリズムは言うまでもなく、ギリシャの哲学者エピクロス（Epicurus B. C. 341-270）とその信奉者たちにによって提唱された独自の「快楽主義」(Hedonism) である。

　シジウィックは第一部2章「倫理学の政治との関係」で次のように述べている。

〈問題を究極の目的として万人の幸福という最高の水準を提唱する方法の例に端的なかたちで採る。ここで私たちは人間存在の理想的に幸福な集団の社会的関係の体系的考察が、今ここの人類の幸福を促進すべく私たちの努力を導くのにどれほど力があるかを、ただ問わねばならない。私は今この仕事が、有効にこの方法の徹底的研究を意味するようになるであろうことを否定しない。しかしそれが重大な困難を伴うことは容易に見て取れる。
　通常の考えのやり方で私たちは、内部的か外部的の人間生活のある状況の下で何が最善であるかを考えなければならないので、私たちは理想的な社会を見つめつつこれを行わなければならない。私たちは、長くそして途切れなく続くのが可能と考えられる、単純にもっとも喜ばしいと意識されるような達成と推測される目的をそれほど多く予期することは求めていないが、人間存在によって追求されたその実現の何らかの方法を考えたい。そしてこれらは、再び、私たち自身と隔たりすぎない状況下の存在として考えられるに違いないので、私たちは少なくともそれらを見習う努力は出来る。そしてこのために私たちは、どれほど多く私たちの現在の状況を変更できるかという、そのような理想的な社会が実際に作られてきた建設が示すような、非常に困難な問題を知らなければならない。たとえば、プラトンの共和国は、多くの点で十分に現実から逸脱していると思われ、そしていまだ彼は理想国家に備えるために、戦争を永久的に変えられない事実と考えており、そして実際にそのような準備が彼の建設の際だったねらいであったように思われる。これに反してもっとも冷静な近代の理想国家は、戦争の抑制をきっと含めただろう。まったく理想は、私たちが現在の悪からの夢想的飛躍で偶然とる想像上の変化の方向に応じて、正反対の方向に現実から逸脱するように思われる。たとえば、夫婦の愛情は常に永遠ではないが、それらが部分的に男と女たち自身を有害な情熱の気まぐれから守るために、また主には子どもたちをよりよく育てるために必要と思われることから、恒久的結婚は現在何らかの幸福の要因と考えられている。さてある人たちにとっては、理想的国家の社会では、私たちは親の愛情をより期待でき、そして両性間の自然のふるまいを調

整する必要は少なくなり、そしてその「自由恋愛」がそれ故に理想である、と思われるだろう。一方、他の人々は、夫婦の愛情の永遠性は自然で正常であり、この規則へのどんな異議申し立ても、私たちが理想に近づくなら見られなくなるに違いない、と主張する。再び、私たちの現実社会で享受される幸福は、幸福の手段の不平等な配分によって非常に減ぜられ、そして人類が金持ちと貧乏に分けられたと思われる。しかし私たちはこの悪を二つのまったく異なるやり方、金持ちの持ち分を再配分して金持ちの部分の整理を強めることによってか、または、たとえば貧乏人が彼ら自身をもっと守ることが出来るようになるような、社会の協定によるかの、どちらかによって立ち退かせることが出来ると思われる。一つの事例では、理想が裁定の大きな拡大と組織化と、今も進みつつある何気ない慈善を巻き込んでおり、その他の事例でも、それが絶滅した。

　端的に言えば、私たちが現実社会の堅固な基盤を捨てると、私たちは模範の国家の多様性を構築するであろう、すべての方面での私たちを取り巻く広大な開拓地を持っているが、現実の物質的世界の直線と円は科学的幾何学のそれらに近づくような、現実が紛れなく接近する理想というようには定義できない。

　しかしながら私たちは、これが私たちにとってある範囲で存在の未来のあり方と予測出来るようなこの多様性に、人類の過去の歴史の研究によって還元出来るとは言えるだろう。しかしそのようにならなくても、私たちは私たちの現在の行いにとって多くの明確な指針を得られるだろう。私たちが科学的歴史家たちのもっとも独断的な確信より舞いあがることが出来るようなもっとも好ましい推測をしてみよう。人間の歴史過程は永遠に大きくなる幸福へと向かう人類の進歩であると仮定しよう。私たちは人類の未来の社会状況があるに違いないある固定した限界内のことだけが出来るのではなく、人々が最大限の幸福を達成するであろうことを見つけることで、行動の規則をはっきりした輪郭で見通すべく、未来の共同体の異なる要素の相互の関係を詳しく決めさえすることが出来る。私たちは、私たちが現在生きているこの状

況下のこれらの規則を見習うことがいかに多く求められているかに相変わらずまったく迷っている。なぜならこの予知される社会秩序は、私たちがほぼ初期の段階の実現のために努力すべきという典型または模範ではなく、私たちの社会進歩におけるより進んだ段階として、唯一提示される仮説なのだから。それがそういう模範として採用されるようになるのがどれだけ遠くのことであるかは、なおこれから決められなければならず、またその考察の下で、現存する世代に向けた私たちの行動の影響が、結局はもっとも重要な要素となろう。〉 (p. 20 L. 28—p. 22 L. 37)

シジウィックはここで「倫理学の政治との関係」(The relation of Ethics to Politics) について述べているのだが、特徴的なのは、「功利主義」(Utilitarianism) の理念に基づく理想的な社会実現への意欲である。問題を、「究極の目的として万人の幸福という最高の水準を提唱する方法の例」(the case of the method which proposes as an ultimate end, and supreme standard, Universal Happiness) に限る、と冒頭部分で規定しているように、「今ここの人類の幸福を促進する」(to promote human happiness here and now) のに私たちにどのような努力が必要であるかという視点で一貫している。旧来の「倫理学」が単なる個人のいわゆる「倫理的ふるまい」(Ethical Behaviour) の次元に止まるとすれば、「永遠に大きくなる幸福へ」(towards ever greater happiness) 向けた社会変革への積極的な関与の姿勢である。「人々が最大の幸福を達成するであろう」(which they will attain the maximum of happiness) 未来の社会の「模範」(the pattern) を念頭において、「行動の規則」(the rules of behaviour) を考える立場といえようか。「幸福の手段の不平等な配分」(the unequal distribution of the means of hapiness) によって「人類が金持ちと貧乏に分けられること」(the division of mankind into rich and poor) を、「この悪」(this evil) として、その改善策に言及していることも特徴的である。

シジウィックは第一部4章「快楽と欲求」で次のように述べている。
〈すべての欲求はある程度苦痛の性質を持っているかどうかという問題は、

14．ヘンリー　シジウィック「倫理学の方法」　219

倫理的関心よりむしろ心理的問題の一つである。苦痛が欲求の強さにある程度匹敵しないことがしばしば認められる場合、その意志的衝動はそれ自体の苦痛を嫌う気持ちの例としては説明できない。同時に私が経験した限りでは、この問題に否定的に答えることにためらいはない。飢餓の例をもう一度考えてみると、私は飢餓に正常な生活の要素として、確かには少しも苦痛の感情を見つけ出せない。私が健康を害しているか、食欲の満足が異常に遅らされるときだけ、それは苦痛となる。そして一般的にいえば、満たされる傾向にある行動への主たる刺激が妨げられると感じられない欲求は、その達成が未だ遠くてさえも、それ自体苦痛の感情ではないだけではなく、しばしばすべてが高度に喜びであるような意識状態の要素となる。いかにも快楽は、欲求が本質的な要素である熱望する活動の意識によって生じ、生活の総合的な楽しみの中の際だった項目となる。私たちが一般的に追跡の快楽と呼ぶような快楽は達成の喜びより重要であるという言い方はありふれており、多くの事例で、追跡に私たちを引き付けさせるのは後者よりむしろ前者の期待である。そのような例で、達成の喜びの欲求から、追う目的を達成する欲求を見分けることは特に容易である。なぜなら追跡自体が追われているものへの欲求を刺激するので、達成だけが期待される喜びとなるのだから。たとえば、大抵のゲームがそうであるような、勝利を競うことを伴うゲームの例を取り上げよう。そのような競技に参加する前からそれに勝利する欲求を持っている選手は通常いない。実際彼は、現実に競技に従事する以前には、そうした勝利から満足感を引き出すことを自身で想像できない。競技が始まる前に、彼が用心深く求めているものは勝利ではなく、勝利のための競争の楽しい興奮である。ただこの楽しさの十分な発展には競技に勝つという瞬間的な欲求が一般的に不可欠である。最初は存在しないこの欲求は競技それ自体によって顕著な強さの刺激となり、そしてこうして両者が刺激されるのに比例して、ただの競技がより楽しいものとなり、はじめは無関心であった勝利が強烈な楽しさを生ずるようになってくる。

　同じ現象が追跡のさらに重要な種類の事例に見られる。かくして、自分の

人生を活気がなく興味に欠けると感じていた男が、目的ではないが職業という理由で、ある科学的、または社会的に有益な仕事に邁進し始めるということがしばしば起こる。最初、職業は退屈であるが、彼が洞察力を持つようになるとすぐ、彼がねらう目的の達成の欲求が、部分的に他の労働者たちとの共感によって、部分的にそれに向けた自発的努力の持続的行使によって、刺激されることが非常にありうるので、より熱心になった彼の追求もまた快楽の源泉となる。ここで再び、目的への彼の欲求が強くなるのに従って、その達成は期待における喜びとなるが、この期待の喜びはそれに起因する欲求の対象であると言うのは明らかな誤りであろう。

　私たちがこれらの喜びをこれまで議論してきたことと比較すると、他の重要な考察が示唆される。先の例で、私たちは食欲の満足に伴う快楽の欲求から、意識に現れる食欲をはっきり認めることは出来たけれども、そこには両者間に相反することはないと見られた。大食漢が食べるという快楽の欲求によって支配されるという事実は、これらの快楽の必須の条件である彼の食欲の発達を決して妨げない。しかし私たちが追跡の快楽に目を向けると、私たちはある程度、これが相反することに気付かされると思われる。十分な楽しさを手に入れるためには、自己注視のある従属が必要と思われる。一貫して快楽主義者の気持ちを持ち続ける人が、彼自身の快楽に恒久的な主たる自覚的なねらいを求め続けると、追求の満ちあふれる活気は捉えられない。彼の熱意は決して快楽にその最高の味わいを与える絶頂に達してはならない。さあここで、快楽に向けた衝動がそれ自体のねらいを打ち負かせるくらい勝りすぎる、私たちが快楽主義の基礎的矛盾と名付けるものの考え方に行き当たる。この影響は消極的な官能的快楽の事例では明白ではないか、あるいはとにかくほとんど明白ではない。しかし、一般的にそれらが関わっている活動が「肉体的」か、それとも（多くの感情的快楽と同じく）「知的」かに分類される、私たちの積極的快楽については、私たちがそこに集中する主たる自覚的ねらいを求めつづける限りは、少なくともその最も高い程度でのそれらの達成はできないと、確かに言えるだろう。私たちの機能の働きはそれと関わる

快楽の単なる欲求によっては不十分にしか刺激されず、そして十分な発達となるためには、他のさらなる目標となる、「特別と考えられる」衝動の存在を必要とする、と確かに言えるだけでなく、私たちはさらに進めて、これらの他の衝動は、もし働きとそれが関わる満足感が十分な範囲で達成されるなら、一時的に優勢で熱中したものになる違いない、と言える。多くの中年のイギリス人たちは仕事は娯楽より快いという考え方を主張するだろうが、彼らは、まるで自分たちが喜びを伴う恒久的な自覚的ねらいで仕事を行うかのように、それを理解することは難しいだろう。同様に、思索と研究の快楽は、こころを一時的に自分と自分の感覚から連れ去るほど好奇心の熱意を持っている人々によってのみ、最高度に享受されることが出来る。〉

(p. 46 L. 19—p. 49 L. 17)

　シジウィックはここで「快楽と欲求」の関係について述べているが、特徴的なのは「追跡の快楽」(the pleasures of Pursuit) と呼ばれるものへの着目である。一般に「快楽」(Pleasure) を「欲求」(Desire) の「達成の喜び」(the pleasure of Attainment) と考えがちであるが、彼は「追う目的を達成する欲求」(the desire to attain the object pursued) から生ずる「期待の喜び」(pleasant in prospect) が快楽の重要な要素であると指摘する。そのうえで彼が言及するのが、「自分の人生を活気がなく興味に欠けると感じていた男」(a man, feeling his life languid and devoid of interests) が、たまたま実際に「職業」(the occupation) に就いて、「ある科学的か社会的に有益な仕事に邁進し始める」(begins to occupy himself in the prosecution of some scientific or sosialiy useful work) という例と、「快楽主義の基礎的矛盾」(the fundamental paradox of Hedonism) と呼ばれる現象である。前者に関しては、彼が職業を持つことによって、「洞察力を持つようになり」(as he foresaw)、それによって生じる「彼がねらう目的の達成の欲求」(a desire to attain the end at which he aims) が「期待の喜び」(pleasant in prospect) となり、いわば彼の生活に生気をもたらすのである。後者については、「彼の熱意は決して快楽にその最高の味わいを与える絶頂に達してはならない」(his eagerness never gets just the sharpness of edge which imparts to the pleasure its higest zest)、または「「快楽に向けた衝動がそれ自体のねらいを打ち負かせるくらい勝りすぎ」(the impulse towards pleasure, if too predominant, deffeats its own aim) てはならないという「快楽主義」(Hedonism) が根本的に抱える矛盾は、つまり、そのようになれば、快楽の根幹となる「追跡の快楽」(the pleasures of Pursuit) が失われてしまうからに他ならない。終わりの方の「多くの中年のイギリス人たち」(many middle-aged Englishmen) の例は、「喜びを伴う恒久的な自覚的ねらい」(a perpetual conscious aim at the attendant pleasure) を持たない現今のイギリスのビジネスマンたちを批判していると言えよう。

　シジウィックは第二部 2 章「経験的な快楽主義」で次のように述べている。
　〈スペンサー氏によれば、快楽の同義句は、「私たちが意識に導きそこに留めおくべく求める感情」である。そして同様に、ベインは「快楽と苦痛は、現実または実際の経験では、起動力とまったく同じものとして適用される」と言っている。しかし、快楽が欲求を常態的に刺激することを認めるとしてもなお私には、それらが意志を持続的行動になるように刺激するのと比例して、快楽が正確に増減すると判断されるとは思われない。もちろんベイン氏もスペンサー氏も、実際に感じられると、すべての快楽がある種の行使へと実際に刺激するという主張とは理解していないに違いない、なぜならこれは明らかに、温かい入浴、等々、安逸の快楽にについては事実ではないからである。刺激はこうした例では、行動が快楽の停止または縮小の妨害を要求される時だけ現実となる、潜在的で可能性のものであると理解されねばならない。かくして疲労のあと休息を楽しんでいる人は、自分の現在の状態に強く執着する、そしてそれを変えるどんな衝動にも抵抗することを潜在的に用意している、漠然とした意識にある。さらに、おだやかな快楽と苦痛の刺激は、慣習的抑制を通じて感じられなくなるだろう。たとえば、慣習的に穏和な人では、食べることまたは飲むことの快楽を長引かせるために、刺激は通

常、快楽が止む前に止む。彼が満腹感を超えて飲食の刺激を調整する必要を感ずるのは、まったく時たまである。だから再び、警告には当たらないおだやかな強さの長引く苦痛は、たとえば鈍く長引く歯痛のように、苦痛としての特徴は失うことなしに、その行動へ促すと感じる刺激を失うことが時折あると思われる。ここで再び、この刺激は潜在的なものと当然考えられるだろう、なぜならもし私たちがおだやかな歯痛さえ免れるのがいいかどうかと問われるなら、私たちはきっとハイと答えるだろうから。

　しかしたとえ私たちの注目を刺激が明らかで強い例に限るとしても、ベイン氏が「快楽と苦痛」が起動力と同じであるというのは、私には私たちの共通の経験的判断と正確に一致するとは思われない。彼自身、「突然の大きな喜びが高まるであろう」「一方向の活動力の不釣り合いな緊張」を、「現在の魅力が正当とするものを除いて努力抜きに奮い立たせる」「喜びの下のこころの適切な構造」と対比している。そして他のところで彼は、「私たちの喜びの感情は」、こころを「快楽と苦痛の見込みを越えて」、人が「興奮の熱中力」によってのほかに、「ただ快楽の厳密な価値だけによっては動かされない」「情熱と呼ばれる状態に」運ぶ、私たちを取り囲む「興奮の大気」を通じて、「すべて過度にこころを引き留めがちである」と説明している。こうした例でベイン氏はこれらの「意志の動揺と変則は現実の感情ではめったに示されない」と主張していると思われるのは事実だが、私には、現実に快楽として強さとの釣り合いを失った意志的刺激を感じるときでさえ、興奮の喜びが働きがちなのは明らかである。そしてベイン氏自身これを、彼が「激しい快楽と苦痛はたぶん同量の重厚な種類の刺激より強く意志を刺激する」と述べている一節の中で考えていたと思われる。私もまた、それら自体を立ち退かせるほど強く刺激する感情は、たとえば普段のくすぐられる感覚のように、まったく苦痛でも、ほんのわずかの苦痛ですらもないことを知っている。もしこれがそうであるなら、快楽を測定する目的で定義することは、私たちが意識にとどめようと求めるある種の感情のように、明らかに不確かである。それで私たちは、意志との関係から独立し、私たちがまたさまざまな

強さの程度で意識する「甘い」によって表現される感情の質に似て、それ自体の単純さでは厳密に定義できない、「快楽」という語によって表現される多少の感情の質があると言えないだろうか？

　これは幾人かの著者たちの見解と思われるが、私自身としては、快楽の概念をよく考えたうえで、私がこれまで用いてきた分かりやすい意味の用語を用い、私が非常に明確な感情に見い出せる単なる一般的質の粗雑でより明確な官能的享楽と同様に、もっとも洗練された微妙で知的な感情的な満足感を含めるなら、欲求と意志との関係は、すでに明白な意味の「望ましい」という一般的用語によって表現されると思われる。したがって私は快楽の定義を、私たちが量的比較のためにその「厳密な評価」を考えると、知的存在によって経験される時、少なくとも暗黙のうちに望ましい、または類似の例では、好ましいと理解される感情であると提案する。

　ここでしかしながら新しい問題が浮かび上がる。私は先の章で、快楽主義の基礎的仮説として、それらの強さにつり合った快楽を好むこと、そして好みのその立場を認めるのではなく、単に質的違いによって重要視されることが理にかなっている、と述べたのは、量に対置される質の立場の快楽の好みが、「高尚な」または「高貴な」のように、現実に可能であり、そして実際にそのような非快楽的好みはしばしば起こる普通の思考であると言いたかったのである。しかしもし私たちがふさわしい快楽の定義を考えるなら、私たちが望ましいまたは好ましいと理解するある種の感情であり、より少ない愉快の感情がより愉快であるためにいつも好ましいと考えられることが出来る、と言うことには、用語に矛盾があると思われる。

　この矛盾は以下のように避けられるだろう。感情の快楽は、それを感じつつある個人によってだけ直接認知されるということが一般的に承認されるだろう。こうして、私が間もなく議論するように、どんな快楽の見込みも理想においてだけ表現される感情と対比される限りにおいて、表現の不完全さを通じて誤られがちであるが、なお誰も、現在の感情の質だけが関わる限り、立場として感覚力のある個人の好みを否定する人はいない。しかしながら私

たちがその愉快さで際だつような意識の状態の、「気高さ」または「上品さ」のような、好ましい質の判断をするとき、私たちは感覚力のある個人はもちろん他の人たちも適用することの出来る何らかの一般的標準を求めるように思われる。それ故に私は、一つの種類の快楽が愉快であることでは少ないけれども、他より質的に勝れていると判断されると、それは好ましいが、それが生ずる精神的か肉体的状態、または関係の下で、私たちの一般的思考の認知できる対象と見なされる何らかのものであるというのは、真の感情ではない。なぜならもし私が思考において、すべてのその状態と付随物から、そしてまた同じ個人または他の人たちに続いて起こる感情へのすべてのその影響から、どんな感情も確かに見分け、そしてそれを単に単一の対象の一瞬の感情と考えるなら、私にはそのうちに、私たちがその愉快さを感覚力のある個人によってだけ直接関知される程度と呼ぶもの以上の他の好ましい質を見いだすことは不可能と思われるからである。

　もしこの快楽の定義が受け入れられ、そしてもし、前に提案したように、「究極の善いこと」が「究極の望ましいもの」に相当するものとして採用されるなら、倫理的快楽主義の基礎的提案は主に消極的意味となることが見て取られるだろう、なぜなら「快楽は究極の善いことである」という主張は、それを感じているときの感覚力のある個人によって望ましいと理解される望ましい感情以外に究極の望ましいものはないことだけを意味するだろうからである。この問題はそれで、この定義に対して、快楽が事実として認められる間は、それをどんな程度でさえ究極の望ましさと認めることを拒絶する、禁欲的傾向の道徳家によって受け入れられないということが主張されるだろう。しかし私はそのような道徳家は、感情は快楽と認めることと分かちがたく結びつくことで共に望ましいものであると示唆する判断を認めるべきと考える一方、健全な哲学はそうした判断の実体のないことを示していると主張する。実際これは本質的に禁欲主義の考え方である。

　しかしながらこのことは、たぶん純粋な快楽主義が究極の合理性と見なす好ましさは、それが生じるどんな状況も関係も顧慮することなく、それを感

じているときの感覚力のある個人によって暗黙にか明白にか見込まれる、単に感情と評価される感情の好ましさと定義されるだろう。従って私たちは、究極の目的として「苦痛を大きく越える快楽」の適用において示唆される、私たちが量的快楽主義と呼んできたものの基礎的仮説として、単に感情として見込まれるすべての快楽と苦痛は、感覚力のある個人にとって、積極的にせよ消極的にせよ、望ましいことが知覚される程度を保っていると主張するだろう。そしてさらに、快楽主義の経験的方法は、これらの望ましいことの程度が経験の中に限定的に与えられると私たちが想定する限りにおいてのみ適用されうると言おう。　　　　　　　　　(p. 125 L. 34—p. 129 L. 32)

　シジウィックはここで、「私たちが意識に導きそこに留めおくべく求める感情」(a feeling which we seek to bring into consciousness and retain there) とするスペンサーの「快楽の定義」(the definition of pleasure) と、ベインの「快楽と苦痛は、現実または実際の経験では、起動力とまったく同じものとして適用される」(pleasure and pain, in the actual or real experience, are to be held as identical with motive power) という定義を紹介している。ベインが「起動力」(motive power) というのは、「快楽」(pleasure) が「行動」(action) への何らかの「誘因力」または「動機力」となることを意味していると思われるが、シジウィックはあえて行動することを求めない快楽である、「入浴、等々、安逸の快楽」(the pleasures of repose, a warm bath, etc.) の例を示して、これに反論している。

　また彼が着目するのは、ベイン氏も「私たちの喜びの感情」(our pleasurable emotions) は、「興奮の大気」(atmosphere of excitement) を通じて、「すべて過度にこころを引き留めがちである」(are all liable to detain the mind unduly) と指摘する、「それら自体を立ち退かせるほど強く刺激する感情」(some feelings which stimurate storongly to their own removal) としての、度の過ぎた快楽の存在の問題である。そのうえで彼が示すのが「知的存在によって経験される時、少なくとも暗黙のうちに望ましい、または類似の例で、好ましいと理解される感情」(a feeling which, when experienced by intellgent beings, is at least implicity apprehended as desirable or—in cases of comparision—preferable）という「快楽の定義」であり、「それらの強さにつり合った快楽を好むこと、そして好みのその立場を認めるのでではなく、単に質的違いによって重要視されることが理にかなっている」(it is reasonable to prefer pleasures in proportion to their intensity, and not to allow this ground of preference to be outweighed by any merely qualitative difference) という「快楽主義の基礎的仮説」(a fundamental assumption of the Hedonism) の提案である。

　つまりシジウィックの立場は、恣いままに快楽を認めるのではなく、前段でも触れた「快楽主義の矛盾」を十分わきまえたうえの、「より少ない愉快の感情がより愉快であるためにいつも好ましいと考えられることが出来る」(the less pleasant feeling can ever be thought preferable to the more pleasant)、そして「これらの望ましいことの程度が経験の中に限定的に与えられる」(these degree of desirability are definitely given in experience)、言わば「穏やかな快楽」(moderate pleasure) と「慣習的に穏和な人」(a habitually temperate man) を想定する快楽主義であると言える。

　シジウィックは第四部1章「功利主義の意味」で次のように述べている。
　〈功利主義によってここに意味されている倫理理論は、与えられた状況下の客観的に正しい行いが全体に最大量の幸福を生むであろうということであり、それはすべての人々の幸福を考慮することが行いによって影響を与えられることである。もし私たちがこの原理とそれを基盤とする方法を名指して、「万人の快楽主義」と呼ぶなら、より明確になるだろう。そして私はそれ故に、この用語をそのやっかいさにもかかわらず時折思い切って使ってきた。

　これがはっきり認められなくてはならないと思われる最初の主義は、この論文の第二部で詳説され議論された利己的快楽主義である。しかしながら、（1）各人は自分自身の幸福を求めるべきであることと、（2）各人は万人の幸福を求めるべきであること、という主張間の違いは非常に明白ではっきり

しているので、私たちはそれをくどくど述べる代わりに、どうして二つがいつも混同されるようになったか、またはどうやって一つの概念の下に含められるようになったか、を説明することがむしろ求められているように思われる。この問題と二つの主義間の一般的関係は前章で簡単に議論された。他の点では、これら二つの倫理理論間の混乱は、部分的には任意の行動では個々の行為者は一般的にまたは通常、自分自身の個人的幸福か快楽を求めるという心理学理論についての、両者の取り違いによって助長されたことがそこで指摘された。さてこの後者の主張と倫理的理論との間には必然的関係はないと思われるが、心理学的から倫理的快楽主義へと移る自然の傾向が存する限り、その過渡期は、少なくとも初めは、後者の利己的段階にあるに違いない。なぜなら誰もが、私たちが即時の明白な判断として他の人々の幸福を求めるべきと決断できない自分自身の幸福を現実に求めていることは、事実から明らかだからである。

　再び、道徳的感情は「理念の関連」によって、またはその他の、異なる種類のふるまいから行為者または他の人々に生ずる非道徳的快楽と苦痛の経験から生まれる、という心理学理論と必然的に関連づけられる、倫理主義としての功利主義はどこにも存在しない。直観主義者は、これが科学的証明が可能である限りこの理論を容認するだろうし、そしてなお、私たちの現在の意識に独立した衝動として見出されているこれらの道徳的感情は、それらが生じた根本的欲求と嫌悪のよりさらなるものを要求するような権威を持つべきである、と主張する。そして他方で利己主義者は、引き出される利他的要素をすべて容認するかもしれず、そしてなお、これらと他のすべての衝動は万人の慈善行為を含めて、適切に理論的自己愛の支配下にあり、そして私たちがそのような満足に私的な幸福を見出そうと期待している限り、それらを満たすことが実際に唯一理にかなっている、と主張する。簡潔にしばしば「功利主義」と呼ばれるものでは、道徳的感情の起源の理論はそれ自体によっては、私がこの論文で功利主義という用語を定義する倫理主義の証拠を提供することは出来ない。しかしながら私はこの後、この心理学的理論が倫理的功

利主義の立証に副次的な立場であるが重要であることを示すべく努めよう。

　結局、万人の幸福が究極の標準であるというこの主義が、万人の慈善行為が唯一正しい、または常に行動の最善の動機であると示唆すると理解されてはならない。なぜなら私たちがこれまで考察してきたように、正しさの標準を与える目的がいつも私たちが意識的にねらう目的であるとは必ずしもなく、そしてもし人々が純粋な万人の慈善行為以外の他の動機で頻繁に行動して、万人の幸福がより思い通りに達成されるということを経験が証明するなら、これらの他の動機が利他主義の原理に好ましいものとして理にかなっているのは明らかだからである。　　　　　　　(p. 411 L. 12―p. 413 L. 15)

　シジウィックはここで功利主義の持っている「倫理的」(Ethical) 側面を、「与えられた状況下の客観的に正しい行いが全体に最大量の幸福を生むであろうことであり、それはすべての人々の幸福を考慮することが行いによって影響を与えられること」(that the conduct which, under any given circumstances, is objectively right, is that which will produce the greatest amount of happiness on the whole ; that is, taking into acount all whose happiness is affected by the conduct) と定義し、その原理を「万人の快楽主義」(Universalistic Hedonism) と名付けている。

　しかし、(1)「各人は自分自身の幸福を求めるべきであること」(that each ought to seek his own happiness) と、(2)「各人は万人の幸福を求めるべきであること」(that each ought to seek the happiness of all) の間にはシジウィックも指摘するように明らかに違いがある。彼はそこをどのように埋めようとしているのか。彼は両者間の「混乱」(the confusion) は、「部分的には任意の行動では個々の行為者は一般的にまたは通常、自分自身の個人的な幸福か快楽を求めるという心理学理論についての、両者の取り違いによって助長された」(was partly assisted by the confusion with both of the psychological theory that in voluntary actions every agents does, universally or normally, seek his own individual happiness or pleasure) と指摘する。だから (1) を主張するのか、それとも (2) を主張するのか。シジウィックの判断は、「心理学的から倫

理的快楽主義へと移る自然の傾向が存する限り」(in so far as there is a natural tendency to path from psychological to ethical Hedonism)、「その過渡期は・・・後者の利己的段階にあるに違いない」(the transition must be…to the Egoistic phase of the latter) というものである。「心理学的から倫理的快楽主義へと移る」ことを言わば自然の絶対的な進歩過程と認めており、その前提から導かれるのが、前者を「過渡期」(the transition) の「後者の利己的段階」(the Egoistic phase of the latter) にあるとする判断である。彼は（1）から（2）へ至るべきという、あるべき未来像として後者を提示していると言える。そのうえで彼がくり返し否定しているのが、（1）をないがしろにした単なる「倫理主義としての功利主義」(Utilitarianism, as an ethical doctrine) である。

あとがき

　ふり返ってみると、五十年あまりなる。昭和三十三年四月、成城大学文芸学部に入学した私は一年の授業で、高田瑞穂先生の漱石の講義と出会った。大学を卒業したら普通に就職するつもりでいた私が現在のような研究者の道を歩むようになったのは、高田先生の講義の魅力と漱石文学の魅力とのこのときの出会いのおかげである。

　大学卒業後、私は先の見通しのないまま、新設間もない立教大学大学院日本文学科に進学した。指導教官である福田清人先生にご指導を受ける傍ら、高田先生には、また同じく成城で近代文学を担当されていた坂本浩先生にも、何かとご教示とご鞭撻を受けた。成城の国文は少い人数のこぢんまりした学科だったので、直接近代のご担当ではない、池田勉先生、栗山理一先生、山田俊雄先生という方々にも、後にさまざまなかたちでご恩顧を受けた。

　大学院修了後、私は紆余曲折を経て、昭和五十九年四月から成城大学短期大学部に奉職した。漱石文学には続けて関心を持ちながら、これという切り口を見いだせないでいた私は、たまたまウィリアム・ジェームズと漱石との関わりに行き着いて、東北大学の『漱石文庫』を訪うこととなった。そこで目にしたのが、漱石のおびただしい書き込みのある蔵書の数々である。当時、成城大学には申請によって旅費等の諸経費が支給される特別研究助成費の制度があり、私はそれから数年にわたって、夏や冬の休暇期間を利用して仙台に滞在し、資料の収集に努めた。『漱石文庫』の閲覧には東北大学教職員による保証人を必要とする制度があって、当時、宮城学院女子大学におられた今村忠純氏には、仲介の労をとっていただいただけではなく、仙台滞在中は市内を案内していただくなど、多大なお世話を受けた。また、まだ資料がマイクロフィルム化されない時期だったので、撮影機材の持ち込みなど、作業に苦労した思い出は多い。まだ若かった石原千秋氏に本のページを抑える手伝いをしていただいたのも懐かしい思い出である。石原氏の外にも当時文芸学部におられた、小森陽一氏、富山太佳夫氏にもさまざまなご助言の外、遠く仙台までご同道も頂いた。

『漱石文庫』の調査の結果は、成城大学短期大学部の紀要『国文学ノート』にその都度部分的に発表したが、資料の全体は膨大であり、まったく氷山の一角に取りすがる観があった。

　平成十五年三月、私は六十五歳の定年を迎えて退職し、また『漱石文庫』は数年前にマイクロフィルム化が完成して資料の収集がしやすくなっていたので、余生の五、六年を目安に、漱石蔵書の根本的な調査を思い立った。蔵書の調査と言っても、数も分野も膨大である。今回の調査の対象は、私を含めて漱石の研究者にとってもっとも関心の高いと思われる、『文学論』に関係する人文・社会科学書に絞った。

　漱石のメモ（「『文学論』ノート」）に頻出し、また書き込みや傍線部の多い蔵書を予め選び、その蔵書個々について、漱石の関心を示す部分の訳文を先ず作っていった。心理学書などでは特に、学術用語の訳語に先例のない場合が多く、訳語が固まるまで苦労した。

　一応選んだ本の概訳が終わった後、それぞれの内容を吟味した。漱石が関心を示した箇所だけでは著作の趣旨が明確とならないものもあり、そうした部分をさらに補いつつ、本書における採択の可否を決めた。訳出した蔵書の中には、現在及び当時においても、凡庸と思われるものが少なくなかったからである。

　そうしてようやく本書の出版にこぎつけた今年が、奇しくも高田瑞穂先生のご生誕百年目に当たることは感慨深い。私を研究者の道に、また漱石研究に導いてくださったのが先生だからである。

　本書の出版に当たっては、私の研究者としての人生の節目でいつも温かくご援助いただいた、畏兄東郷克美氏にまたしても仲介の労を執っていただいた。感謝の念は尽きない。

　また、翰林書房の今井肇、静江ご夫妻には、現今の厳しい出版事情下であるにもかかわらず、快くお引き受け頂いた。ここに改めて厚く御礼申し上げる。

　　　平成22年6月24日

　　　　　　　　　　　　　　　　　　　　　　　　　　　小倉　脩三

索　引

【ア行】

アイスキュロス（Aeschylus） ……108
悪魔主義（diabolism） ……………50
アジス三世（Agis III） ……202, 204, 206
アスパシア（Aspasia） ……………115
アダット法（the adat） ……………207
「アテネウム」（Atheneum） ………55
アナクサゴラス（Anaxagoras） ……116
アナクレオン（Anacreon） ………201
アメノフィス（Amenophis） ………198
アメリカ合衆国（United States of America） ……………………………83
アリストテレス（Aristotle） ……107, 114, 135, 172, 202
アリストファーネス（Aristophanes） ……………………………119, 172
アルカイオス（Alcaeus） …………201
アルキダモス王（King Archidamus） …121
アルキビアデス（Alcibiades） ……126
アルコール中毒症（alcoholism） ……61, 102
アレキサンダー（Alexander） ……62, 206
アレン氏（Mr. Allen, Grant） ……145
意識の識末（Marginal of consciousness） ……………………………15
意識の瞬間（the moment of consciousness） ……………………………12, 20
意識の状態（the states of consciousness） ……………………………12, 19, 20, 26
意識の焦点（Focal of consciousness） …15
意識の生理学的状態（the physiological conditions of consciousness） ……20
意識の波（the wave of consciousness） ……………………………12, 20, 38
意識の場（the field of consciousness） ……………………………37, 38
イスラム教（Islamism） …………164
一観念症（Monoideaism） …………96

一元論（Monistic theory） …………17
イデア力（an Idea-force） …………98
一夫一妻制（Monogamy） ……166, 167, 177
一夫多妻制（Polygamy） ……163, 164
「イリアッド」（the Iliad） …………170
ウェスリー（Wesley, John） ………41
ウェッツ（Wetz, Wilhelm） ………135
ヴェラスケス（Velasquez, Diego） …150
ヴェルヌ（Verne, Jules） ……………96
ヴォルテール（Voltaire, François） …55, 63
ウフィッツ美術館（the Uffizi Gallery） ……………………………145
エウリピデス（Euripides） ………201
エクリジア（the eclesia） ……116, 119
エゴマニア（Ego-Mania） …………56
エピキューリズム（Epicureanism） ……215
エピタデュス（Epitadeus） ………205
エミュの法（the Law of Emu） ……182
エルベシウス（Helvetius, Claude Adrien） ……………………………81
エレアのゼノ（Zeno of Elea） ……116
エレウシス（Eleusis） ……………108
オスクル（Oscle） …………………173
「オディッセイ」（the Odyssey） ……170

【カ行】

ガイウス（Gaius） …………………208
回心（Conversion） …………………37, 42
快楽主義の基礎的矛盾（the fundamental paradodox of Hedonism） ……………………………221
カトリック教（Catholicism） ………55
キケロ（Cicero） ……………………138
キモン（Cimon） ……………………120
「〔旧約〕箴言」（Proverbs） ………168
キュビエ（Cuvier, Georges） ………93
ギュンター博士（Dr. Günther, Albert）

………………………………155	識域（Threshold of consciousness）…15, 100
共同の食卓の制度（the institution of common table）………………………204	識域下の意識（Subliminally）……………40
強迫観念（an obsession）…………34, 50, 59	自己犠牲（sacrifice themselves）………156
クライスト卿（Kleist, Heinrich von）…55	自己保存の本能（the instinct of self-preservation）……………………………30
グラーフ卵胞（Graafian follicles）……155	シーザー（Caesar, Julius）…………65, 113
クレオン（Cleon）………………………125	シセロ（Cicero）…………………………109
クレオメネス（Cleomenes）……………206	自然淘汰（Natural Selection）
グロート（Grote, George）………………111	………………………75, 86, 100, 102
ゲインズバロ（Gainsborough, Thomas）	実験心理学（Empirical psychology）……20
………………………………………147	ジネセウム（the gyneceum）……………170
結核性脳膜炎（a tubercular meningitis）	写実主義（Realism）………………………50
………………………………………102	ジャック（Jacques, Jean）………………91
ゲーテ（Goethe, Johann Wolfgang von）	宗教的狂信（religious fanaticism）………32
………………………………………62	集合的F……………………………………22
ケプラー（Kepler, Johannes）……………66	十二表法（the Law of the Twelve Tables）
好色文学（Pornography）…………………50	………………………………………206
皇帝アッピア（Appian）………………208	周辺意識（Subconsciousness）……………15
皇帝アントニヌス（Antonine）……161, 208	「出エジプト記」（the book of Exodus）
コートザン（courtesans）………………115	………………………………………167
功利主義（Utilitarianism）……213, 215, 228	シュトウルム・ウント・ドラング（Sturm und Drang）………………………54
効利性の原理（the principle of utility）…75	種の保存（the reservation of the species）
コエンププチオ（the coemptio）………161	………………………………156, 158
コーラン（Koran）………………106, 164	シュモラー（Schmoller, Gustave von）…83
誇大妄想症（a megalomania）………34, 59	シュレーゲル兄弟（the brothers Schlegel）
ゴダード博士（Dr. Goddard, Henry Herbert）…………………………44	………………………………………55
コペルニクス（Copernicus, Nicolaus）…66	象徴主義（Symbolism）……………………50
固有の活動力（an inherent activity, the intrinsic activity）……………18, 19, 22	ジョット派（the School of Giotto）……149
「ゴルギアス」（Gorgias）………………96	ショーペンハウエル（Schopenhauer, Arthur）………………………31, 65, 156
コロンブス（Columbus, Christopher）…63	シラー（Schiller, Friedrich von）…62, 140
ゴンクール（Gon-court, Edmond Huot de）	神狂症（a theomania）……………………35
………………………………………51	神経衰弱症（neurasthenia）………………53
コンスタブル（Constable, John）………149	心的状態（the psychical states, the mental state）………………………13, 38
コント（Comte, Auguste）………………58	心的波（the psychical wave）………14, 20
コンファレチオ（the confarreatio）……161	神秘主義（Mysticism）……………50, 54, 65
【サ行】	スターン（Sterne, Laurence）…………146
才人（Talent）……………………………62	スパランツァーニ（Spallanzani, Lazzaro）
ジェームズ（James, William）……………24	………………………………………155

索引 *235*

スパルタ（Sparta）……………110
スペンサー（Spencer, Herbert）
　………………………24, 58, 177, 223
世紀末（Fin-de-Siecle）……………50
聖牛アピス（the bull Apis）…………198
聖書（the Bibles）………106, 167, 209
精神治療運動（the mind-cure movement）
　………………………………………41
生存競争（the struggle for life）……67, 76,
　91, 102, 133, 160
セルビウス・トゥリウス（Servius Tullius）
　……………………………………208
「創作家の態度」………………24, 37
「創世記」（the book of Genesis）………168
贈答金婚（the dowry marriage）…162, 172
ソクラテス（Socrates）…116, 119, 120, 125
ソロン（Solon）………112, 171, 172, 200,
　205, 207
ソロン法（the law of Solon）…………207

【タ行】
退化者（the degenerate）……………58
ダーウィン（Darwin, Charles）……24, 157
ダーウィン主義者（Darwinians）………76
タキトゥス（Tacitus）………………173
ターナー（Turner, Joseph, Mallord, William）………………………146, 149
ダモン（Damon）………………………116
タレス（Thales）………………………117
直観主義（Intuitionism）……………213
追跡の快楽（the Pleasure of Pursuit）…220
ディオドロス（Diodorus）……………198
デメテル（Demeter）…………………109
デモステネス（Demosthenes）………127,
　171, 201
デルブーフ（Delboeuf, Joseph‐Rémi‐Léopold）…………………………93
てんかん症（a epilepsy）…………33, 61
天才（Genius）………………………62
ドイツロマン主義（German Romanticism）
　……………………………………54

トウキュディデス（Thucydides）………118
闘争の法則（the law of battle）………157
トクビル（Tocqueville, Alexis）………68
ドストエフスキー（Dostoieffsky, Fyodor Mikhaylovich）……………………95

【ナ行】
ナポレオン（Napoléon, Bonaparte）
　…………………………55, 62, 113
ニキアス（Nicias）……………………125
ニーチェ（Nietzsche, Friedrich Wilhelm）
　……………………………………140
ニュートン（Newton, Isaac）…………66
ノルダウ（Nordau, Max）……………61

【ハ行】
発情期（a period of rut）……………155
バートン（Burton, Richard Francis）…191
ハムレット（Hamlet）…………………137
万人の快楽主義（Universalistic Hedonism）
　………………………………215, 228
祕教（the Mysteries）………………107
ヒステリー症（Hysteria）……33, 51, 53, 61
媚態の法則（the law of Coquetry）……157
ピンダロス（Pindar）…………………109
フィリップ王（Philip）……………202, 206
フィディアス（Phidias）……115, 119, 150
フォーゲルワイデ（Vogelweide, Walther von der）…………………………55
フォルケルト（Volkelt, Johannes）……140
副意識（Sub-consciousness）………72, 98
フック（Hooke, Robert）………………66
ブラシダス（Brasidas）…………110, 125
ブラスコ・ド・ガレー（Blasco de Garay）
　……………………………………66
プラトン（Plato）………117, 170, 186
プラトンの共和国（the Republic of Plato）
　……………………………………217
フランス革命（the French Revolution）
　………………………………80, 113
フランス百科全書派（French

236　索　引

encyclopaedists）……………………54
フリードリッヒ一世（Frederick Barbarossa）……………………………………55
プルターク（Plutarch）……114, 115, 116, 123, 171, 173, 203
フルトン（Fulton, Robert）………………63
プロテスタント（Protestantism）…56, 108
フローベル（Flaubert, Gustave）……63, 89
「文芸の哲学的基礎」…………………………24
ペイシトラトス（Pisitratus）……………113
ベイン（Bain, Alexander）………………223
ペキュリウム（peculium）………………208
ヘタィラ（Hetaerae）……………115, 170
ベートーベン（Beethoven, Ludwig van）……………………………………62
ベーメ（Behmen, Jacob）…………………43
ペルセポネ（Persephone）………………109
ヘロドトス（Herodotus）……112, 117, 198
ペロポンネソス戦争（Peloponnesian War）……………………………………121, 124
ベンサム（Bentham, Jeremy）………82, 215
ボイト（Boito, Arrigo）……………………62
ホメロス（Homer）………………………106
ボルヤイ（Bolyai, Janos）…………………62

【マ行】

マイエル（Meyer, Jürgen）…………………62
マィヤーズ氏（Mr.Myers, Charles S.）…40
マィンド（the mind）……………………20
マクレナン氏（Mr.McLennan, John Ferguson）……………………………………159
待ち伏せの本能（the instinct of lying in wait）………………………………………133
マルクス（Marx, Karl）……………………81
マルサス学説（Malthusianism）…………195
ミケランジェロ（Michel-Angero）………150
ミディアス（Midias）……………………201
ミル（Mill, James）………………………81
夢遊病（Somnambulism）…………………93
メソジスト派（Methodists）………………42
メナンドロス（Menander）………………172

モーガン（Morgan, Lewis Henry）…166, 175
モーガン（Morgan, Lloyd）………………25
モーズリー（Maudsley, Henry）…………64
モルゲンガーベ（Morgengabe）…………173
モールノー（Moerenhout, Jacques Antoine）……………………………………164
モンテーニュ（Montaigne, Michel de）…177

【ヤ行】

憂鬱症（Melancholia）……………………33
有機体の組織（the organic structure）…22
ユズ（usus）………………………………161
ユズカピオン（usucapion）………………162

【ラ行】

ラザルス（Lazarus, Emma）……………134
ラスキン（Ruskin, John）………………144
ラファエル前派運動（Pre‐Raphaelite movement）………………………………54
リクルゴス（Lycurgus）……170, 203, 205
「リクルゴス」（Lycurgus）………………171
利己主義（Egoism）…………31, 57, 85, 215
利他主義（Altruism）………30, 58, 64, 155, 185, 230
リヒター（Richiter, Paul）…………………62
リボー（Ribot, Theodule）……91, 134, 137
リューバ教授（Prof. Leuba, James Henri）……………………………………45
輪作（Rotations of Crops）……………101
倫理的快楽主義（ethical Hedonism）……………………………………226, 229
ルキアノス（Lucian）……………………172
ルソー（Rousseau, Jean Jacques）………81
ルター（Luther, Martin）…………………41
ルナン（Renan, Ernest）…………………106
レィノルズ（Reynolds, Joshua）…………147
レッシング（Lessing, Gotthold Ephraim）……………………………………134
レビレート婚（the levirate）……………169
レンブラント（Rembrant, Harmensz van Rijin）………………………………146, 150

索　引　237

ロッシーニ（Rossini, Gioacchino Antonio）
　……………………………………62

【ワ行】
ワイズマン教授（Prof. Weismann, August）
　……………………………………75
ワグナー（Wagner, Wilhelm Richard）…62
ワレンシュタイン（Wallenstein, Albrecht von）……………………………138

【著者略歴】

小倉 脩三（おぐら　しゅうぞう）
　1937年　東京に生まれる。
　1969年　立教大学大学院文学研究科博士課程　単位取得退学。
　元成城大学短期学部教授。
　著書に、『夏目漱石―ウィリアム・ジェームズ受容の周辺―』
　（有精堂出版、1989.2）など。

漱石の教養

発行日	2010年 10 月 25 日　初版第一刷
著　者	小倉脩三
発行人	今井　肇
発行所	翰林書房
	〒101-0051 東京都千代田区神田神保町 1-14
	電　話　(03)3294-0588
	FAX　(03)3294-0278
	http://www.kanrin.co.jp
	Eメール● Kanrin@nifty.com
装　釘	須藤康子＋島津デザイン事務所
印刷・製本	シナノ

落丁・乱丁本はお取替えいたします
Printed in Japan. © Shuzo Ogura. 2010.
ISBN978-4-87737-303-0